U0908014

医生看的不单是病，而是看病人。好医生的标准是什么？就是眼中有病、心中有病人。

——“共和国勋章”获得者、中国工程院院士　钟南山

贤以弘德，术以辅仁。医者，既要有解除病痛之术，更要有济世度人之心。

《医心》是作者匠心之作，用心良苦。希望更多的医者不忘初心，成为一名有情怀、有大爱的良医，让医学成为温暖的科学。

——“人民英雄”国家荣誉称号获得者、天津中医药大学名誉校长、中国工程院院士　张伯礼

医学的目标不仅是治病救人，还包括预防疾病、促进健康，努力让人少生病、晚生病、不生病。医生不能满足于在下游打捞落水者，而要从源头上预防有人落水。

《医心》一书具有广阔的医学视野和深厚的人文情怀，发人深思，耐人寻味。作者不仅关注个体健康，更关注群体健康，为健康中国建设贡献了媒体人的力量。

——“人民英雄”国家荣誉称号获得者　张定宇

作者是一位深谙医心的非医者。作为医者、患者双方的朋友，他为维护医患关系这一人间本最温暖美好的人际关系而深情呼唤。

——中国医学科学院院长、北京协和医学院校长、中国工程院院士　王辰

归于现实的描写与陈述，直抒胸臆的评论与呼吁。《医心》以理性思考传递着医者心声，以人文关切体恤着患者疾苦，以双向视角为医患共情筑起桥梁，是一本值得静心阅读的佳作。

——北京大学医学部主任、中国工程院院士　乔杰

《医心》——医者之心，是问、是答、是评说。

医者之心，是真、是善、是爱、是美。

剑峰先生的理解和热忱，使医者暖、使患者暖、使社会暖。

医心，且爱且珍惜。

——北京协和医院妇产科名誉主任、中国工程院院士　郎景和

在这个世界上，花钱可以买到任何商品，唯独生命和健康不能用钱等价交换。医生与患者，本是陌路人，却因为对生命的敬畏和对健康的渴求，面对面坐在一起，构筑了人世间最奇特的人际关系。医心，就是医生因对患者的痛苦感同身受而产生的慈悲之心。

《医心》为医者点燃一盏心灯，照亮医者前行之路！

——北京协和医院院长　张抒扬

医学人文畅销书《暖医》II

医心

白剑峰——著

图书在版编目（CIP）数据

医心 / 白剑峰著 . -- 北京 : 华龄出版社 , 2023.7
ISBN 978-7-5169-2575-1

Ⅰ . ①医… Ⅱ . ①白… Ⅲ . ①短篇小说—小说集—中国—当代 Ⅳ . ① I247.7

中国国家版本馆 CIP 数据核字 (2023) 第 120819 号

责任编辑 程 扬 彭 博　　**责任印制** 李未圻
责任校对 张春燕　　**装帧设计** 红汇 · 一品

书　名	医心	**作　者**	白剑峰
出　版 发　行	华龄出版社 HUALING PRESS		
社　址	北京市东城区安定门外大街甲 57 号	**邮　编**	100011
发　行	（010）58122255	**传　真**	（010）84049572
承　印	天津鑫旭阳印刷有限公司		
版　次	2023 年 7 月第 1 版	**印　次**	2023 年 8 月第 1 次印刷
规　格	787mm × 1092mm	**开　本**	1/16
印　张	22.5	**字　数**	304 千字
书　号	ISBN 978-7-5169-2575-1		
定　价	79.00 元		

医者的心（自序）

每个人都有一颗心。心，不可见、不可说、不可得，却能彼此相印。

每个人的生命，都是一部心经。而医者的心，至柔至刚，不惊不怖不畏，能度一切苦厄。医者的修炼，有四重境界：

第一重：不忘初心。

曾有人问一位人类学家："什么是文明最初的标志？"答："一根愈合的股骨。"一个摔断股骨的原始人无法行走，也无法采集食物，而股骨需要数月才能痊愈。一根愈合的股骨意味着，他没有被同伴抛弃。有人帮助他、照顾他，为他带回食物，带他逃离危险。倘若没有同伴的照护，伤者只能走向死亡。这是医学的起源，也是医者的初心。

"行医是一种艺术而非交易，是一种使命而非行业。"这是全世界医者的共同价值观。不少人在刚刚穿上白大褂时，心中毫无杂念，只想一辈子做个好医生。然而，随着外界诱惑越来越多，精神城堡日渐坍塌，于是随波逐流，把行医当成了一门生意，成为一个俗气、狭隘、圆滑的人。虽然衣食无忧，却失去了医者的尊严，幸福感越来越低，使人生的意义不断"降维"。

所谓初心，就是婴儿般的心，没有杂质，没有污染，天真无邪。心在哪里？藏在每个人的眼睛里。不信，请看婴儿的眼神，纯净、透明、柔软，恰如一潭清水。当人逐渐成熟之后，心中的"我"越来越大，那颗初心就消失了。不忘初心，就是回归生命的原点，回归医学的本源。

第二重：医者仁心。

古语道："医者仁心。"何为"仁"？《说文解字》曰："仁，亲也。从人从二。"仁的本意，就是人与人相处之道，即社会关系的总和。孔子曰："仁者爱人。"爱人是仁者最核心的品质，仁者爱自己、爱亲人、爱众生。

1948年12月10日，联合国大会以无反对票的形式通过《世界人权宣言》，开篇即为："人人生而自由，在尊严和权利上一律平等。他们赋有理性和良心，并应以兄弟关系的精神相对待。"主张将"conscience"（良心）写入《宣言》者，是时任联合国人权委员会副主席的中国代表张彭春。他解释道，"仁"的字面意思翻译为英文是"人与人的互相体认"，亦可理解为英文语境下的"同情"或"同类意识"。后经反复讨论，各国代表一致同意将最接近于"仁"的英文单词"conscience"（良心）与"reason"（理性）并列，这才有了《宣言》著名的第一条款。

其实，"仁"还有一个更形象的解释，就是植物的种子，如花生仁、核桃仁等。仁，即生命的本体、本质、本来。一颗果仁，朴实无华，却蕴蓄着生发的力量。只要遇到合适的土壤和气候，这颗"仁"就会破壳而出、生根发芽、开花结果。仁心，就是一个人最真诚的内核，是善根、是灵苗、是智慧，蕴藏着无尽的生命能量。只有最大限度地给予，才能源源不断地产生。孔子云："老者安之，朋友信之，少者怀之。"用一颗最真诚的心，安顿好身边的每一个人，就是仁者。

第三重：善用其心。

世人皆用心，有人用真心，有人用假心。唯有把心洗得一尘不染，干干净净，如清泉汩汩，自然流淌，才是一颗清净的菩提心。

善用其心，就是让沉睡的心醒来，时刻保持敏锐的观察力和感受力，"见彼苦恼，若己有之，深心凄怆"。每每遇见饱受病痛折磨的人，皆能感同身受，给予关怀，让无力者有力，让脆弱者坚强。

善用其心，就是用智慧治病，而非用大脑治病。用大脑治病，遵循的是技术至上；用智慧治病，遵循的是生命至上。技术至上，追求最大限度的治疗；生命至上，追求最小的成本、最少的痛苦、最大的受益。

善用其心，就是将心比心，认真做好每一件事，恭敬对待每一个人。有的医生听诊前先用手焐热听诊器，以免患者有冰冷感；有的医生一丝不苟地缝合每一道伤口，就像留下永久的签名；有的医生做完一台手术，俯身在患者耳边道声“辛苦了”……这颗慈悲心，看不见，摸不着，却如和煦的春风拂过。

第四重：归于无心。

古代禅师有偈云：“恰恰用心时，恰恰无心用。曲谈名相劳，直说无繁重。无心恰恰用，常用恰恰无。今说无心处，不与有心殊。”无心，如天地之运行，日月之照临，无心运行而自运行，无心照临而自照临。正如武林高手的最高境界不是“手中有剑，心中有剑”，而是“手中无剑，心中无剑”。

无心，是一种忘我的境界。当医生站在手术台上，全神贯注，置心一处，只有刀影而无术者，这便是将生命融入其中了，天人合一，物我两忘。

无心，是一种真实的状态。自自然然，出入自在。凡事不问结果，只管去做。若还有个心在，那便是还有一点隐隐的期待。也许是希望得到赞美，或许是希望得到感恩。一旦没有得到，就会失落或怨恨。无心，就是无所挂碍，做了就做了，过了就过了，风轻云淡，不求回报。

无心，就是完全的放下、彻底的无我。著名外科专家黄家驷说过：“外科医生的最高境界，就是放下手术刀。”手术刀是外科医生的“看家武器”，当他愿意放下手术刀时，就是放下了对手术刀的执念，放下了对名利的追求，让医学回归本来面目。因为，有时最好的治疗就是不治疗，有时最好的手术就是不手术。

医者，既平凡，又非凡。一旦成为医者，就不再是凡人，因为必须承担公众的道德期待。所以，如果仅仅是一个好人，那还不算是一个好医生。医学的高度，取决于医生的心灵高度。医生不仅要帮人解除痛苦，还要让人活出喜悦。倘若只知医人之病，而不知医人之心，犹舍本逐末，终究难成大医。

《六祖坛经》云："时有风吹幡动。一僧曰风动，一僧曰幡动，议论不已。惠能进曰：不是风动，不是幡动，仁者心动。"医者的心，不动如山；医者的心，纯净如水；医者的心，慈悲如母。

白剑峰

2023 年 1 月

目　录

第二章 医 患

第三章 医 者

第四章 医 改

第五章 医 道

第六章 医 国

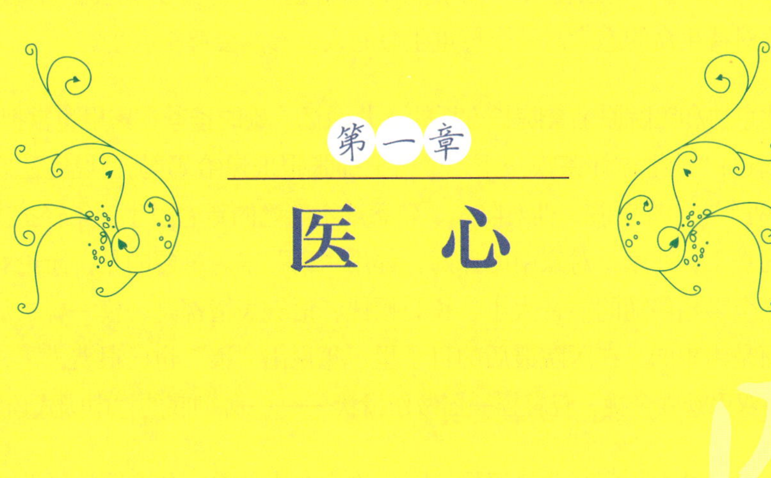

第一章 医心

请对医生好一点

著名文学家夏衍在临终前几度昏迷，有一天晚上病情恶化，身边人员对他说:“我去叫大夫。”此时，夏衍突然睁开眼睛，艰难地说:“不是叫，是请。”随后就昏睡过去，再也没有醒来。

“叫医生”与“请医生”，一字之差，境界迥异。一个人对待医生的态度，反映了他对待生命的态度。一个尊重生命的人，自然会尊重医生。

据北京协和医院原名誉院长方圻的女儿回忆，她的爸爸在家里也常把“请”字挂在嘴边:“请把这杯茶换一下。”“请把那张报纸递给妈妈。”说完还要追加“谢谢”两个字。在医院，他对院长、熟悉或不熟悉的新老医生、年轻护士、轮番倒换的护工；在家，对家中的保姆，都用“请”字。重要的是，无论对象是谁，与这个字相伴随的声音大小、长短顿挫、语气表情都是一模一样，从来不是客套而是由衷的。在医院最后的日子里，想说出“请”也已很费力了，他便慢慢地将双手勉强合拢，轻轻摇一摇做作揖状——一种彻底的“中国式语言”！

有人说：过去医疗行业风气好，医生确实令人尊重；如今医疗行业风气不好，医生很难让人再尊重。媒体总说医生很累很辛苦，难道患者就不累不辛苦吗？哪个行业都不容易，为什么偏偏要尊重医生呢？

其实，尽管时代在变，但医生的初心没有变，医患关系的本质也没有变。尊重医生，是人类在生命延续中达成的共识。因为医学是爱的产物，也是人性善良的表达。既然生命至上，医生作为生命的守护神，理应受到特殊礼遇，这难道不是尊重医生的理由吗？

况且，医生是你一辈子离不开的人。人的一生，从起点到终点，都需要医生的陪伴。人出生后见到的第一个人是医生，临终前见到的最后一个人也常常是医生。生老病死是自然规律，你可以选择不当医生，但你不可能不当病人。没有人敢说，这辈子绝不和医生打交道。即便医生自己也会生病。当你健康的时候，也许想不起医生；当你生病的时候，肯定离不开医生。如果说疾病是生命的暗夜，医生就是那个为你提灯的人；如果说疾病是生命的寒冬，医生就是那个为你生火的人。

当患者生命垂危时，医生总会倾尽全力救治。网上曾流传过一张照片：在重症监护室里，患者躺在床上，医生靠在陪护椅上，戴着眼罩，和衣而卧。患者是一名农村少年，医生和患者素不相识，却日夜守护，不离不弃。医生如此对待患者，是源于内心的善良和慈悲。每当一个病人抢救失败，医生比谁都难过，这种难过，不是谁都能理解的；每当一个病人抢救成功，医生比谁都快乐，这种快乐，不是谁都能体会的。即便刚刚被不理智的患者家属辱骂过、殴打过，医生擦干泪水，依然会继续抢救病人。曾有一位医生说过一句让人心酸的话："不要再打医生了，如果实在要打，请不要打死，打残废就行了，因为有一天，当你病了，他还可以坐在轮椅上帮你诊疗。"

当患者还有一线希望时，医生不会轻言放弃。一位大面积烧伤的患者，虽经全力抢救，依然昏迷不醒，病情持续恶化。随着住院账单越来越厚，家属屡屡暗示放弃治疗，但是，医生却不愿丢下自己的病人。一个素昧平生的医生，竟成了最想让他活下来的人。也许，这就是现实。有时，在你最难的时候，朋友可能背叛你，家人可能放弃你，但医生不会抛弃你。医生就是这么"轴"，只要有一线生机，就要坚持到底。因为病人活下来，就是对医生最大的奖赏。

当患者需要帮助时，医生总会施以援手。每当夜幕降临，只要医院的灯还亮着，你就会睡得踏实。因为你知道，医院的大门是永远敞开的，不管什么日子，总有一群医生在值班待命。当你遭遇突发疾病时，无论身边有无亲人，医生都会奋力抢救。有了这份笃定，你的内心就不会恐惧。假如有一天，医院关门了，医生不见了，你还会如此淡定吗？

当然，医生这个群体并不完美，也会存在这样那样的问题。但从整体上看，谁也无法抹杀医生的贡献，谁也不能否定医生的伟大。人类之所以尊重医生，就是因为敬畏生命。如果你做不到尊重医生，至少也要做到不伤害医生。

只要生命还可贵，医生就永远受尊重。为了让每一位患者都能得到悉心照护，请对医生好一点吧！

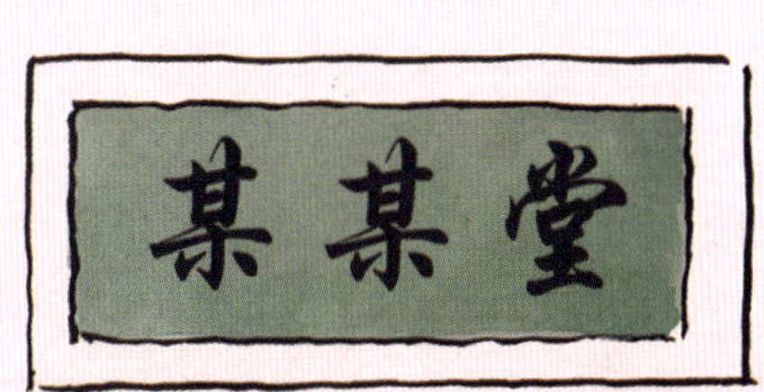

徐鹏飞 画

给医生一个冒险的理由

浙江一位医生在援疆期间，曾经历了这样一件事：深夜，一名遭遇车祸的病人被送进急诊室，肝脏破裂，生命垂危。虽经全力抢救，病人终因失血过多而死亡。当医生将这个坏消息告诉家属后，家属不仅没有责怪医生，反而向医生道谢，然后要求把切下的破碎肝脏带回去，同死者一起埋葬。丧事办完后，家属又来到医院结清了所有费用。此举令这位医生十分感动。从此，每当遇到危重患者，他都没有后顾之忧，总是愿意冒险一搏。

医学是一门不确定的科学。生与死，只有概率，没有定数。一般来说，风险和收益成正比。医生越是敢冒风险，患者的收益就越大。如果患者给予医生理解和信任，愿意跟医生共担风险“赌一把”，医生就会迎“险”而上，为患者赢得一线生机。

但是，人体毕竟是一个“黑箱”。同样的方法、同样的药物，有人安然无恙，有人则会出现意外，这就是生命的复杂性和医学的风险性。面对复杂多变的病情，医生的决策永远不可能完美无缺。其中，既有客观因素，也有主观因素。也许，医生是一个最不应该出错的职业，但又是一个不可能不出错的职业。患者对医生最大的误解，就是把医生当成神。事实上，一名医生，无论技术多么精湛，都不能保证自己永远处于最佳状态。如果不允许医生有失误，世界上恐怕就没有医生了。当然，医生的失误也分很多情况，有的是可以原谅的，有的是不可以原谅的。在评判医生的失误时，理应分清原因和性质，不能一概而论。

医学是爱的产物。医生之所以敢冒风险，既源于对生命的敬畏，更源于对人性善良的笃信。从理论上说，所有的医生都希望为患者解除病痛。当一个人生命垂危之时，最希望他活下来的，除了亲人，就是医生。如果患者不能理解这一点，就会伤害医生的情感。

有一位农民带着身患肾脏肿瘤的女儿求医，被多家医院拒收。在走投无路的情况下，他来到某著名大医院，跪在地上，苦苦哀求医生救救孩子。一位心地善良的泌尿外科医生，明知手术异常凶险，还是动了恻隐之心。他告诉孩子的父亲，要做最坏的打算：人走了，正常；救活了，是意外。经过精心手术，巨大肿瘤被完整切除。然而，在止血缝合中，患者因突发呼吸心跳骤停死亡。虽然医生并没有过错，但死者父亲还是把所有怨恨都发泄到医生身上，纠缠不止，要求赔偿，导致这位医生再也无法集中精力做手术，最终患上抑郁症。

类似的事情，令医者寒心。如果善心总是得不到善报，医生自然就会把心包裹起来，变得冷漠而世故，宁可承认自己无能，放弃最优治疗方案，也不愿冒一点风险。因为只有这样，才能避免“躺枪”。有的医生甚至采取防御性医疗措施，以求避免纠纷和诉讼。例如，让病人做多余的检查、对高危病人进行转诊、故意选择难度低的手术、放弃风险大但价值高的治疗方案等。显然，防御性医疗是一种隐形的“冷暴力”，使本已脆弱的医患关系雪上加霜。在这场博弈中，医生未必是赢家，但患者肯定是最大的输家。

医患是生命共同体，唯有信任，才能共赢。在医疗决策中，最难的永远不是技术，而是信任。患者和家属多一分信任，医生就会多一分冒险的勇气；患者和家属多一分怀疑，医生就会多一分防御的考量。因此，如果想让医生为你冒险，就请给医生一个冒险的理由吧！

纠 结

徐鹏飞 画

像爱护亲人一样爱护医生

2023 年初，复旦大学附属华山医院发生了这样一幕：一名男子突然从挂号窗口塞进一个黑色包裹，并说“这是给你们医院的”，然后转身离开。工作人员打开一看，发现里面是 10 万元现金，还有一张手写的字条：“国人同心共渡难关，白衣战士民族骄傲，收入有限以表心意，请给医生们的伙食增加点营养，望医生们健康快乐。”署名是“中国人”。原来，这位“中国人”是浙江吉安一名普通的个体户，也是该院一名患者。当工作人员联系到他时，他说：“看到医生救治新冠患者太辛苦了，我很感动。”一位医务人员说：“有了患者的认可，所有的付出都值得。以前总觉得是医生爱护患者，现在患者也爱护医生了，特别暖心。”

自 2018 年起，我国将每年 8 月 19 日设立为“中国医师节”。这是继教师节、记者节之后，我国设立的又一个特定职业群体节日。

自古以来，医生都是一个备受尊重的职业。医学源于人性的善良，医生的初心是为病人谋幸福。设立医师节，是全社会给予医生的特殊荣耀和礼遇。

医生，是我们生命中的“贵人”。人都有生老病死，谁能离得开医生？生命只有一次，一旦失去，永不再来。数千年来，扁鹊、华佗、张仲景、孙思邈等名医的故事广为流传，他们悬壶济世、妙手回春，为中华民族的繁衍生息作出巨大贡献。古语道：“救人一命，胜造七级浮屠。”医生每天都在救命，可谓功德无量。西方经济学家亚当·斯密说：“我们把健康委托于医生，把财产甚至名誉委托于律师，像这样重大的事情绝不能委托给地位卑微的人。”生命无价，医生是“生命的守护神”，理应获得崇高的社会地位。

医生是我们素不相识的“亲人”。现代医学是陌生人对陌生人的照护。医生心怀慈悲，深藏一颗父母心，不可不敬。明代裴一中在《言医》中写道：“才不近仙，心不近佛者，宁耕田织布取衣食耳，断不可作医以误世！”当医生看到有人被病痛折磨时，感同身受，若己有之，病魔一日不除，内心一日不安。这与亲人何异？我国著名妇产科医生林巧稚，一生亲手接生了上万名婴儿，被称为“万婴之母”，她常常为孕妇擦擦汗珠、掖掖被角，一举一动传递着医者大爱。她说：“我生平最爱听的声音，就是婴儿出生后的第一声啼哭。”很多人出于对林巧稚的感激，给孩子起名为“爱林”“念林”“仰林”。仁心仁术，令人景仰。

医生是我们患难与共的“战友”。无论病情多么凶险，医生会和患者风雨同舟，不离不弃。在所有人中，医生是最想让患者活下来的人。只要有一线生机，医生就会尽百分之百的努力。例如，湖南郴州儿童医院一位骨科医生，连续做了9个小时的手术。由于颈椎长时间不活动，诱发了枕大神经痛。当最后一台手术进行到一半时，这位医生脖子突然不能动了，但他不想因此中断手术，于是边做手术边让同事给自己颈部打针。宁可牺牲自己的健康，也要挽救别人的生命，这就是医生的品格。

眼下，医生的待遇与其教育程度、工作强度、执业风险还不匹配，总体收入水平偏低，劳动价值尚未得到合理体现，受伤受辱事件时有发生。对此，医生有抱怨、有愤怒、有不甘。但是，这并没有动摇医生的职业信仰。近年来，中国用较少的投入获得了较高的健康绩效，居民的主要健康指标总体上优于中高收入国家平均水平。如此巨大的成就，包含着医生的牺牲和奉献。

有人说，要了解一个民族，就要看他们崇拜的英雄是谁。中国的医生用坚强的脊梁，撑起了健康中国的大厦。今天，我们设立医师节，就是要营造尊医重卫的社会风气，让人们像崇拜英雄一样崇拜医生，像尊重圣贤一样尊重医生，像爱护亲人一样爱护医生。医生有尊严，生命价更高！

愿尊医重卫蔚然成风

每年“中国医师节”到来的时候，朋友圈里都是刷屏式的问候和祝福。带着满满的正能量，广大医师继续开启“白加黑”模式，进入紧张而忙碌的工作状态。

一个节日的价值，不止于外在的实惠和风光，更在于深层的意义和表达。自古以来，中国人就有尊师和尊医的传统，因为教师和医师都是重“德”的职业，一个是“灵魂的工程师”，一个是“健康的守护神”。

有人说：“节日就像一个闹钟，提醒人们不要忘记一些重要的事和人。设立医师节，就是提醒全社会有这么一个节日，让大家记起这个群体，记起医生。”人这一辈子，生老病死，每个环节都离不开医生。然而，医生既是不可或缺的人，也是容易被忘记的人。当人健康的时候，很少会想起医生；当人生病的时候，很少能离开医生。设立医师节，就是要让人们记住那些生命中的“天使”，献上心香一瓣，表达一份敬意。节日就像一颗种子，它会慢慢在人心中发芽生根。一代一代地延续下去，节日就成了习俗，习俗就成了礼仪，礼仪就成了风气。

尊医重卫，既要体现在设立节日上，也要体现在提高薪酬待遇、改善执业环境等方面。医生是一个高投入、高付出、高风险的职业，理应获得一份体面而有尊严的阳光收入。眼下，医生的付出和回报不成正比，部分诊疗费、手术费价格偏低，医生的技术劳务价值得不到合理体现。个别医院甚至给医生下达创收指标，把医生的奖金与科室业务收入挂钩。同时，由于有限的医疗资源无法满足日益增长的医疗需求，很多医生不得不长期超负荷工作，牺牲休息休假时间，加班加点成为常态，身体健康状况不容乐观。伤医辱医事件时有发生，医生的人身安全得不到更有力的保障。这些现象的存在，势必会影响医生的工作积极性，也会影响医生的社会声誉。

尊医重卫，是构建和谐医患关系的基石。广大医务人员既是医改的践行者，也应当是医改的受益者。各级政府要加大对医疗卫生的财政支持，尤其是增加对公立医院的投入，保障医院正常运转，夯实政府办医责任，确保公立医院的公益性不动摇。同时，切实改善医务人员薪酬待遇，推动公立医院薪酬制度改革，改变以创收为核心的收入分配机制，逐步建立符合医疗行业特点、体现以知识价值为导向的薪酬制度，稳步提高医务人员薪酬水平，调动医务人员的积极性。尤其是对于风险较高、工作强度较大、人才资源短缺的岗位，在薪酬待遇方面应给予倾斜。要依法打击涉医违法犯罪，坚持对医疗暴力“零容忍”，严惩各类伤害医务人员人身安全、扰乱医疗秩序的行为，使打击涉医违法犯罪法治化、常态化，为医生创造一个良好的执业环境。

医务人员是健康中国建设的主力军，是社会生产力的重要组成部分。充分调动和发挥医务人员的积极性、主动性，对于提高医疗质量、保障医疗安全、维护社会稳定具有重要意义。让医生有尊严，也是对生命的尊重。希望医患之间互相珍惜、互相理解、互相关爱，愿尊医重卫蔚然成风！

一瓶葡萄糖引发的误会

2020 年 11 月，陕西西安一位医生发了一段手术后“豪饮”葡萄糖水的视频，引起网友的热议。有人质疑：“这瓶葡萄糖谁付钱？”也有人说：“医生够辛苦了，喝瓶葡萄糖还不行吗？”还有人买了 6 箱饮料专程送给这位医生，并说：“以后别喝葡萄糖了，我知道不好喝。”一场误会，终于有了一个温暖的结局。

喝葡萄糖的医生是西安某医院神经外科大夫。当天，他做了一台脑干出血手术，时长 8 小时。由于中途不能喝水，他感到嗓子都快“冒烟”了，就直接喝了一瓶葡萄糖水。他解释说，因为手术室是无菌的，只有葡萄糖和生理盐水，喝葡萄糖水主要是为补充水分。喝的这瓶葡萄糖水，费用是算进科室成本里的。

其实，这件事从一个侧面“暴露”了医生的职业特点，也让更多人读懂了医生的辛苦。医生是一个高投入、高风险、高奉献的崇高职业，历来被誉为“生命的守护神”。然而，很多人只看到医生表面的风光，却忽视了他们背后的付出。事实上，外科医生长时间从事高强度的工作，体力消耗很大，极容易出现低血糖。在手术台上，医生经常会饿得头昏眼花，甚至晕倒，有时只能靠喝葡萄糖补充体力。如果估计手术时间比较长，为了不出现低血糖反应，很多医生会在进食时特意多吃一点。由于饮食不规律，很容易出现肥胖。有一位医生曾这样写道：“如果你看到一个胖子外科医生，请不要嘲笑他，因为每一个胖子外科医生的身上，都有一颗善良悲悯的心。”其言其行，既令人感动，又让人心疼。

那么，为什么医生喝葡萄糖会引发争议？说到底，不是钱的问题，而是信任问题。由于个别网友对医生缺乏足够的信任，自然会提出“这瓶葡萄糖谁付钱”的疑问，甚至还会主观臆断“钱肯定记在患者账单上”。试想一下，如果医生不吃不喝做手术，最受伤害的难道不是患者吗？这种对医生的冷漠质疑，是不是缺少一点人性的温度呢？值得欣慰的是，绝大多数网友眼明心亮、心中有爱，他们纷纷留言声援。有人说："那种质疑，代表不了大多数人。"还有人说："这瓶葡萄糖，我请了！"这样的声音，才是医患关系的主旋律。它不仅传递了网友的包容，更体现了社会对医生的认可。尤其是在经历了新冠疫情之后，全社会更加尊重医务人员。当病毒突袭之时，他们白衣执甲，逆行出征，日夜奋战，用血肉之躯筑起阻击病毒的钢铁长城。然而，当他们脱下白大褂之后，也是平凡的普通人。他们和芸芸众生一样，累了需要休息，饿了需要吃饭，病了需要吃药，并非传说中的"机器人""钢铁侠"。医生最需要的不是鲜花和掌声，而是一份发自内心的理解和尊重。医生可以无怨无悔，社会不能无情无义。不让辛勤付出的人吃亏，不让救死扶伤的人流泪，才是一个社会应有的温度。

构建和谐的医患关系，关键是重塑医患信任。当患者对医生充满信任时，医生就会无所畏惧，愿意为患者拼尽全力，探索生命禁区；当患者对医生充满质疑时，医生就会瞻前顾后、顾虑重重，不敢冒险一搏，从而影响患者利益甚至医学进步。可见，医患是利益共同体，信则两利，疑则两伤。多一点善意，少一点质疑，让医生放下包袱，轻装上阵，心无挂碍地治病救人，才符合大多数患者的利益。因此，请多给医生一点温暖和信任。因为，也许有一天，那个被你质疑的人可能就是你的救命恩人。

愿一瓶小小的葡萄糖水，消融医患之间的隔阂，成为推动医患互信的新动能！

一张字条为何感动医生

据报道，上海市第一人民医院一位患者在做手术前，给医生留下一张字条："手术过程如发生异常情况，家人不得与院方和医生发生任何不理智的行为。是技术原因由医院方处理，是就诊者本身原因由患者自身负责。医生可总结经验以利于今后的工作。"这张小小的字条，令医生非常感动。

有人认为，手术出了意外，不闹医院是患者本该恪守的法律底线，医生为什么还要感动？难道是在"谢患者不杀之恩"吗？其实，小小字条，表达了一位患者对医学的理解和对医生的尊重。遇到这样一位宽容医学失败的患者，医生自然会心生感动。

当前，信任缺失成为我国医患关系中的一大问题。很多患者对医生的信任，是以结果为导向的信任。手术成功了，啥也不说，友谊的小船风平浪静；手术失败了，咋都不行，友谊的小船说翻就翻。而医学的最大特点恰恰是结果的不确定性。人体千差万别，病情瞬息万变，手术成功或失败，谁也无法断言。虽然医生都不愿意失败，但失败的概率总是客观存在，有人形象地比喻为"抽签"。很多患者和家属虽然能理解医学的有限性，知道医生不是万能的，然而，一旦遇到失败的结果，还是无法接受。不少人更愿意选择非理智的行为，通过闹医院获得经济补偿。所以，当医生遇到一位明事理、知感恩的患者，能不感动吗？

事实上，尽管医学充满不确定性，但医生从来不会被动等待。他们总是尽力把风险降到最低，以减少对患者不必要的伤害。从这个角度看，医患双方的目标是一致的。既然同在"一条战壕"，就不该有二心。与其互相猜疑，不如同舟共济。当患者把生命托付给医生时，医生的责任心反而更强，不敢有丝毫懈怠，否则就会觉得对不起这份托付。患者越是信任医生，医生就越会努力回报患者。医患之间，信任是最好的“防护衣”。

慈悲是医生的基本品质。每位医生都希望患者好好活下来，因为人世间没有什么比生命更宝贵。北京一位骨科大夫抢救一名严重车祸患者，术中突发大出血，无法判断出血点在哪里，这让他瞬间面临两个选择：一是迅速截肢，稳妥保住患者性命，没有任何过错，但患者从此残疾；二是凭经验盲探止血，如果成功就是保命保腿，如果失败就可能因为错过截肢时机失去生命。在几秒钟的纠结之后，医生选择了后者。他说，就在做出决定的那几秒，他觉得自己“头发一下子全白了”。病人康复时，未必知道医生在手术台上所经历的艰难抉择，而这正是医生的可敬之处。

当然，医患之间相互信任，并不意味着没有矛盾。因为医疗是一个高风险行业，手术总会有意外，医生也总会有失误甚至过错，医疗纠纷不可避免，这都是正常的事情。但如果有了信任的基础，一旦发生意外，医患双方依法依规处理，该调解的调解，该诉讼的诉讼，该赔偿的赔偿，该道歉的道歉，未必不能握手言和。医患之间始于信任，终于和谐，偶尔有纠纷、有矛盾，但不会有仇恨、有伤害，这才是医患关系的理想状态。

一张小小的字条，释放了患者的善意，赢得了医者的赞许。但愿这张有形的字条，变成更多人心底无形的“规则”，让医患关系更加和谐。

善缘相续皆欢喜

一位朋友因颈椎病发作，到北京协和医院做了核磁共振检查。晚上，她忽然接到一个电话，是放射科医生打来的。原来，这位医生在读片子时，发现她的甲状腺也有问题，于是马上打电话询问情况。一个电话，让患者感到无比温暖。

历史常常有相似的细节。1984 年，北京协和医院外科专家曾宪九写信给一名患者，信中说："您诊视后已近一个月，应该返院随诊，以明确诊断，希望您不要延误。"这名患者因胰腺增大被怀疑是胰头癌，自己都放弃了希望，就没来复查。曾宪九比患者还着急，又给患者单位领导写信，请求催促患者复诊。此时，年过古稀的曾宪九已经是肺癌晚期。当患者来到医院时，曾宪九说："你终于来了！你对自己的生命怎么不珍惜呀？"一句话，让这名患者记了一辈子。

两个年代，两位医生，其举动如此相似，令人感慨。时代在变，但医学的追求没有变。善良是医学的基因，也是医生的本色。作为医生，谁都希望手到病除，让患者早日解除痛苦。一旦遇到疑点，总想查个水落石出。北京协和医院著名心血管病专家方圻曾经说："我的悲喜和病人交织在一起。"可见，医患的根本利益是一致的，这是构建和谐医患关系的基础。假如患者不是以善意来揣测以上两位医生的用心，完全有可能得出相反的结论，这无疑会让医患关系蒙上阴影。

一度时期，我国医患关系较为紧张，其根源在于信任缺失。医患之间发生矛盾，这是很正常的事情。每一起纠纷的背后，都有其特殊的原因。是非对错，需要具体问题具体分析。我们不能因为个别医生存在瑕疵，就质疑甚至否定整个医生群体的道德操守，这样只能使医患矛盾扩大化。医患双方需要换位思考、彼此尊重，因为善意总比戾气更有利于解决问题。

当前，我国医患关系总体是好的，和谐是主流。一时一地偶发的医患纠纷，不影响医患关系的整体局势。眼下，我国深化医改已取得明显进展，阻碍医患信任的体制机制藩篱正在逐步破除。网上关于医生正能量的帖子越来越多，很多网友用手机拍下医生救死扶伤的感人瞬间，或者用漫画等形式表达对医生的感激，引发刷屏式传播，尊医重卫的社会风气日渐形成。在这样的大背景下，医患双方都应珍惜，多些善意的理解，少些负面的猜疑，让医患关系重归本位。医疗的本质是信任，医患之间需要相互支撑、相互温暖。只有拆掉心灵的围墙，才能打通信任的道路。作为医生，需要保持善良的初心，带着爱去行医；作为患者，需要常怀感恩之心，尊重医生的付出。以善念回应善举，以善举回报善念。善缘相续，皆大欢喜。这才是重建医患信任的最好“黏合剂”。

孙思邈在《备急千金要方》中写道：“人命至重，有贵千金。”医患关系是人世间最亲密的关系之一。我们有一万个理由让医患关系变好，没有一个理由让医患关系变坏。医生和患者是同一条战壕中的战友，无论遇到什么样的风雨，都应相依相伴、守望互助，携手创造更多生命奇迹。

培植医患信任的“善根”

2017 年，在北京飞往宁波的飞机上，一名乘客突然感到胸闷气短，服用两粒速效救心丸后，症状仍没有缓解。听到乘务员广播寻找医生后，北京朝阳医院医生王晓娟立刻起身去帮忙。经初步诊断，这名乘客是哮喘发作。王晓娟拿出随身携带的药物说：“我是一名呼吸科医生，你愿意相信我吗？”乘客表示愿意，服药后病情很快平稳。

医生万米高空救人的故事，既让人感动，也发人深思。当你生病时，你愿意相信医生吗？如果时光倒流三四十年，这也许是一个伪问题，谁都会毫不犹豫地选择相信。但是，在当前的社会环境下，这确实成为一个真问题，很多人都会感到纠结，难以回答。

近年来，暴力伤医事件时有发生，折射出医患信任脆弱的现实。当前，中国正从熟人社会进入陌生人社会。熟人社会的信任主要基于血缘关系、地缘关系等，而陌生人社会的信任主要基于社会规则、制度约束等。眼下，我国的家庭医生制度尚不完善，医患之间基本属于陌生人关系。患者除了对特定医生的特殊信任之外，缺乏对医生群体的普遍信任。当患者遇到一位陌生医生时，出于自我保护的本能，往往更倾向于选择不信任或者半信半疑。

人的一生，谁都离不开医生。从理论上说，医患关系是人世间最亲密的关系之一。但是，为什么患者不相信医生呢？一位中国医生去美国梅奥诊所访问，问了同样的问题。美国医生的回答是这样的：“在医疗上，医生具有绝对的权威性，可以让患者做任何事情，但唯独不能强迫患者必须信任医生。医患信任的基础，是医生的行为与商业利益无关。只要医生还从桌子底下拿钱，就不会有真正的医患信任。”

中国医患信任缺失，其中一个重要原因，就是医疗行为中掺杂了商业利益。

目前，公立医院的补偿机制不够合理，在医院的总支出中，政府投入所占比例较低，其余都要靠医院创收。过去，医院收入主要靠药品、耗材、检查、化验、新技术等。如今，药品和耗材加成取消，而技术劳务价格仍处于较低水平，医院收入大幅下降。为了弥补亏损，有的医院想方设法搞创收，科室都有经济指标。医生往往靠过度治疗获得收益，从而造成了医患之间的“经济对立”。当医生成为不合理医疗体制的牺牲品时，其公信力自然无法维持，这是医患信任解体的重要根源。

那么，如何才能重建医患信任？首先，必须解决公立医院的补偿机制问题，在取消药品加成的基础上，逐步提高诊疗费、护理费、手术费等医疗服务收入在医院总收入中的比例，扭转公立医院的逐利倾向，使其回归公益性轨道，严禁向科室和医务人员下达创收指标，医务人员个人薪酬不得与业务收入挂钩。其次，应充分考虑医疗行业人才培养周期长、职业风险高、技术难度大、责任担当重的特点，建立符合医疗行业特点、体现以知识价值为导向的公立医院薪酬制度，使医生靠技术劳务获得体面的阳光薪酬，坚决杜绝医生“从桌子底下拿钱”。

西方有句谚语：“信任，来时如步行，去时如骑马。”重建医患信任，必须从制度上切断医生与商业利益的关系。只有种下“善根”，才能结出“善果”。当每一位医生都能心无旁骛地看病、不必考虑经济指标时，当每一个白大褂都干干净净、不再受到商业利益熏染时，医患信任必将归来。

愿手术台充满温暖

在中日友好医院的手术室里，一位局麻女患者躺在台上，听着手术器械发出的碰撞声，身体不由自主地颤抖，双拳紧握。这时候，一只手伸过来，轻轻打开女患者攥紧的拳头，握住了她的手。而她也像抓住了救命稻草，本能地紧紧相握。女患者忍不住问："这是谁的手？"医生答："这是护士的手。"术后，患者专门向那位护士致谢，两只手再次紧紧相握。

每一台手术的背后，都有一个难忘的故事。当患者躺在冰冷的手术台上，把身体交给一群陌生的人，面对吉凶未卜的结局，内心的忐忑可想而知。有位网友吐槽，当年他做膝关节韧带重建手术，半身麻醉之后，医生像刷酱油一样给他刷上碘伏，然后把他的腿吊起来，那感觉真是无法形容。当时麻药还没打够，切的每一刀都疼，进行到一半时他扛不住了，说："怎么这么疼？"医生一脸疑惑地回过头来："啥？还知道疼？加药！"然后继续开刀。这个带着几分调侃的故事，反映了患者在手术台上的糟糕感受。

人吃五谷，难免生病，每个人都有可能躺在手术台上。即便是医生，也有可能会成为患者。如果不是亲身体验，医生很难懂得患者的苦。因为，"躺在床上"和"站在床边"的感受，是截然不同的。一位医生讲述自己剖宫产的经历时说，当她麻醉后，在手术台上被捆住手脚，感到非常恐惧和无助，真有一种"人为刀俎，我为鱼肉"的感觉。此后，每当有患者躺在手术台上，她都习惯性地抚摸一下患者头部，安慰几句，在心电监护仪上，可以看到患者的心率马上就下来了。对于患者来说，医护人员的一举一动，都是一种神奇的力量。手暖了，心就暖了。那一握手的温柔，足以让人记一辈子。

医学是人学。医学离开了人，就像水手离开了大海。遗憾的是，医学技术突飞猛进，人文关怀却未能及时跟上。医生离细胞越来越近，离患者越来越远。医生只关注“人的病”，而不关注“病的人”，导致医患关系日渐疏远。例如，听诊器是医生的重要标志之一，如今却被弃之如敝屣。有人认为，听诊器是“煤油灯”，CT、核磁是“日光灯”。有了现代技术，谁还用听诊器？于是，很多医生放弃了“叩、触、视、听”的基本功，见到患者既不说话，也不触摸，直接就开检查单。患者穿梭在冰冷的机器丛林中，再也感受不到医生指尖的温度。殊不知，技术与人文是医生的“两条腿”。如果一条腿长、一条腿短，既不可能走得快，也不可能走得远。一个不关心患者感受的医生，也许会成为一名熟练的“手术匠”，但绝不可能成为一名“医学家”。

小小手术台，连着生与死。一名好医生，应该尽量减少患者的不舒适感，让每一台手术都充满温情。例如，麻醉前让患者看到手术医生的脸，可以减少患者的不安；见到患者握握手或者拍拍肩，可以减少患者的恐惧。如果医生只关注“切得是否干净”，而不在乎患者的体验感，即便手术成功了，也是有缺陷的。因为患者的感受，也是评价手术质量的重要指标之一。所以，医生应时时体恤患者之苦，用心做好每一台手术，这样才对得起患者的托付。

医生做手术，既是一个技术活，更是一个感情活。如果仅仅投入技术，手术台永远是冰冷的；如果同时注入感情，手术台上就会有故事、有温度。愿手术台成为一个温暖的地方！

医生的眼泪为谁流

在央视评选的“感动中国年度人物”中，四川省成都市第三人民医院骨科医生梁益建名列其中。据报道，他常常到偏僻山村寻找病人，想方设法给贫困家庭“找钱”治病。一说起那些没钱治病的穷人，他就忍不住流下眼泪。

梁医生的泪，是为贫困患者而流。近年来，他四处奔走募捐，挽救了很多重度脊柱畸形患者的生命，让他们挺起了脊梁。他的泪，是源自心底的慈悲之泪。

在人们的印象中，医生的面孔永远是冷峻的。无论多么撕心裂肺的场面，他们都不会动容。因为他们看惯了生老病死、人间百态，早已修炼得无悲无喜、心如止水。其实，这是对医生的误解。医生有超级冷静的一面，也有极其感性的一面。医生的心，恰如一块璞玉，外面冰冷朴拙，里面温润细腻。只不过，常人很难看到另一面。

美国电影《天使之城》讲述了这样一个故事：塞斯是城市上空的一个天使，他的工作是把人死后的灵魂带入天堂。有一天，他在医院的手术室里看到女医生玛姬拼尽全力抢救病人，最终还是没能留住这条生命。玛姬因为手术失败无比自责，在楼道里伤心地哭泣。此情此景，深深打动了塞斯。于是，他爱上了美丽善良的女医生，演绎出一段奇幻的爱情故事。

在电影里，医生流泪是因为无奈和内疚。在现实中，类似的情景也不罕见。北京积水潭医院有位烧伤科医生，多年前曾抢救过一位救火英雄。患者浑身烧伤，病情危重。他守在病人床边整整 31 天，用尽了全部的知识和智慧，不停地挡住死神伸出的镰刀，最终还是失败了。当尸体被抬走后，他一个人呆呆地坐在监护室，心力交瘁。虽然患者此前一直处在昏迷中，但他觉得他们是同生共死的兄弟。兄弟走了，他深感愧疚和遗憾，情不自禁泪如雨下。

有时，医生落泪是因为被患者感动。当遇到一个懂得感恩的患者，医生也会为之垂泪。一次，河南省肿瘤医院消化科医生陈小兵一天之内哭了两次。原来，一名晚期癌症患者在病房里辞世后，他的儿子手里拿着两封感谢信，站在办公室门口，要求给全体医护人员鞠上一躬。当时，陈小兵拒绝了这一要求。然而，当他再次回到办公室时，患者家属依然等在门口，坚持要鞠一躬再走，他只得同意。当患者家属鞠躬的一刹那，他掉泪了。晚上，他打开了那两封感谢信，读着读着，泪水又止不住流了下来。

世人的眼泪常常为亲人而流，医生的眼泪却总是为陌生人而流。自从穿上白大褂，医生就把自己的命运和患者的生死紧紧连在一起。当医生耗尽心血救治一名患者时，自然就会和患者结下不解之缘，把患者当成生死相依的战友。医生的眼泪，是情感的结晶，是心灵的共振，闪耀着人性的光辉。

医生不是冷血动物。但是，由于职业的特殊性，他们即便有泪，也只能躲在角落里悄悄地流。遇见患者，依然镇定，因为泪已流到心底。美国曾有一张照片引发无数网友的热议。一名急诊医生，蜷缩在医院门外的水泥墙根大哭，因为他刚眼睁睁看着一名 19 岁的患者在自己手中逝去。哭完之后，他又若无其事地回到了急诊室。为了抚慰更多人的伤痛，他不得不忘掉自己的伤痛。

也许，这正是医生的非凡之处。前一分钟，还沉浸在失去生命的悲痛之中；下一分钟，就要打起精神迎接新的战斗。因为只有控制好自己的情绪，才能全神贯注地和死神搏斗。每一位患者死去，都会变成一道伤痕，深深印在医生的心上。而这一道道无形的伤痕，也成就了医生的伟大。

医生的眼泪为谁流？为了天下病苦之苍生。

让病人看见医生的脸

一位医生从某三甲医院辞职之后，曾吐露真言："过去，我经常替别的大夫做手术，术前都不知道病人是谁，不知道长什么样子，看一看病历就开始做。手术之后，也没见过病人。当再次与那些患者在医院相遇时，根本不记得是谁。"

主刀医生不认识患者，患者也不认识主刀医生，医患之间如此陌生，的确令人无语。当一个人躺在手术台上，却不知道将自己的生命托付给谁，内心是何等的惶恐不安。

医学技术越来越进步，医患关系却未能及时跟进，原因是多方面的。其中，粗放的医疗发展模式是一个重要因素。近年来，一些公立医院盲目追求规模扩张，楼房越来越高，病床越来越多，但医生的数量却严重不足，与床位数不相匹配，导致服务质量难以同步提升。而为了追求经济效益，一些医院将病床周转率、平均住院日等作为考核指标，层层分解给科室和医生。这就意味着，医生必须在有限的时间和空间里，尽可能收治更多的病人。手术本应是精益求精，如今却是多多益善。于是，医生只能不断增加手术数量，缩短病人住院时间，从一天一两台手术增加到七八台。就像餐馆"翻台"一样，难免会"萝卜快了不洗泥"。在这样的手术流水线上，医生疲惫不堪，连坐下来喝口水的时间都没有，医患沟通也就成了"奢侈品"。

当前，人民群众多样化、多层次、个性化的需求和不平衡不充分的医疗供给之间的矛盾，成为医疗卫生领域的主要矛盾。老百姓不仅要求看得上病、看得好病，更希望看病更舒心、服务更体贴。我国很多公立医院的"硬件"与发达国家相差无几，主要差距体现在"软件"上，即服务质量跟不上。而衡量一家医院的医疗水平高低，不仅要看技术指标，更要看人文指数。因此，公立医院应主动适应社会需求的新变化，通过医疗供给侧改革，促进医疗发展模式的转变，为人民群众提供更高品质的医疗服务。

黎巴嫩诗人纪伯伦说：“不要因为走得太远而忘记为什么出发。”医学发展的目的是为了让人活得更好，而不是为了赚更多的钱。尤其是公立医院，必须坚持公益性的基本定位。但是，让公立医院回归公益性轨道，离不开科学合理的补偿机制。目前，由于医疗服务价格偏低，很多医院为了生存和发展，不得不采取“薄利多销”的方式，通过增加病人数量获得效益，从而导致服务质量“缩水”。如果不改变这种发展模式，医学将走向错误的道路，不仅影响医疗质量安全，而且还会加剧医患关系紧张的局势。

医学是关乎人的科学，不是一门纯技术。医生不能只关注病，更要关注人，尤其是关注病人的舒适度和体验感，让病人身有所寄、心有所归。我国著名外科专家华益慰生前曾有一个习惯：手术前，他都是提前来到手术室，细致地做好各项准备，然后就站在门口等候病人，让患者在麻醉前看到医生的面容；手术中，他总要亲自开腹、关腹，直到缝好最后一针；手术后，他从不急于换下手术衣离去，而是会观察病人的每一个细微变化；病人醒来后，他总是及时来到病人床边，询问病人感觉，交代注意事项。这些看似不起眼的举动，他做了一辈子，习惯成自然。一名医生，只有从内心里尊重病人，才能对病人如此真诚周到。

让病人看见医生的脸，传递的是医学的温度，体现的是医者的慈悲。医生的笑脸，如同雾霾中的阳光，足以驱散患者心中的愁苦，让医患关系更加亲密。

愿每位患者都被温柔相待

“我，一名外科医生，天天把手术两字挂在嘴边，却在听到被手术人是自己的时候，不争气地腿软了。”这是一位医生在讲述自己被做肛肠手术的经历。当他躺在手术台上，才真切地体会到，医生一句简单的安慰对于患者有多大意义。他说：“每位患者都应被温柔对待，从我做起！”

在电影《再生之旅》中，一名医生患喉癌后，亲尝了种种沮丧、担心、无奈、怀疑、等待、怨恨。当他康复后，专门安排年轻医生穿上病号服，住院体验患者的生活。生老病死是自然规律，医生迟早也会成为患者。有人说，没有生过病的医生，成不了好医生。此话意味深长。医患是一对矛盾体，既相互依存，又相互对立。面对同样一件事情，医生有医生的想法，患者有患者的感受。医生关注的是疾病，患者感受的是疾痛。如人饮水，冷暖自知。一张病床，将医患隔成两个世界。站在床边和躺在床上的角度不同，看到的世界也完全不同。

人们常说“换位思考”，但医生与患者真正“换位”并不容易。如果不当一回患者或不经历一场手术，医生恐怕永远不懂患者的痛苦。当然，并非所有医生都有角色换位的机会。但是，即便不能“同病相怜”，也要“心有戚戚”。医生是一个特殊的职业，可以合法地让患者麻醉后失去知觉，然后打开他们的身体，露出五脏六腑，或切除，或缝合，或注射。一旦穿上白大褂，医生很容易产生一种居高临下的傲慢，俨然是主管生死的“判官”。尽管医生并不具备起死回生的神奇“法术”，而患者依然把性命交付给医生，并且毫无怨言地承受痛苦。这一切，都源于对医生的信任。从这个意义上说，患者是医生最好的老师。医生救治了患者，患者也成就了医生。每一位医生的成长之路，都是患者用鲜血和痛苦铺就的。医生理应对患者深怀感恩之心，带着爱去行医。

现代医院如同工业化的流水线，患者一个个被推进手术室，再一个个被推出来。在周而复始的循环中，医生的感觉似乎越来越麻木。很多病人反映，术前看不见主刀医生，术中不知道谁做手术，术后找不到医生的影子。有的医生过分关注病变组织，把病人当成了“会呼吸的肿瘤”；有的医生语言随意轻慢，给患者带来无尽的恐惧和不安。这样的医生，迟早会尝到自己酿下的苦酒。因为白大褂与病号服之间并无绝对的界限。当医生穿着白大褂呵斥病人，应该想到自己穿上病号服的时候，也会同样有种种不适之感。不要等到自己生病了，才知道应该对患者好一点。有位外国医生曾说：“如果我能从头来过，我会以完全不同的方式行医，但不幸的是，生命不给人这种重新来过的机会。”

人们常说，今天你怎样对待别人，明天你也会被怎样对待。愿每一位医生都能怀一颗大爱之心，温柔对待那些为病所苦的人。

“胶囊宾馆”传递人性温度

2018 年底，河南科技大学第一附属医院推出一种“胶囊宾馆”。虽然只有 10 张床位，但刚好与外科重症监护室的床位数相匹配。凡是外科重症监护室患者家属，都可以免费入住。为了让患者家属安心睡觉，每个床位都配备了呼叫终端，随时能够收到医护人员的通知。小小“胶囊”，温暖了患者家属的心。

很多人都有过类似的经历：亲人躺在重症监护室里，命悬一线，生死未卜。一扇冰冷的大门，将家人分隔在两个世界。由于重症监护室不允许家属陪护，家属只好守在病房门口，一刻也不敢走远，生怕漏掉亲人的消息。有的人甚至通宵达旦坐在门口，累了就在走廊里打地铺，身心饱受煎熬。而医院设立“胶囊宾馆”，既解决了患者家属的住宿问题，也减轻了患者家属的心理压力。小小“胶囊”，堪称医患关系的“暖箱”！

如今，医院的大楼越来越高，设备越来越先进，但患者的就诊体验并未更加愉悦。在医疗的流水线上，患者从一个诊室走向另一个诊室，从一台机器走向另一台机器，看不见温暖的笑脸，听不见温暖的话语，心中难免会有一种失落感和孤独感。借助现代化的仪器，医生无须接触病人的躯体，就能完成诊断，甚至连手术都可以交给机器人。然而，这毕竟远离了医学的初心。因为，医学是人与人的故事，而不是人与机器的故事、人与金钱的故事。医疗技术的进步，只是为改善医疗服务创造了条件，并不意味着患者的体验感必然提升。眼下，老百姓对医疗的期望值越来越高，他们不仅要求看得上病、看得好病，更希望看病更舒心、服务更体贴。因此，医疗供给侧改革，必须以患者需求为导向。需求决定供给，患者需求才是医疗进步的原动力。公立医院应从规模扩张转向品质提升，不断提升患者看病就医的体验感和获得感。

现代临床医学之父威廉·奥斯勒说：“一名医生绝不只是在治疗一种疾病，

而是在医治一个独一无二的人，一个活生生、有感情、正为疾病所苦的人。”医学既有科学属性，也有人文属性。医学不仅是一门纯科学，也是温暖人心的艺术。医学的温度，往往体现在细节之中。例如，有的医院全程直播所有手术，既规范了医生的治疗行为，也让患者家属不再忐忑不安；有的医院允许患者家属在医院大厅过夜，冬暖夏凉，为经济困难的患者家庭节省了费用；有的医院为验血患者提供免费茶点，使空腹患者不再饥肠辘辘；有的医护人员为每一位术后病人掖好被角，避免手脚和肩颈露在外面；有的医生在实施麻醉之前，握住患者的手，说几句温暖的话，让患者安然进入梦乡……小小善举，传递了医学温度，体现了医者仁心。

其实，患者评价一个医院更多的是关注细节，而不是结果。有时，看病过程的体验感比治疗结果更重要。医学充满了风险性和不确定性，很多疾病未必有确切的治疗方法，但是，如果诊疗过程能让患者感到温暖，患者就会对医生产生信任。患者可以宽容医生的技术不足，但不能容忍医生的冷漠。因为，人文可以弥补技术的缺陷，但技术永远无法弥补人文的缺失。

改善医疗服务，只有进行时，没有完成时。愿更多医院想患者所想、忧患者所忧、急患者所急，多推出一些类似“胶囊宾馆”的举措，让医患关系更加和谐！

徐鹏飞 画

良医当有工匠心

如果说生命是大自然孕育的“艺术品”，那么，医生就是修复生命的“工匠”。医生与工匠，两个不同的职业，却有着相似的气质。

好医生没有分别心，不会马虎地对待任何一位病人。就像一位工匠，无论面对何等材料，都会反复琢磨，绝不浪费好料，也不抛弃坏料，力求物尽其用。一位好医生，不会嫌贫爱富，不会挑肥拣瘦。无论病情轻重，一律认真对待。哪怕是再简单的疾病，也会谨小慎微，用心求证，以免误诊。倘若遇到复杂疑难病例，更是朝思暮想，夜不能寐，设计手术路径，绘制手术图谱，生怕一刀开错永成遗憾。

好医生追求完美，精益求精，总想把手术做到极致。一个病人躺在手术台上，医生手起刀落，活儿做得是粗是细，只有自己明白，所谓“修合无人见，存心有天知”。一位好医生，绝不会在不完美中缝合伤口，他把手术中的任何瑕疵都视为医者的耻辱。北京协和医院妇产科专家郎景和说：“在做子宫肌瘤剔除术时，请记住农夫的话：在收获后的马铃薯地里，我们总可以找出遗留的马铃薯。”他曾做过一台手术，从病人子宫里挖出 200 多个肌瘤，一个一个抠，一遍一遍查。就像一个农家孩子，提着筐子，在马铃薯地里捡漏，再小的疑点也不放过，直到地里干干净净。

好医生不仅付出心血，而且倾注情感。就像工匠碰上一块好料，如同遇见知己，用心与其对话，同悲同喜，直到心物一体，你中有我，我中有你。如此打磨的作品，自然就有了匠人的温度和气质。好医生看病，亦是如此。医生完成手术，并不意味着完成了对病人的治疗。病人身上的刀口，就是医生永久的“签名”。医生术后到病房查看病情，如同检视自己的作品。一个危重病人康复出院了，医生依然会牵肠挂肚。若干年后，再次遇见病人，看到其不再为疾病所苦，医生便会喜不自禁，就像工匠炫耀自己的作品一样："看，这是我治好的病人！"

好医生把职业当成信仰，置心一处，不觉其苦。恰如一名工匠，一辈子坚守一门技艺，不敢省人工，不敢减物力，把每件作品都当成自己生命的延续。一位好医生，认真对待每一次治病救人的过程，无论多苦多累，始终痴心不改，当病人康复时，会有一种"爱情爆发般的幸福感"。这种喜悦不是每个人都能体会的。著名心内科专家胡大一说："不在病床旁边度过足够的不眠之夜，不足以理解医学。"这就是好医生的坚守与执着。北京协和医院的很多老教授有一个共同特点：守时、干净、彬彬有礼。他们把每一次出诊都当成一次神圣的仪式，绝不迟到一分钟。仪表端庄，头发梳得一丝不乱，白大褂一尘不染，听诊器挂在胸前，永远面带微笑。有一位老教授至今保持着这样的习惯：站在诊室门口，迎送每一位病人。因为他们深知，一个外表邋遢、举止轻慢的人，是不配从事医生这样高贵的职业的。

工匠精神是一种修炼，更是一种境界。没有匠心，难成良医。一名好医生，也是工匠精神的传承者！

一束光的力量

诗人北岛说："黑夜给了我黑色的眼睛，我却用它寻找光明。"世界上最苦的人，不是居无定所的贫者，也不是无依无靠的孤儿，而是那些看不见光明的人。人生漫漫如长夜，怎堪凄风苦雨？万幸，这个世界上还有眼科医生，他们是上天派来的光明使者。

20 世纪 80 年代，有一部电影叫《人到中年》，女主角陆文婷是一位眼科医生，她内心善良，敬业正直，对病人一视同仁。尤其是在手术台上的那份定力，更是令人钦佩不已。据说，很多年轻的学子就是因为看了这部电影，才选择了学医。

医学界有"金眼科"之说，意思是眼科的含金量比较高。其实，这也恰恰说明了眼科的难度系数之大。小小眼球，方寸之地，其构造之复杂不亚于浩瀚的星空。一名医生，即便穷其一生，也只能窥其一斑而已。因此，眼科医生每天都是在悬崖边走钢丝，稍有闪失，便会毁灭一个星球。

每个人都向往光明。有光和无光，就像白天与黑夜，完全是两个不同的世界。对于正常人来说，光和空气一样，取之不尽、用之不竭，永远都存在。然而，对于失明者来说，一束光就是天堂和地狱的分界线。眼科医生孜孜以求的，就是为患者留住最后一束光。哪怕历尽千辛万苦，也觉得无怨无悔，因为他们最懂患者的苦。

北京同仁医院眼科专家魏文斌说，有一位做瓷器鉴定的患者，视网膜脱落后，一点也看不见了。手术后，仅有 0.03 的视力。然而，当这位患者拿起放大镜再次看到瓷器时，居然兴奋不已。其实，对于那些曾经掉进黑暗里的人，0.03 就是光明和黑暗的分水岭。如果没有这点微弱的视力，他们的人生将彻底堕入深渊。哪怕是 0.01 的视力，和全然看不见就有天壤之别。

北京大学人民医院眼科专家赵明威说，他曾遇到一位七旬的糖尿病视网膜病变患者。老人就诊时双眼已经失明一周，由于合并尿毒症，手术风险很大。在家人的恳求下，他为患者抢回了0.1的视力。术后，老人和家人抱头痛哭，说她终于知道什么是白天、什么是黑夜了。不幸的是，一周后老人就因为尿毒症去世了。她的女儿说："医生，真的谢谢你，我妈妈是睁着眼睛离开人世的，她看见了这个世界，看见了自己的亲人。"

一束光，如同一扇窗，让生活有了暖色，让岁月有了光芒。只有与患者心心相印的医生，才会感同身受，见彼苦恼，若已有之，深心凄怆。

生命如此复杂，医学如此有限。有时，即便医生拼尽全力，也未必能留住半点光影。倘真如此，就请为患者点燃一盏心灯吧。也许，心盲比眼盲更可怕。心里有光，世界就不再漆黑；心里温暖，世界就不再寒冷。

一束光的力量有多大？超越时空，无始无终，遍照一切处。

医生，请多一点耐心

“你是蒋医师吗？”“我再问一遍，你是蒋医师？”“你说你是蒋医师？”在网上热传的一段视频中，一位老人反复询问一名医生，同一个问题问了 17 遍，而医生的每一次回答都很耐心。蒋医生是江苏宜兴一名社区医生，那位老人与蒋医生已经相识 18 年，每次看病都是找他。老人因为患上了健忘症，所以才反复确认。而蒋医生耐心地回复老人，只是想让老人放心。

有人说，如今大医院人满为患，医生一天看几十个病人，连喝水、上厕所也顾不上，累得连话都不想说。假如遇到这样的病人，医生怎么可能有如此耐心？

的确，医生也是凡人，也有喜怒哀乐。尤其是大医院的医生，长期超负荷工作，身心疲惫，难免会失去耐心，这都可以理解。但是，对于患者来说，医生的每一句话都很重要。因为病人遭受着生理和心理的双重折磨，不仅身体虚弱，而且精神脆弱。医生一句话，既能让患者跳，也能让患者笑。不管有多大压力，医生都应帮助和安慰患者。即便时间少，话也可以很温暖。因为，语言的冷暖与时间的长短并无关系。

有一位脑瘤患者到一家著名医院挂了特需专家号，经过几个小时的候诊，专家只是从患者带来的片子中挑了几张，匆匆看了几眼，就开始下结论：必须立即手术。患者问：“如果不手术呢？”专家冷冷地说：“不手术？那就等着呗！”病人本能地想从医生那里得到希望或者安慰，但医生的话让他经历了一次粗鲁的精神鞭挞。患者说：“这位专家很草率地对待胶片，也会更草率地对待病人。”看来，一名医生哪怕技术再高，如果骨子里充满冷漠和傲慢，也不会赢得患者的尊重和信任。

事实上，患者评价一名医生的好坏，既要看治疗效果，也要看就医体验。有时，医生的技术水平很难评价，但服务态度很好比较。在同一家医院，为什么有的医生纠纷很少，有的医生纠纷总是很多？一个重要原因就在于服务态度。有的医生虽然不是专家，但态度和蔼，百问不烦，令人如沐春风。有的医生虽然名气很大，但态度倨傲，说话难听，令人寒意顿生。在很多时候，医生态度冷淡、言语不当，往往会成为激怒患者的“一把火”，引爆医患冲突甚至酿成公共事件。因此，医生多一点耐心，既能体现人文修养，又是一种自我保护。

医学不是万能的。即便现代医学如此发达，能够治愈的疾病也是有限的。对于很多重症病人来说，即便医生拼尽全力，也未必能够达到理想的效果。而病人往往抱着无限的期待，不仅希望把病看好，而且希望恢复如初、永不复发。可见，患者的期望值和医学的局限性之间，存在着鸿沟。在这样的情况下，医生通过耐心解释，可以增加医患信任，减少误解和纠纷。如果医生过分相信技术力量，忽视了服务态度，一旦遇到治疗失败的结果，很可能发生医患纠纷。而良好的沟通和耐心的解释，往往可以弥补技术的不足，降低患者对医学过高的期望值，增加医患之间的信任度。

好医生的标准有很多，但耐心无疑是重要标志之一。医生的耐心，源自心底的善良与慈悲。一名好医生，必定有一颗大慈悲心。有了慈悲的“泉眼”，自然就有耐心的“清流”。医生，请对患者多一点耐心吧！

第二章 医患

莫让纱布遮住信任

2016年，山东某电视台报道了一则新闻：潍坊一名女子剖宫产后寝食难安，后经检查，发现医生“遗忘”了一块纱布在腹内。医院解释，该产妇系疤痕子宫合并前置胎盘，采用纱布止血和缝针并非“医疗事故”，而是常见的抢救措施。医生在取纱布的过程中，发现有部分纱布条取出困难，当即向患方说明情况，并告知可观察半个月左右待纱布自行脱出或用宫腔镜取出，患方表示理解并签字。谁料，某媒体居然歪曲事实，炮制了一起“纱布门”事件。

医学是一门探索性科学，具有复杂性、不确定性、不完美性等特点。在生死攸关的时刻，医生只要能保住患者生命，即便存在技术上的瑕疵，也是可以原谅的。因为任何技术都是一把“双刃剑”，医生需要根据情况作出抉择，两害相权取其轻。如果要求医生每一次手术都完美无缺，那么，世界上恐怕就没有医生了。在本次事件中，对于纱布为何留在产妇腹中，医院的解释是，因为缝针挂到纱布，不能强行取出，而缝针挂到纱布是在没有办法的前提下盲缝了一针。如果不果断缝针，可能就会因大出血而切除子宫。倘若切除子宫，医生并无过错，患者却遭大罪。显然，缝纱布比切子宫更符合患者利益。因此，医生的做法是值得肯定的。即便手术有点缺憾，也应当给予理解。毕竟，医学的进步离不开患者的宽容。

医患是一对矛盾体，双方既有共同利益，也有各自利益。无论哪个国家，医患纠纷都不可避免。当患者感觉身体受到伤害时，对医方行为提出质疑，合情合理，无可厚非。但是，鉴于医学的专业性和复杂性，仅凭个人有限的知识，很难判断是非。如果医患双方各说各的理，难免会出现“鸡同鸭讲”的现象，徒耗精力和时间。这就需要有一个权威公正的第三方出面调解，拿出客观的结论，让双方达成共识。目前，我国建立了医患纠纷人民调解委员会，这是一个独立的第三方机构，拥有一批具有法律、医学等背景的专家。通过第三方调解处理医患纠纷，是最快捷省心的办法，符合医患双方的利益。但是，在“纱布门”事件中，患方却关上了理性对话的大门，拒绝走调解或者司法程序，企图以闹取胜，索要高额赔偿。如果任凭这股风气蔓延，纵容医闹行为，医患关系必将受到重创。

在医患纠纷中，媒体扮演着重要角色。舆论导向正确，能促进医患和谐；舆论导向错误，会加剧医患对立。当医患纠纷发生后，患方往往以弱者自居，希望借助媒体的力量，给医方施加压力，以达索赔之目的。在这样的情况下，记者更应坚持客观、公正的第三方立场，小心求证，慎下结论，而不能先入为主，主观臆断。一般来说，新闻报道是一个逐渐完善的过程。在事件发生之初，报道可能会存在一些偏颇甚至错误。随着更多证据的出现，媒体应不断纠偏，力求使报道接近事实，最终将完整的真相呈现给公众。在采访中，记者不能偏听偏信，而应坚持真实、客观、平衡的原则，让当事双方都有机会说话，维护媒体的公信力。即便开展舆论监督，也应出于善意和诚意，着力推动问题解决，而不能为了制造“轰动效应”，故意煽风点火，激化医患矛盾。总之，媒体应成为医患裂痕的“黏合剂”，而不是医患冲突的“助燃剂”。

医患对立，两败俱伤；医患和谐，人人受益。假如在“纱布门”之后，医生不敢冒险，患者不敢看病，医患关系更加紧张，那将是全社会的灾难。重建医患信任，需要理性的社会心态和良好的舆论环境，更需要有力的法治保障。但愿“纱布门”成为促进医患和谐的新契机，而非挡住医患信任的一堵墙。

用良法为救人者撑腰

几年前，广东省东莞市人民医院泌尿外科张医生乘坐飞机时，遇到乘客身体不适。听到空姐广播寻找医生，他立刻举手示意。空姐问："请问您有医师证吗？"他回答："我没带，但我是医生，我必须马上去看看。"经过处置，乘客身体逐渐好转。还有一名医生在高铁上救人，列车员不仅向其索要医师证，还拍照录像，并要求写下情况说明。

医生在飞机上救人，本来是很正常的事情。但是，此类事情频频发生，让不少医生顾虑重重：假如救人之后出现纠纷，医生会不会承担责任？

自 2021 年 1 月 1 日起施行的《中华人民共和国民法典》规定："因自愿实施紧急救助行为造成受助人损害的，救助人不承担民事责任。"这一条款从立法的层面豁免了救助人对受救助人造成的损害，消除了见义勇为者在扶贫济困、挺身而出之后的顾虑。自 2022 年 3 月 1 日起施行的《中华人民共和国执业医师法》规定："国家鼓励医师积极参与公共交通工具等公共场所急救服务；医师因自愿实施急救造成受助人损害的，不承担民事责任。"这一法律规定，再次明确为医生撑腰。

既然法律法规如此明确，医生们为何还是心有余悸呢？这是因为，法律只是保障救人者权利的底线，社会上还缺少更多保护性制度作为支撑。例如，有人看到街头老人摔倒不敢扶，担心万一被讹，无法自证清白。所以，消除救人者心头的疑虑，仅仅有法律保障是不够的，还需要更多好制度"同频共振"，为见义勇为创造良好的法治环境和舆论环境。例如，交通部门应制定更具体、更人性的规定，让飞机、火车等交通工具上的救人者免除后顾之忧，万一出现纠纷，交通部门要率先承担责任，而不是急于"甩锅"，让救人者孤掌难鸣。只有建立了完善的配套制度，救人者才会底气十足，该出手时就出手。同时，更多志愿者也会学习急救知识，遇到特殊危急情况，主动伸出援手。

我国已经进入老龄化社会，公共场所的突发情况增多，现场急救需求也在增加。如果救人者总是担心成为被讹对象，挺身而出的人就会越来越少。因此，社会应给予救人者更多理解和支持，形成一道道“保护墙”，绝不能让救人者流汗又流泪。对于公众来说，应对救人者抱有合理的期望，不要过高估计紧急救治的疗效，更不能奢望每个患者都能转危为安，甚至起死回生。事实上，在紧急情况下，受医疗条件和从事专业所限，医生很难对病情作出准确诊断。例如，脑梗塞和脑出血症状基本相似，但治疗原则却大不相同。即便送到医院救治，抢救成功率也是有限的。在大多数时候，医生只能凭经验判断病情轻重，并给予简单处置和心理安慰。所以，要求救人者精准施治，甚至还要有一个完美的结局，是不切实际的。倘若求全责备，恐怕医生只能选择旁观，更不要说非医学专业的志愿者了。一旦人人自保，将会导致人人自危，那岂不是社会文明的倒退？

当然，每个人都是自己健康的第一责任人。为了减少意外发生，公众应充分了解自身健康状况，出门前尽量采取预防措施。例如，慢性病患者随身携带必要的医疗记录和常用药物，这样既能有效避免病情突发，也便于救人者准确判断病情。

为众人抱薪者，不可使其冻毙于风雪。一个社会的文明程度，不取决于建筑的高度，而取决于人心的温度。愿有关部门出台更多体现公平正义的好制度，用良法为挺身而出者撑腰鼓劲，让见义勇为者大胆地往前走！

还医生一间安静的诊室

2023 年 2 月，辽宁省中医院一名医生遭患者持改制枪械袭击头部，子弹击中右眼贯穿整个头部，动静脉血管全部破裂。犯罪嫌疑人以涉嫌故意杀人罪被批捕。

近年来，暴力伤医案件时有发生。尽管行凶者受到了强烈谴责和法律严惩，但弥漫的戾气，如同一场厚重的雾霾，笼罩着医生的心。有一位医生感慨道："哪怕这个医生再不好，他也一定会使出浑身解数，让自己的病人好转。这个世界上最不愿病人离世的，一定是医生。"

医院本应是最安静的地方，一度时期却成了最喧闹的场所，伤医辱医事件频发。"医闹"人人痛恨，为何屡禁不止？一个重要原因就是法治缺位，惩罚不足。当"医闹"不仅不会吃苦头，甚至还尝甜头，所谓"不闹白不闹，闹了不白闹"。长期以来，医院未被列入公共场所之列。也就是说，医院不属于公共场所，而属于内部治安保卫单位，这就给"医闹"留下了"空子"。有人以亲人死亡为借口，在医院软磨硬泡、死缠烂打，以此要挟医院赔钱。由于一些地方公安部门出警不力，医院为了息事宁人，只好花钱了事，结果让"医闹"乘机得利，客观上助长了用闹事解决问题的习惯，使"大闹大赔、小闹小赔、不闹不赔"成为潜规则。

其实，医院与车站、机场、码头、公园等一样，都属于公共场所。医院环境安宁与否，涉及每个公民的合法权益。"医闹"扰乱医疗秩序，就是侵犯公民的生命健康权。2017 年，国家卫计委等三部门发布的《严密防控涉医违法犯罪维护正常医疗秩序的意见》要求，公安机关应在有条件的二级以上医院设立警务室，并配备相应警力。这是打击涉医违法犯罪的重大举措，值得称赞。自 2020 年 6 月 1 日起实施的《基本医疗卫生与健康促进法》规定："医疗卫生机构执业场所是提供医疗卫生服务的公共场所，任何组织或者个人不得扰乱其秩序。”至此，我国从法律层面上将医院列入公共场所范畴，使医院的治安主体从保安上升为公安，有利于更好地维护正常医疗秩序。

如今，“对医疗暴力零容忍”已经成为社会共识。但是，这不能仅仅是一句口号，而应成为实际行动。医疗暴力分为两种，一种是硬暴力，一种是软暴力。所谓硬暴力，就是砸医院、打医生等违法行为；所谓软暴力，就是用语言或动作侮辱、恐吓、威胁医务人员等。其中，后者因为不违法，往往被认为是可以容忍的。一些有职务、有地位的人，自以为高人一等，遇到不满意的事情，也会粗暴地辱骂甚至殴打医生，影响极其恶劣。据调查，很多医务人员在诊疗场所都有过被患者辱骂的经历，一般都是忍气吞声，自认倒霉。其实，对医生使用软暴力，直接影响了医生的心态和情绪，间接影响了其他患者享受优质医疗服务的权利。可见，侮辱医生，就是对生命尊严的践踏。

当前，我国正在建立和完善守信联合激励和失信联合惩戒制度，旨在倡导褒扬诚信、惩戒失信的社会风尚。《严密防控涉医违法犯罪维护正常医疗秩序的意见》提出：“将涉医违法犯罪行为人纳入社会信用体系，依法依规施行联合惩戒并通报其所在单位”。这意味着，涉医违法犯罪行为将被列入社会诚信“黑名单”。一个人一旦有了“医闹”记录，这个污点就会伴随一生，有可能影响其未来的工作和生活。尽管这只是一个“软约束”，但对于遏制“医闹”蔓延具有积极意义。在一个文明社会，医生作为“生命的保护神”，理应受到特殊的尊重和礼遇。在医生没有明显过错的情况下，一个肆意侮辱或威胁医生的人，必须受到舆论的谴责，付出应有的代价。将“医闹”列入社会信用体系“黑名单”，既是尊医重卫的体现，也是社会进步的标志。

愿暴力远离医院，还医生一间安静的诊室，给患者一个清净的环境！

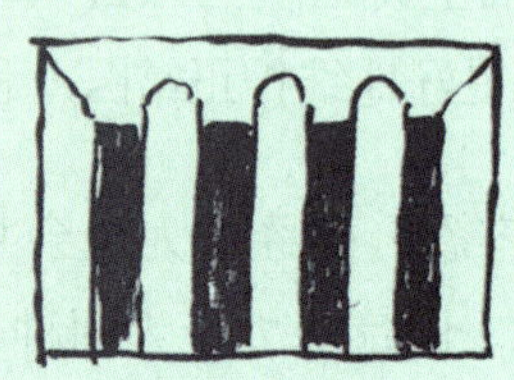

徐鹏飞 画

让“医闹”付出失信代价

2018年，我国28个部门联合发布《关于对严重危害正常医疗秩序的失信行为责任人实施联合惩戒合作备忘录》，对严重危害正常医疗秩序的失信者实施联合惩戒。这意味着，严重破坏和扰乱正常医疗秩序者将被列入“黑名单”，在职务晋升、评奖评优、乘坐飞机等诸多方面受到限制。此举有利于精准打击“医闹”行为，维护正常医疗秩序。

近年来，我国医患关系总体上是和谐的，医生执业环境日趋改善。但是，伤医辱医事件仍时有发生，严重破坏了医患信任。个别人在看病就医过程中，肆意侮辱、恐吓、殴打医务人员，气焰嚣张，影响恶劣。尽管卫生部门提出“对暴力伤医零容忍”，但由于缺乏多部门联合惩戒机制，仅靠一家之力，很难根除“毒瘤”，导致个别“医闹”有恃无恐，逍遥法外。为此，医务人员承受了不少委屈和压力。

医院是一个特殊的公共场所。既然是公共场所，其秩序就需要每个人来自觉维护。无论是谁，看病都要遵守规则。如果遇事不冷静，动辄大吵大闹，侮辱恐吓医生，必然会影响医生治病救人，从而损害其他病人的利益。事实上，我们之所以尊重医生，并非医生比其他职业“高贵”，也并非医生有什么职业“特权”，而是因为人命关天。生命价值高于一切，医生的使命是救死扶伤。采取过激手段，扰乱医疗秩序，不仅是对医生合法权益的侵犯，更是对其他人生命健康权的践踏。如果让“医闹”成了气候，整个社会将不得安宁。

古人云：小惩大戒。让有小过失的人受到惩罚，可以避免其犯大错误。对于严重失信者，如果不让其吃点“苦头”，全社会将为其付出沉重代价。例如，在高铁上，有人理直气壮地霸占别人座位，不听劝阻，撒泼耍赖，如果这种行为不受惩罚，霸座者就会越来越多，社会风气就会越来越坏；在公共汽车上，如果对于抢夺司机方向盘的人不予理睬，就会酿成汽车失控的惨剧，最终让全体乘客买单。破坏和扰乱正常医疗秩序，看似是个人道德问题，实则是危害公共安全行为。所以，保障和维护公共秩序，是每个公民的责任，也是社会治理者的责任。

医疗资源属于相对稀缺的公共资源。当少数人在医院里无理取闹时，必然会打乱医疗资源的合理分配，这是对公共利益的漠视和侵蚀。因此，纵容失信者的“任性”，就是对守信者的不公。对于形形色色的“医闹”，除了给予道德谴责之外，必须给予实质性惩罚，这样才能起到震慑作用。只有让失信者在社会上处处碰壁，人们才会珍惜自己的“信用额度”，守信者才会越来越多。

当然，对失信者进行适度惩罚，目的是惩前毖后、治病救人，促使其改邪归正，而不是将其“一棍子打死”。在建立联合惩戒机制的同时，我国还将建立联合惩戒退出机制，对失信者进行动态管理。被列入“黑名单”者满 5 年后，有关部门将及时撤销其名字，并停止实施惩戒措施。如果期间再次发生类似行为，惩戒期限累加计算。

维护良好的就医秩序，关系每个人的切身利益。希望更多人抵制“医闹”行为，珍惜安宁的诊疗环境，营造文明守信的社会风气。

魏则西留下的生命考题

2016 年，西安某高校大学生魏则西因罹患滑膜肉瘤，辗转多家医院治疗，病情不见好转。最后通过百度搜索到某医院开展生物免疫疗法，在花光东凑西借的 20 多万元后，仍不幸去世。此事引发全社会热议，掀起了一场舆论风暴。

魏则西的遭遇，的确令人同情。这是一个典型的“中国式求医”故事：父母变卖家产，四处奔波，为儿子治病，最终人财两空。类似的悲剧屡屡重演，发人深思。假如一个人得了绝症，究竟该做出怎样的选择？是不惜一切代价治疗，还是顺应自然规律？这是每个人都无法回避的生命考题。

大自然有春夏秋冬，人有生老病死。医生无法阻止生老病死，就像无法阻止春夏秋冬一样。医生是生命花园里的园丁，只能让花朵开得更好看一点，仅此而已。事实上，人体是一个极其复杂的“黑箱”，恰如神秘而浩瀚的宇宙，人类对自身的认知尚处于初级阶段。尽管现代医学发展突飞猛进，但依然无法解决大多数疾病，尤其是恶性肿瘤。医生所有的努力都是力求延缓死亡的进程。医学是有限的，也是不完美的。虽然医者的技术追求是永不言弃，但这并不代表医者具有起死回生之力。

医学本无“神话”，但偏偏有人编造“神话”，有人相信“神话”，甚至不知不觉扮演“神话”中的主角。例如，很多身患绝症的病人，由于缺乏科学认知，总是希望抓住一根救命稻草，创造生命“奇迹”。而这种“有病乱投医”的心理，恰恰让医疗骗子钻了空子。他们把生命当成生意，不惜重金占领搜索引擎入口，以精心炮制的虚假宣传为诱饵，大肆吹嘘“神奇技术”与“惊人疗效”，句句戳中患者痛点，使患者甘愿押上身家性命“赌一把”。这些医疗骗子往往证照齐全，资质合法，更具有隐蔽性和欺骗性。医院是真的，医生是真的，圈套当然也是真的。一旦有人上钩，他们便会假戏真做，把骗术演到极致，直到榨干油水为止。有的把小病说成大病，一周能治好非要拖一个月；有的把不治之症说成可以根治，“病很重，能治好，得花钱”成为标准的欺诳用语。在环环相扣的医疗“陷阱”中，很少有人侥幸逃脱。如此骗术充斥江湖，不仅损害了患者的利益，也吞噬了医疗行业的公信力，导致医患关系更加紧张。如果政府部门不拿出“刮骨疗毒”的勇气，放任“毒瘤”野蛮生长，必将贻害无穷。

提升全民科学素养是一个长期过程，而要避免人财两空的“魏则西式悲剧”，更需良好的医疗制度保障。魏则西走了，但医疗骗子并不会主动淡出江湖。如何不让下一个“魏则西”重蹈覆辙，是政府部门面临的重大课题。在欧美发达国家，很多人从出生到离世，一辈子只找家庭医生。家庭医生成为医疗体系的中坚力量。这种健康守门人制度，有效解决了医疗信息不对称问题，患者不用盲目求医，自然也不会上当受骗。建立符合中国国情的家庭医生制度，让每一位居民都拥有高素质的家庭医生，是终结悲剧的治本之策。

一个年轻生命的逝去，唤醒了整个社会的省思，这是不幸中的万幸。亡羊补牢，犹未为晚。愿魏则西事件警钟长鸣，成为推动医疗体制改革的一个新契机。

徐鹏飞 画

善终也是一种权利

2017 年，台湾作家琼瑶发表一封公开信，表达了选择“尊严死”的意愿。她嘱咐儿子和儿媳，自己无论生什么重病，都不动大手术、不送加护病房、绝不能插鼻胃管、不需要急救措施，只要没痛苦地死去就好。“你们无论多么不舍，不论面对什么压力，都不能勉强留住我的躯壳，让我变成‘求生不得，求死不能’的卧床老人！”琼瑶的生死观，引发了网上热议。

生命是一场说走就走的旅行，也是一场无人陪伴的旅行。当生命临近终点时，绝大多数人都是“被安排”进医院的，全身插满管子，手脚无法动弹，身边只有监护仪和陌生的白大褂。有的病人痛苦不堪，希望早日回家，但家属坚持抢救到底。他们认为，无论花多大代价，一定要让亲人活着。即便医生已经宣布没有抢救价值，家属依然不肯放弃，其理由就是：“如果他死了，我就没有这个亲人了。”家属把抢救生命视为“孝道”，医生把救死扶伤视为天职。但是，两者都忽视了病人的自主权利。事实上，徒劳的过度抢救，往往只是增加病人的痛苦。即便生命在延续，也是没有尊严的。这种做法，无异于对亲人的“凌迟”。著名文学家巴金曾插着呼吸机，在病床上熬了整整 6 年。巴金想放弃这种生不如死的治疗，可是他没有选择的权利。因为每一个爱他的人都希望他活下去。哪怕是昏迷着，哪怕是靠机器，只要活着就好。他说：“长寿对我来说是一种折磨。”

面对生死，每个人都有不同的态度和选择。有人追求长度，有人追求品质。但是，每个人对于生命的自主选择权都应得到尊重。对临终亲人的最好关怀，就是把死亡的权利还给亲人，使其按照自己的愿望度过最后时光。我国著名外科专家、北京医院原名誉院长吴蔚然在临终前留下遗愿，恳请医院尊重自然规律，不必采用插管、透析、起搏器等创伤性治疗拖延生命。最后，家人尊重他的自主选择，陪伴他平静地走到生命的尽头。

近年来，不少医学界人士致力于推广“生前预嘱”，鼓励“尊严死”，提倡“我的死亡我做主”。“尊严死”不同于安乐死，是指在不可治愈的伤病末期，放弃抢救和不使用生命支持系统，让死亡既不提前，也不拖后，而是自然来临。在这个过程中，应最大限度尊重临终者本人意愿，尽量使其有尊严地告别人生。“尊严死”不把挽救生命作为首选，而是将无痛、无惧、无憾地离世作为目标，让“生死两相憾”变成“生死两相安”。

人生最无奈的事是既不能选择生，也不能选择死。善终既是生命的最高追求，也是生命的基本权利。尊重生命，就是要尊重患者对生命的自主权利。

死亡也许只是一个短暂的瞬间，但与疾病共存则是一个长期的过程。尊重患者的生命自主权，并不是鼓励放弃治疗，而是要让临终者体面而有尊严地离开人世。遗憾的是，全国开展舒缓治疗的医疗机构极少，很多晚期癌症病人疼痛难忍，有的甚至绝望自杀。目前，一些医院更倾向于选择有治疗价值的患者，对于没有治愈希望的患者往往予以拒绝，使临终者得不到医疗机构应有的专业照护，身心煎熬，抱憾而终。

生是偶然，死是必然。如果说生命是一条航船，每个人都是这条航船的掌舵者。让生命完美地谢幕，不应成为一种奢望。

请呵护医生的善意

一名胃癌术后患者住进某医院肿瘤科，医院给予镇痛、平喘等姑息治疗，其中包括注射吗啡，但患者终因呼吸衰竭死亡。时隔半年，患者家属以医生“过量使用吗啡”为由，将医院告上法庭，索要赔偿。最终，法院驳回原告全部诉讼请求。

在本案中，患者死亡是由病情危重所致，而非过量使用吗啡，这是基本事实。世界卫生组织提出，每一个走到生命尽头的人都有权利获得高质量的临终关怀，吗啡等阿片类药物被列为癌症止痛和安宁疗护的首选或必备药物。当一位生命迅速衰竭的患者承受着常人难以想象的痛苦，医生岂能袖手旁观？给予姑息治疗，尽力减轻痛苦，体现的是医学的人文关怀。一纸公正的判决，对维护生命的尊严有深远影响。

在全球死亡质量排行榜上，我国排名较落后。很多临终患者本该使用吗啡，却没有获得足够的药物，只能在痛苦中离开人世。原因何在？一是社会观念滞后。很多人认为，对晚期肿瘤患者要“不惜一切代价抢救”。在临床上，重治疗、轻止痛，重生命长度、轻生存质量，已经成为一个普遍现象。二是法律支持不足。很多医生由于害怕惹官司，不得不采取过度自我保护措施，即便患者临终前非常痛苦，也不敢使用吗啡等“敏感药物”，因为一旦发生法律纠纷，很容易被司法鉴定机构认定为“使用吗啡不慎重”，承担法律责任。以上两个因素叠加，导致我国姑息治疗发展缓慢，临终患者生存质量较差。

在美国电影《血战钢锯岭》中，战地医生遇见严重受伤的患者，总是问一句：“这是吗啡，需要一支吗？”当得到肯定的回答后，医生就会将吗啡注入伤员体内。世界卫生组织倡议，将死亡视为一个自然的过程，既不刻意加速死亡，也不延缓死亡的到来。作为肿瘤科医生，他们常常面对的是“死又死不了，活又活不好”的患者。当治愈疾病已经成为不可能时，医生是徒劳地对抗死亡，还是将缓解痛苦作为治疗原则？这是一个医学问题，更是一个社会问题。诺贝尔和平奖获得者史怀哲说：“使患者在死前享有片刻的安宁将是医生神圣而崭新的使命。”时代在进步，观念在更新。让晚期癌症患者安宁而有尊严地离开人世，应逐渐成为全社会的共识。

事实上，治愈从来都不是医学的唯一目的。当疾病无法治愈时，帮助和安慰患者是医生更重要的职责。对于晚期肿瘤患者来说，死亡是不可逆的结果。医生采取姑息治疗措施，使其尽可能舒适地走向死亡，不仅符合患者的最大利益，而且符合伦理学准则。在临床上，很多医学干预措施既存在明确的有效性，也存在不可避免的有害性。当医生面临“双重效应”时，其做法只要符合患者利益最大化，就可得到伦理学辩护，这是全球通行的原则。

医学是人性善良的表达。面对医学的不确定性，医生拥有很大的“自由裁量权”。是非善恶，存乎一心，医生也被称为良心职业。有时，一个冒险的治疗方案，虽然不符合治疗指南，却能奇迹般挽救患者的生命；有时，一种药品的灵活使用，虽然超越说明书范围，但足以让患者的生命更有质量。医学是一门探索性学科，不能刻舟求剑，更不能盲目迷信权威，否则就无法进步。医生只要怀着一颗仁爱之心，把患者利益放在首位，即便出现意外结果，社会也应给予理解和支持。如果缺乏一个宽容的社会环境，医生裹足不前，处处自我防卫，不敢为患者冒任何风险，最终受伤害的还是患者。

生老病死是自然规律。当你即将走到人生终点，如果希望得到有尊严的照护，就请呵护医生的善意吧！

包容医学的不完美

2017 年 9 月，武汉大学中南医院一名患者突发肺栓塞，经医护人员全力抢救转危为安。事后，患者家属称医生在抢救这位患者时，剪掉了衣裤导致财物遗失，并提出索赔，最终医护人员赔偿患者 1000 元。

面对危在旦夕的生命，医生该不该剪掉衣裤？毫无疑问，当然应该。因为时间就是生命，医生必须与死神赛跑，当机立断，该出手时就出手。如果瞻前顾后，犹豫不决，一个生命可能瞬间就会消失。况且，医生为抢救患者而剪坏衣服属于紧急避险行为，在法律上无须承担损害衣服的赔偿责任。当生命权和财产权发生冲突时，生命价值高于财产价值，以损害财产权来保护生命权是唯一正确的选择。

当然，在本次事件中，医院并非没有瑕疵。医生在剪掉衣服后，把剪破的衣服当成垃圾处理了，从而导致患者财物遗失。医院未履行妥善保管患者财物的义务，患者索赔也没啥错。剪衣服抢救是一回事，遗失财物是另一回事。患者感激医生救命，并不等于放弃索赔权利，不应混为一谈。如果医院以此为契机，建立完善抢救患者财物保管制度，既能解除医护人员的后顾之忧，也能更好地维护患方的合法权益。

有人担心，此事会影响医生抢救患者的积极性。今后，医生在抢救患者时，会不会先问是保命还是保衣服？其实，这只是网友的调侃而已。即便有了患者索赔的先例，面对垂危的生命，医生依然会奋不顾身地去抢救，根本来不及考虑衣服的价值。哪怕是世界上最贵的名牌，也阻挡不了医生挽救生命的热情，该剪还要剪，该赔还要赔。因为，在生命面前，任何理由都是苍白的。人命至重，有贵千金。只要能救回一条命，付出多大代价都值得，钱财总归是身外之物。在临床上，医生剪掉的衣服数不胜数，但索赔的患者少之又少。可见，绝大多数患者都是通情达理、知道轻重的。医生不会因为个别患者的极端行为，轻易改变行医准则。

医学是一门复杂的科学。正如大自然没有两片完全相同的树叶一样，世界上也没有两个完全相同的病人。医生抢救病人，犹如将军指挥战斗。面对瞬息万变的复杂情况，必须果断决策。任何一个决定，都不可能面面俱到、滴水不漏，有时必须牺牲局部利益，才能换来绝处逢生。患者应该理解医生抢救时的不完美。假如医生不求有功、但求无过，死守各种指南和规定，不敢越雷池半步，甚至还要考虑赔偿衣物等琐碎问题，抢救机会就会稍纵即逝，一个鲜活的生命就可能烟消云散。所以，很多医生明知一刀下去，可能救人一命，也可能惹来无尽麻烦，依然愿意拼一把，根本不考虑个人得失。也许，这就是医学的魅力所在。一代又一代医生被这门不完美的科学所吸引，是因为他们敬畏生命、迷恋妙手回春的那一刻。虽然不一定每次都能抢救成功，但成功的机会毕竟多于失败；虽然不可能做到完美，但绝不放弃对完美的追求。因此，包容和善待医学的不完美，是对医生的最大支持，也符合患者的根本利益。

或许有一天，你的亲人也会躺在医院的急诊室里。当医生与死神搏斗时，请给他们一份笃定的信任和支持，让他们心无旁骛地救人，不要为医疗之外的事情而分心。

信任是最好的托付

一名患儿病情危重，医生让家长在“医患沟通记录”上签字。没料到，患儿家长却写道：“如果肺炎医治不力，导致严重的后果，本人必将采取暴力手段！”经医生再次沟通，家长终于道歉并重新签字。

孩子生病，家长心忧，急切希望医生抢救，这是人之常情，可以理解。但是，即便想让医生尽心尽力，也不必采用威胁、恐吓等暴力手段，否则就会触碰法律底线，导致事与愿违。况且，要求医生不能失败，也不符合自然规律。其实，面对每一位危重患者，医生最大的心愿就是抢救成功。无论贫富贵贱，医生都不会轻易放弃。试想，哪个医生真的希望病人死在自己手里呢？治病救人，既是医生的天职，也是医生的本能。例如，浙江长兴一位医生被醉酒患者打伤，躺在床上治疗。当他听见隔壁来了一名危重病人，立刻起身下床，穿着病号服就去参加抢救。尽管自己受了委屈，依然不改初心，这就是医生的本色。所以，患者拜托医生关照，与其用恶语，不如用真心。因为暴力解决不了任何问题，信任才是最好的托付。

医生是全世界最神圣的职业之一。人们之所以愿意将生命托付给一群“陌生人”，是因为这群人代表社会的良知，是公认的生命“守护神”。可以说，医患信任是一代又一代人积累传承下来的宝贵财富，也是医疗行业乃至整个社会的公共资产。但是，在当下社会转型期，我国患者对医生的信任度总体偏低，除了对特定医生的特殊信任之外，缺乏对医疗行业的普遍信任。近年来，医患关系日趋紧张，暴力伤医事件频发，从表面看是医患信任脆弱，从深层看是医疗行业公信力丧失。

医患信任，积累难，摧毁易。自 20 世纪 90 年代以来，公立医院逐步被推向市场，自负盈亏，出现了过度趋利倾向，偏离了公益性轨道。在医疗价格不合理的背景下，一些公立医院为了维持生存和发展，不得不用做买卖的方式做医疗，片面追求“利润最大化”，并将创收压力层层传导给科室和医生，导致很多医生既要考虑治病，又要考虑赚钱，扮演着尴尬的双重角色。少数医生不是该怎么用药就怎么用药，而是怎么赚钱就怎么用药；不是该怎么治疗就怎么治疗，而是怎么盈利就怎么治疗。与此同时，部分民营医疗野蛮生长，承包科室、小病大治、虚假宣传等行为屡禁不止，突破了医疗行业的底线，透支了医疗行业的信誉。老百姓分不清哪家医院值得相信、哪个医生值得信任。其结果是，医患关系沦为“买卖关系”，医患信任逐渐解体，医疗行业的公信力被严重侵蚀。

构建和谐医患关系，根本出路在于深化医改，让公立医院回归公益性轨道，让医生回归纯粹的看病角色，用合理的医疗制度支撑起医者的良知，从而挽救医疗行业的公信力。当白大褂不再沾染商业气息时，当每一张处方都干干净净时，医患信任必将重新归来。

会　诊

徐鹏飞 画

医生看病更要看人

在术前谈话时，一名医生问患者："手术是用国产刀还是用进口刀？"患者疑惑地问："有什么区别吗？"医生说："区别大着呢，进口刀手术快，时间短，出血少。"患者说："那就用进口刀吧。"患者很快签了字，出院结账时才知道进口刀是自费。虽然手术很成功，但患者心里不爽，觉得好像掉进了医生挖的陷阱里，于是投诉了医生。而医生感到很委屈，认为患者签了字又反悔，明明是想讹钱。

这位患者投诉医生，并非没有道理。教科书式的术前谈话虽无过错，却在医患之间垒起一道墙。因为医患沟通不仅是语言的沟通，更是心灵的对话。假如医生面对的是自己的亲人，还会用这样的方式沟通吗？术前谈话，不是让患者立下"生死状"，而是让病人吃下"定心丸"。

其实，患者到医院看病，都是满怀虔诚与信任，希望医生拿出最好的治疗方案。但是，由于文化背景、经济条件等不同，每个患者的治疗需求也有差别。医生看病，既要看"人的病"，更要看"病的人"；既要考虑病情需要，也要考虑家庭条件。有钱的按有钱的办法治，没钱的按没钱的办法治，因病而异，因人而异。有的治疗虽然符合医学规范，却没有考虑个人因素，故而是有缺陷的。如果医生不能设身处地为患者着想，即便治好了疾病，也不会得到尊重。

医学是人学。医生面对的不是小白鼠，而是活生生的人。医生不能把患者当成一个生物人，而要当成一个社会人。即便症状相同，但是每个人的经济承受能力不同，对治疗结果的期望值不同，治疗方法也应有所区别。例如，有的患者明明已经处于生命晚期，没有任何治疗价值，而医生却在拼命地开贵重药品，除了徒耗钱财，别无益处，最终人财两空。这样的做法，不仅让患者家属寒心，更让医患关系雪上加霜。

值得反思的是，在我国的医学教育体系中，科学教育贯穿始终，人文教育却成为一条“瘸腿”。我国医学院校人文课程的比例，远远低于欧美国家。在美国执业医师考试中，人文内容几乎占一半，而我国基本是在考知识和技能。很多“训练有素”的医学院学生，将一本本医学教材奉为圭臬，却忽视了有血有肉的人。在他们心中，医学成为一门纯自然科学。只有技术，没有关爱；只有证据，没有故事；只有干预，没有敬畏；只有告知，没有沟通。事实上，患者并不需要“会喂小白鼠的医生”，而需要“能关心人的医生”。患者可以忍受病痛的折磨，却很难忍受医生的冷漠。

医患本是陌生人，因为一张挂号条而结缘，形成一种契约关系。而让这份契约关系更紧密的，不是一本病历、一个签字、一张收据，而是医患心灵的“同频共振”。著名心血管病专家胡大一说：“看的是病，救的是心；开的是药，给的是情。”当医生的眼里不仅看见了病，也看到了疾病背后的人，医学才有人的温度。

呼唤更多全科医生

有位老人感觉头晕，到某大医院挂了 3 次号，才找对了“门”。他先挂了神经科号，没有查出问题；又挂了心血管科号，还没查出问题；再挂了内分泌科号，才找到症结所在。原来，他的头晕和低血糖有关。头晕看似简单，病因却非常复杂。专科医生首诊，往往很难找到病因。假如由全科医生首诊，患者可能就不会跑冤枉路了。

现代医学分科越来越细，有利有弊。专科医生更像是“铁路警察”，各管一段。我国进入老龄化社会，很多老人集多种疾病于一身，如果到大医院看病，分别由各科医生诊治，就会产生不少麻烦。例如，一位老人同时患有 3 种疾病，心脏病专家开了 3 种药，呼吸病专家也开了 3 种药，内分泌专家又开了 3 种药。如果患者把这些药同时吃下去，药物就会在体内“打架”。其实，专家们开的药都没有错，但他们忽视了人是一个整体。疾病之间相互关联，但专科医生囿于各自专业，只能看到局部。而全科医学的优势恰恰在于把人看作一个整体，全盘考虑，统筹规划。这样既能让患者最大程度受益，也能大幅节约医疗资源。

随着经济社会的发展，人民群众的健康服务需求不断升级。而我国医疗服务供给模式单一，无法满足人民群众的新需求。因此，必须把以专科为主导、以疾病为中心的生物医学模式，转变为以健康为中心、以生命全周期照料为核心的现代医学模式。在医疗服务体系中，全科医生和专科医生应该是“T 字形”结构。全科医生是上面的一横，代表广度；专科医生是下面的一竖，代表深度。只有全科医生和专科医生密切配合，才能使医疗资源得到最佳配置。目前，我国医疗服务的“T 字形”结构还未形成，全科医生不足 30 万人，人才缺口较大。同时，全科医生服务能力不足，难以取得患者的信任。病人从基层流向大医院，实际是在用“脚”投票。很多全科医生虽然成为居民的签约家庭医生，但服务模式还是“小专科”，全科思维尚未形成，无法胜任“健康守门人”

的角色。

全科医生不仅是一个职业，更代表一种全新的医疗服务模式。专科医生的“短板”，恰恰是全科医生的“长板”。全科医生的优势，是专科医生无法比拟的。例如，全科医生以基层医疗卫生机构为主要工作场所，以常见病、多发病为防治重点，为百姓提供全方位的健康服务。全科医生的服务模式更人性化，他们关注的是“全人”，能够提供一揽子解决方案。他们使用的“武器”多种多样，包括生物学、社会学、心理学等手段，而不仅仅是药物和手术刀。全科医生与社区居民离得更近，服务触角可以伸进千家万户，通过与病人建立长久稳定的关系，提供覆盖生命全周期的医疗照护，甚至包括临终关怀。这样的服务模式既有利于优化医疗卫生资源配置，也符合大多数百姓的根本利益。

健康中国的大厦，需要一大批全科医生支撑。希望有关部门尽快补上全科医生这块“短板”，强化全科医生激励机制，提高全科医生薪酬待遇，拓宽全科医生发展路径，为基层培养一批“下得去、留得住、用得好”的全科医生，让亿万居民拥有合格的“健康管家”。

全科医生不是“低端医生”

一位老人因牙疼到北京某社区卫生服务中心开药，全科医生问了病情之后，建议他到专科医院做个心脏检查。老人很不乐意，认为没有必要。医生解释说，他是冠心病高危人群，根据初步判断，很可能是心脏病引发牙疼。后来，老人去了专科医院，医生检查后发现老人有严重心脏病，并及时放了支架。老人感慨地说，没想到全科医生真有“全活”！

这个故事生动地诠释了全科医生的价值。在我国，全科医生常常被认为是“低端医生”，什么病也治不了，只会聊天开药。其实，真正的全科医生是“通才”，他们把人视为一个整体，而不是一堆分割的“零件”。当病人同时有多种疾病或症状时，他们能很快分清轻重缓急，找到症结所在。如果没有这样的“守门人”，患者往往有病乱投医，或凭感觉挂号，或听名气挂号。本该一次完成的诊疗，变成了多次挂号、重复诊疗，既浪费了有限的医疗资源，也加剧了看病难、看病贵的境况。同时，全科医生关注生命全周期、健康全过程，能提供连续性、综合性和个性化的医疗服务，是最理想的“健康管家”。

全科医生和专科医生是医疗服务的“两条腿”，二者分工合作，相互依存，缺一不可。全科医生既是看病的“始发站”，也是“枢纽站”。对于绝大多数常见病、多发病，全科医生可以及时诊治；而对于无法处理的疑难重症，全科医生会介绍给最合适的专科医生，从而实现医患的精确匹配。在这样的运行机制下，全科医生和专科医生都能集中精力做最擅长的事，从而实现医疗资源的最优配置，大大提升了医疗服务效率和质量。目前，我国全科医生占医生总数的比例约为 10%，而发达国家一般为 30% 以上，英国、加拿大等国家则达到 50% 左右。因此，加快培养大批合格的全科医生，是推进家庭医生签约服务、建立分级诊疗制度的关键点。

与专科医生相比，我国全科医生的薪酬待遇、职称评定、职业前景、社会地位均有较大差距。例如，社区全科医生的平均收入只有三甲医院同年资医生的一半左右，这是影响优秀人才进入全科医生队伍的重要因素。2018 年，国务院办公厅《关于改革完善全科医生培养与使用激励机制的意见》提出，签约服务费作为家庭医生团队所在基层医疗卫生机构收入组成部分，可用于人员薪酬分配。这意味着，政府为提高全科医生薪酬待遇开辟了一条特殊通道，即让全科医生通过签约服务获得更多收入。全科医生签约的居民数量越多，服务质量越好，收入就越高。这是一种强激励机制，体现了多劳多得、优劳优酬的导向，有利于调动全科医生的积极性。

强基层是我国医改的重要原则之一。近年来，我国加大财政投入力度，让基层全科医生全部“吃皇粮”，保障了全科医生的基本待遇。但是，由于激励机制不合理，一些医生变懒了，不愿意多干活，就像圈养的老虎逐渐失去了捕食能力。因此，我们应鼓励社会力量举办全科诊所，倒逼公立医疗机构改进服务模式，提高医疗质量。

全科医生是居民健康和医疗控费的“守门人”，也是医改的主力军之一。眼下，全科医生供给严重不足，远远不能满足人民群众的需求。希望政府加快培养全科医生，让更多优秀人才沉到基层，为健康中国夯实基础。

别被西方标准牵着鼻子走

2017 年，美国心脏病协会等机构发布新版高血压临床实践指南，高血压的诊断标准从 140/90 毫米汞柱下调到 130/80 毫米汞柱。这一消息在医学界引发热议。

有专家评论，由于参与指南制定学术组织的变化，近年来美国高血压防控指标忽左忽右，就像“打摆子”。这种飘忽不定的做法，让临床医生无所适从。

美国人下调高血压诊断数值，自有其依据和理由，无可厚非。但是，美国人是美国人，中国人是中国人，地域不同、生活习惯不同、经济状况不同、疾病谱不同，诊疗指南也不应相同。无论美国指南的影响力和权威性有多大，中国指南都是我国临床实践的唯一依据。对于美国指南，中国可以参考借鉴，但绝不能盲从跟风。目前，我国尚无新的证据来推翻既往诊断标准，没必要改变现行标准。

任何一个医学诊断标准的调整，都会牵一发而动全身。而标准之争的背后，往往是利益集团的博弈。由于“有病”与“无病”之间存在很大的弹性，不少利益集团站在专家背后，成为标准修订的幕后推手。例如，本来是一种致病风险，却被定义为一种疾病。当“疾病”的范围越来越宽时，最大的受益者是医药企业。因此，很多医学标准已经超越了医学范畴，沦为利益集团操纵的产物。

当然，美国高血压诊断标准调整是否有“内幕交易”，目前没有任何证据，不能妄加猜测。但是，新指南实施后，美国一夜之间将增加 3600 万成人高血压患者，高血压患者总人数占美国总人口的 46%。如果按照这一标准，中国新增的高血压患者数量更是惊人。事实上，大部分中老年人随着年龄的增长，血压会逐渐超过标准数值，把这些人全部归为高血压患者显然欠妥。所以，中国人不必对号入座，更不必感到恐慌。

从医学角度看，对于确有高致病风险的人，给予适当的药物治疗是有益的；而对于那些低致病风险的人，给予药物治疗弊大于利。从健康经济学的角度看，任意扩大疾病的界限，势必造成过度治疗，增加医疗费用，浪费医疗资源。美国是全球最发达的国家之一，医疗费用支出居全球之首。美国人愿意“用高射炮打蚊子”，这是他们的自由。但我国是世界上最大的发展中国家，卫生资源总量不足，地域分布也不均衡，如果盲目效仿美国指南，有限的卫生资源将捉襟见肘。我们必须把钱花在刀刃上，用有限的投入获取较大的健康效益。

一位西方作家在《贩卖疾病》一书中写道：“随着高血压界定值的不断降低，更多健康人被纳入高血压人群中，他们被认为有患上心脏病的风险，并且被推入用药大军中。”他认为，血压仅仅只是一种衡量因素，一种风险因素，你得把他的患病风险当成一个整体来考虑。过分专注于血压值，这将妨碍我们把病人当成一个整体来看待。高血压指南也是由一个充斥着各种公私利益冲突的专门小组编写的，利益集团正在不断地把血压值的控制标准压得越来越低。“这样下去诊疗指南迟早将终结，因为它不再是以最权威的科学为依托，而是以信念和信仰为依托了。”

在西医领域，中国很少参与或独立制定国际标准，大多数临床指南都是照搬或模仿国外的。事实上，中国有丰富的病例资源和大量的临床数据，完全可以摆脱对欧美的依赖，制定出更多的中国版临床指南。如果将欧美指南奉若神明，趋之若鹜，很可能落入陷阱，付出沉重代价。

“橘生淮南则为橘，生于淮北则为枳”。适合美国人的指南，未必适合中国人。只有立足本土，走自己的路，才是长远之计。中国人有自信、有能力拿出符合中国国情的临床指南，不必迷信和崇拜西方，更不能被西方标准牵着鼻子走。还是中国老话说得好：“别把自己的饭碗放在别人的锅台上。”

徐鹏飞 画

验光配镜的烦恼

一位朋友到眼镜店验光配镜，折腾了几个小时，店员给他配了一副 500 度的近视眼镜。结果，他戴了两周，不仅看东西模糊不清，眼睛还疼痛难忍。再次来到眼镜店，店员给他重新验光、测视力后又改为 400 度，只好重配了一副眼镜。朋友不禁感慨："两次验光，度数差距这么大，验光配镜太不靠谱了！"

其实，很多人都曾有过类似的烦恼。到眼镜店配一副眼镜，来回调试，头昏眼花，最后只好听之任之。即便眼睛不太舒服，也只好委屈自己。统计显示，在眼科门诊中，约 70% 的病人属于视光学范畴，包括近视、远视、散光、双眼视觉功能异常、低视力等，而眼科疾病仅占约 30%。可见，老百姓进行屈光矫正的需求远远大于看眼病的需求，而如此巨大的需求却被长期忽视了。

眼镜虽小，关系亿万人的视觉健康。眼睛是心灵的窗户，如果配不上一副合适的眼镜，相当于"窗户"蒙尘，生活质量肯定受影响。而配眼镜是个"精细活"，差之毫厘，失之千里，不能有半点马虎。但是，我国验光配镜主要依靠医院里的眼科医师和眼镜店的"验光员"或"验光师"。在国外，视光医师和眼科医师是两个不同的职业，视光医师主要针对眼球的光学属性进行干预，包括验光配镜、角膜接触镜验配、近视眼防治等，而眼科医师主要针对眼科疾病进行治疗。眼科医师只有临床医学背景，视光医师则兼具理工和医学专业背景，除了掌握基本的眼科临床知识之外，还需要掌握高等数学、物理光学、生物医学工程等学科知识。在发达国家，视光医师和眼科医师都拥有处方权，且视光医师数量远远超过眼科医师。而我国的眼科医师数量本来不足，高端眼视光人才更为稀缺。其主要原因是，临床上没有视光医师这个职业称谓和职称系列，加之验光配镜的技术价值无法体现，大多数眼视光医学专业的学生毕业后转入眼科医师行列。少量毕业生从事眼视光工作，只能归入技师行列。他们没有处方权，收入和地位也比医师低。与此同时，由于验光配镜准入门槛过低，一大批不合格的“验光员”和“验光师”应运而生，他们在眼镜店开具的验光单错误百出，无法达到清晰、舒适、持久的视光学要求，给公众的视觉健康带来诸多隐患。调查显示，在屈光不正的人群中，只有1/4得到眼镜、隐形眼镜或屈光手术的有效矫正。

配一副舒适度较高的眼镜，除了需要合格的视光医师这个“软件”，也需要高品质的镜片这个“硬件”。由于眼视光高端人才短缺，我国视光学科研远远落后于发达国家。全球的原创性视光学研究成果，大多是由国外研究机构率先提出和推广的。而视光学领域高端产品的研发和制造，从框架眼镜到隐形眼镜，几乎都被发达国家垄断。以近视眼镜产品为例，我国的角膜塑形镜、隐形眼镜、巩膜镜等几乎全部依赖进口。甚至连高端框架眼镜市场，也被依视路、尼康等国际品牌长期占据。

薄薄镜片，算不上“国之重器”，至多是“民生轻器”。但是，镜片质量与配镜水平，体现的是一个国家的科技实力和人才储备。作为一个拥有14亿多人口的大国，如果连一副像样的镜片都做不出、配不好，怎能不让人感到遗憾？事实上，大国崛起，不仅体现在“重器”上，也体现在“轻器”上。就像我国虽然能让卫星上天、航母下海，却无法造出高质量的圆珠笔芯、马桶盖一样，造成这种落差的原因不是技术难度，而是重视程度。因此，我们应该增强对“镜片工程”的重视，绝不能让验光配镜成为一块民生短板，绝不能让中国人的视觉健康输在一副镜片上。希望有关部门加快出台培养眼视光高端人才的政策，打开视光医师的成长通道，给更多有视光需求者增添一双“慧眼”！

看病体验感不是“奢侈品”

近年来，各地医院推出一系列便民服务措施，改善服务流程，创新服务模式。例如，在医院内开展电子导航、图形导航等导医服务；在门诊区域增设储物柜、挂衣钩、共享充电宝等；在急诊留观区域提供可卧式陪护床、床上用品等设施……一项项接地气的服务新举措，提升了百姓看病就医的体验感。

伴随我国社会主要矛盾的转化，在医疗卫生领域，老百姓也开始从关注“有没有”转而追求“好不好”。过去，看得上病、看得好病是“标配”，体验感、舒适度是“高配”。今天，人们已经不满足于“标配”，开始追求“高配”，“高配”也变成了“标配”。所以，体验感不是“奢侈品”，而是“必需品”。

改革开放以来，我国医疗卫生行业发展迅猛，医院越来越大，床位越来越多，技术和设备越来越先进，医生数量大幅增长，每千人口拥有执业医师数量与发达国家的差距越来越小。当前，我国医疗行业最大的短板是服务质量跟不上，“软件”与“硬件”不相匹配。医疗行业应当从数量扩张转向品质提升，医疗供给侧改革必须以患者需求为导向，努力提升患者的就医体验感。

医疗行业是一个特殊的服务行业，其特殊性体现为技术含量高、人文含量高。也就是说，医疗是一个高技术、高风险、高奉献、高情感的服务行业。服务并不低贱，我们每个人都在服务别人，也在享受别人的服务。服务体现价值，服务创造价值。因此，服务是医疗的本质，也是医疗的灵魂。但是，由于医院长期处于优势地位，缺乏竞争，部分医生服务意识不强，服务质量偏低。时代在变，患者的需求在变，医院也要适应新变化，不断提升服务品质。

提升就医体验感，医生是主力军。谁能赢得患者的口碑，谁就能立于不败之地。然而，部分医生缺乏危机意识和品牌意识。目前，医生多点执业和自由执业正在推进，医生个人品牌的价值将日益凸显。谁的技术水平高、服务态度好，谁的口碑就好、上门求医的患者就多。对于技术水平，患者未必能有一致评价。但是，对于服务态度，患者的评价标准基本一致。一位医生如果从细微之处关爱患者，让患者在就医过程中感受到温暖，他的人气指数就会越来越高。无论走到哪里，都会自带“光环”和“流量”，得到患者的认可和尊重。

老百姓满意不满意，是衡量医改成败的“金标准”。患者的需求，是医疗行业进步的原动力。我国连续开展改善医疗服务行动计划，努力使诊疗更安全、就诊更便利、沟通更有效、体验更舒适，推动医疗服务高质量发展，改善人民群众看病就医感受。希望更多医院提供高品质的医疗服务，让看病体验更舒心！

徐鹏飞 画

满足人民健康新期盼

2021 年，北京大学肿瘤医院开通“病历复印”邮寄服务，患者只需在手机上下载“北肿云病历”，就可以网上提交病历复印申请，享受病历邮寄到家的便捷服务。

近年来，我国“互联网 + 医疗健康”蓬勃发展，百姓看病就医体验感大大提升。尤其是在疫情防控常态化之后，各地依托“互联网 + 医疗健康”，为群众提供了防疫科普、在线咨询、心理疏导、远程会诊、慢病复诊、药品配送等一系列服务，既降低了线下聚集的感染风险，又保障了群众的医疗需求。

随着中国特色社会主义进入新时代，人民群众对美好生活有了新期盼，对卫生健康事业提出了新要求。当前，我国社会主要矛盾已经转化为人民日益增长的美好生活需要和不平衡不充分的发展之间的矛盾，具体到卫生健康领域，主要是人民多样化、多层次、个性化的健康需求和不平衡不充分的医疗服务供给之间的矛盾，人民群众不仅要求看得上病、看得好病，还要求看病更舒心、服务更体贴，更希望不得病、少得病、晚得病。因此，只有推动医疗卫生事业高发展质量，才能不断满足人民健康新期盼。

让百姓看得上病、看得好病，必须深化医药卫生体制改革，缓解看病难、看病贵问题。我国优质医疗资源总量不足，同时分布不均衡，医疗服务供给与百姓就医需求不相匹配。当前，医改已进入深水区，必须推进卫生与健康领域的供给侧结构性改革，提高健康供给对需求变化的适应性和灵活性。加快优质医疗资源扩容和区域均衡布局，推进国家医学中心和区域医疗中心建设，强化医联体网格化布局，持续提升县域服务能力。发展社区医院，推进家庭医生签约服务，促进医疗机构上下联动、分工协作。强化医疗、医保、医药联动改革，协同推进药品集中采购和使用，打通降价药进医院“最后一公里”，将政策红利引导到临床端。

让看病更舒心、服务更体贴，必须进一步改善医疗服务，提升患者就医体验感。公立医院实现高质量发展，关键在“质”不在“量”。公立医院既要重视医疗质量，更要重视服务质量；既要重视“硬件”建设，更要重视“软件”建设。要坚持以病人为中心，围绕人民群众看病就医反映突出的医疗服务问题，建立预约诊疗制度、远程医疗制度、临床路径管理制度、检查检验结果互认制度、医务社工和志愿者制度等，努力使诊疗更加安全、就诊更加便利、沟通更加有效、体验更加舒适。利用互联网技术不断优化医疗服务流程，为患者提供精准预约、移动支付、床旁结算、就诊提醒、结果查询、信息推送等便捷服务，实现线上线下医疗服务有效衔接。通过创新医疗服务模式，提升人民群众看病就医的体验感，逐步缩小医疗服务领域供需差距。

让百姓不得病、少得病、晚得病，必须把预防为主摆在更加突出位置，加快实现从以治病为中心向以人民健康为中心转变。2019 年国务院印发《国务院关于实施健康中国行动的意见》，提出实施 15 个专项行动。针对人民群众主要健康问题和影响因素，完善国民健康促进政策，加强综合干预。普及健康知识，引导人们养成良好的行为和生活方式。实施国民营养计划，因地制宜开展“三减三健”行动，即减盐、减油、减糖、健康口腔、健康体重、健康骨骼。要在资源配置和资金投入方面向公共卫生工作倾斜，更多用在疾病前期因素干预、重点人群健康促进和重点疾病防治上。建立政府、社会和个人共同行动的体制机制，推进健康中国建设人人参与、人人尽责、人人共享。

健康是人民永恒的追求。拥有健康的国民，意味着拥有强大的综合国力和可持续的发展能力。只有把保障人民健康放在优先发展的战略地位，坚持以人民健康为中心，不断满足人民健康新期盼，才能让人民群众有更多的获得感。

第三章

医者

医生为啥这么“拼”

“勿动！插管去了。”这是中科大附一院青年麻醉医生栾远航写在一张餐巾纸上的留言。那天，他正在手术室餐厅吃饭，刚吃了两口，电话就响了，说急救中心有一位病人需要紧急气管插管。由于担心工作人员把餐盘收了，他才留下了这张纸条。

其实，很多医生都有过类似的经历。无论吃饭还是睡觉，只要有紧急情况，立刻放下一切，直奔抢救现场。在很多大医院，医生常年处于“战时状态”，接诊时不敢喝水、不敢上厕所，甚至连饭也顾不上吃。有的医生一天看七八十个病人，相当于很多美国医生一个月的工作量。据中国医师协会调查，二级和三级医院的医生平均每周工作时间超过 50 个小时，加班加点成为常态。在很多医院，手术室的灯光昼夜通明，手术一台连着一台，医生换了一拨又一拨，每个医生都在争分夺秒，希望病人早日出院。难怪一位外国人感慨：“中国医生的效率非常高，如果不是非要挑专家，几乎任何时候都能看上病，手术等候时间也不是很长，这是很多发达国家根本无法做到的。”

中国医生为啥这么“拼”？因为中国有 14 亿多人口，随着就诊人数逐年上升，各大医院人满为患，“看病像春运”的现象依然突出。面对如此庞大的就诊人群，医生除了练就“千手千眼”的本领，还要加班加点“连轴转”，否则根本无法完成任务。更重要的是，中国医生崇尚“大医精诚”“医乃仁术”的价值观，宁可自己受苦受累，也不辜负患者信赖。正因为有这样一群“拼命三郎”，中国的医疗事业才能跑出“加速度”。我国医生用巨大的付出和牺牲，支撑起世界上最大的医疗卫生服务体系，为亿万百姓赢得了“健康红利”。中国用较少的投入获得了较高的健康绩效，医疗服务的可及性、质量、效率和满意度持续提高，广大医务工作者功不可没。

当前，我国医疗事业发展还不能满足人民群众日益增长的健康需求，看病难虽然有了一定程度的缓解，但尚未得到根本解决，人民群众看病就医还有不少“烦心事”。所谓看病难，主要难在到大城市大医院看知名专家比较难，根本原因是优质资源总量不足、结构不合理、分布不均衡。因此，破解看病难，既要靠医生无私奉献，更要靠加快推进医改，优化医疗资源配置，进一步解放医疗生产力，推动医疗事业高质量发展。

医生是医改的主力军，也是人民健康的“守护神”。我们崇尚拼搏奋斗的精神，但并不鼓励以牺牲健康为代价换取事业发展。目前，医生劳动强度过大、薪酬待遇偏低、休假制度不落实等问题，在一定程度上影响了医疗事业的长远发展。希望全社会都能尊重医生、关爱医生，为他们创造良好的执业环境。没有医生的健康，怎能有亿万人民的健康？

医生“累并快乐着”

河南一名冠心病患者因气管插管不能说话，招手让护士过来。他拉着护士的衣袖想说话，但由于身体虚弱，连拿笔的力气都没有，费了半天劲，写出一行字：“你太累了。”

医务人员太累，不仅是患者的主观感受，也是客观事实。患者数量与日俱增，而医生数量供不应求。如果医生不加班加点，恐怕很难撑起如此庞大的诊疗量。在发达国家，只要患者病情不是特别危急，在医院急诊等候两三个小时是常事。而在中国，尽管大医院人满为患，但医生宁可不休息，也不会让急诊患者等太久。

北京协和医学院公共卫生学院对全国 136 家医院开展的一项调查显示，50.8% 的医护人员感到工作负荷过重，其中医生群体为 64.5%。超过 40% 的医生日工作时间多于 10 小时，仅有 33.6% 的医护人员感到自己的睡眠充足。认为自己身体状况良好的医护人员仅占 46.7%，儿科专业的比例更低，只有 39.6%。休假比例最低的是儿科医护人员。

有人认为，当医生最大的好处，就是可以关照生病的亲人。其实，这恰恰是医生心中的痛点。四川省人民医院一位女医生身怀六甲，在接到母亲去世的消息后，依然含泪完成了 8 台预约手术。很多医生都曾有过类似的经历：妻子分娩了，自己却在手术台上抢救别人的妻子；父亲病危了，自己却在重症监护室里守护别人的父亲。医生很少陪伴家人，大多数时间都在医院。即便回到家里，只要电话一响，立刻就走。逢年过节总是值班，无法和家人团圆。有位医生说：“有时真想发一次高烧，这样就可以休息一天，陪陪家人了。如果只是发低烧，根本不好意思请假。”一位医生每天早上五六点出门，回到家都是晚上十点以后了，十天半个月才能跟女儿一起吃顿饭，女儿想见父亲一面也很难。

有一次，女儿问他：“爸爸，你一天能挣多少钱？”他说：“1 小时 10 块钱。”女儿说：“我给你 50 块钱，能不能陪我 5 小时？”女儿的话让他潸然泪下。

有人说，医生这么拼命干活，还不是为了多赚钱？坦率地讲，当医生并不是一个赚钱的职业。如果按照同等付出获得的回报，医生可能是最糟糕的职业之一。他们每天都在生死边缘游走，如临深渊，如履薄冰。如果想赚钱，当医生肯定不是明智的选择。很多医生之所以“累并快乐着”，是因为他们把行医当成了一种使命。医生的收入不高，幸福指数却很高。医生如同黑夜里的提灯者，每天都在帮助病人走出低谷，这种成就感是其他职业无法比拟的。因此，医生的价值绝不能单纯用金钱来衡量。治病救人带来的精神愉悦，远远超过物质上的享受。

正如北京协和医院一位年轻医生所写：“我希望自己老了的时候，和家人在星空下，回想做医生的日子，可以坦然地说我对得起我救治过的病人……我希望可以平静地告诉我的孩子，能够让别人的人生变得更好，我很满足。”

别让医生“两头燃烧”

近年来，全国各地屡屡发生医生累倒甚至猝死的事件，令人痛心。医生因过度劳累而早逝，成为一个发人深思的社会现象。

固然，救死扶伤是医生的天职。在病人生死攸关的时刻，医生必须与时间赛跑，与死神搏斗，哪怕累瘫在手术台边，也不会有一句怨言。但是，医生毕竟也是血肉之躯，不是“金刚不坏身”。如果长时间超负荷运转，难免力不从心，从而影响医疗质量安全。因为任何一台手术都是“在悬崖边行走”，容不得半点差错，稍有闪失就会酿成无可挽回的后果。这就需要医生始终保持良好的精神状态，精力充沛地投入工作。如果医生过度劳累，既影响自身健康，也影响患者利益。只有先保障好自己的健康，才能更好地为患者服务。

我国医疗资源总量不足，同时分布不均，优质医疗资源过度集中在大城市大医院，导致部分医生常年处于“连轴转”状态，严重透支健康，甚至带病上岗。20 世纪 80 年代，电影《人到中年》讲述了一位眼科医生因过度劳累昏倒在手术台上的故事，引发了全社会对知识分子健康的关注。如今，类似的故事依然频繁上演，医生积劳成疾、英年早逝等现象屡见不鲜。应该说，医生是社会的稀缺资源，也是国家的宝贵财富。任何一名医生的倒下，都是国家和人民的损失。如果不坚决扭转这种局面，不仅会给临床医疗安全埋下隐患，而且会影响医疗卫生事业的健康发展。因此，面对一个又一个累倒的医生，我们不能仅仅止于感动和感慨，也不能仅仅停留在口头呼吁上，而是要用制度保护医生的健康权益，绝不能让医生成为“两头燃烧的蜡烛”。

那么，如何才能更好地为医生减压呢？一是加快推进分级诊疗制度。通过建立医联体等形式，把更多优质医疗下沉到基层，逐渐改变不同医疗机构忙闲不均的状况，让基层医生成为居民健康的“守门人”，把大部分患者留在基层，让大医院集中精力诊治疑难重症。二是要建立紧缺专业人才培养制度。目前，妇科、产科、儿科、急诊、麻醉等专业人才严重短缺，供不应求，导致相关科室人员工作压力较大，长期处于“战时状态”。有关部门应适时调整招生计划，给予稀缺专业人才特殊待遇，力争早日补齐人才“短板”。三是落实法定休息休假制度。各级医疗机构要合理安排医生轮休，科学调配工作量，避免医生长期加班加点，必要时建立“疲劳驾驶”预警制度，严格限制医生的手术时间或数量，不能让“白加黑”“五加二”成为常态。

医生和患者是同一条战壕里的战友。医生的健康，连着患者的安危。希望全社会都能关心和爱护医生，使其告别疲劳作战状态，精力充沛地呵护百姓健康。

有一种情怀叫“舍家”

某日，江苏南通大学附院一位医生发了一条微信：“几乎每天都工作到 9 点多钟，苦了我的孩子，他好久没见到外科医师爸爸和麻醉医师妈妈了，每天早上我们出发时他还没醒来，晚上回来时他已进入梦乡。”

朴实的话语，在朋友圈引发共鸣。其中，一位 15 年前的患者留言：“望着你儿子的神情我泪流满面，假如你履行了父亲的义务，那么极有可能的是我的生命已经不在，所以我无言安慰你的孩子，有的只是泪……”患者的真诚留言，让这位医生备感欣慰。

医生并非不食人间烟火，他们也有喜怒哀乐，也有儿女情长。然而，当一个病人躺在面前时，医生首先考虑的是病情轻重，而不是贫富贵贱、亲疏远近。如果问医生：“当你的孩子和别人的孩子同时病倒了，你先救谁？”我想，医生的回答一定是：“谁病重，先救谁。”这绝不是不近人情，而是因为医生都有一颗慈悲心，他们爱自己的孩子，更爱天下的孩子，看似无情却有情。

很多人认为，作为医生的亲人，具有得天独厚的条件，一定能够得到更多的关照，享受更多的特权。其实，这不过是一种猜测而已。四川古蔺有一位医生，女儿发低烧呕吐，恰逢另一位患者急需手术，于是，他毫不犹豫地先给病人做了手术，然后再去照顾女儿。他说：“作为医生，我会判断风险，知道谁的情况更严重。”医生不是不关心自己的孩子，也不是真的觉得孩子生病就是小事，而只是因为他们见惯了太多的感冒、发烧、拉肚子，这些都不是什么大事。可是，看看手术台上躺着的那些病人，稍不留神就有可能失去生命。他们也有父母、有爱人、有孩子，他们也希望得到更好的救治。所以，医生总是把家人放在后面。

有位医生说，穿上白大褂，就意味着选择了牺牲和奉献。早出晚归，加班加点，是再平常不过的事情了。现代医学是陌生人对陌生人的照护。医生绝大多数时间是在照顾陌生人，甚至还会因此而冷落亲人。这就是医生职业的特殊性，也是全社会应该尊重医生的理由。

家国情怀是中华民族的文化基因。在中国人的文化观念里，国家与家庭是不可分割的整体，家与国的命运紧紧连在一起。当家庭利益和国家利益发生冲突时，“舍小家、顾大家”就是中国人共同的价值观。中国人民以感天动地的奋斗精神，创造了举世瞩目的中国奇迹。无论是隐姓埋名的“两弹一星”功臣，还是不计名利的航天英雄，或是吃苦耐劳的驻村干部，或是默默无闻的“大国工匠”……他们为了国家的繁荣富强，忘我地工作，忘情地奉献，用智慧和汗水换来了万家幸福。

家是国的基础，国是家的延伸。家庭好，国家才会好；国家好，家庭才更好。新时代是奋斗者的时代，更是追梦人的舞台。越来越多的奋斗者正把爱家和爱国统一起来，把个人奋斗融入中华民族伟大复兴的中国梦之中，为中华民族大家庭作出自己的贡献。

医生，你的姿势有多美

几年前，湖南省长沙市第三医院救治了一名脚伤患者。为了让手术视野更好，医生一直跪在地上做手术，长达 8 小时。下了手术台才发现，原本合适的袜子和裤腰都变紧了，这是长时间蹲跪导致的下肢肿胀。雕塑般的“跪姿手术”，引来网友纷纷点赞。

类似的故事，几乎每天都在医院里发生，只是没有被镜头记录下来而已。有一段视频感人至深：西安交大二附院两位医生蹲靠在病房走廊里，给自己打吊针。两人咽喉发炎，但没有时间治病，于是就在一场手术结束后，匆匆在走廊里给自己输液，等待半小时后的另一场手术。这种姿势，让不少网友泪目。

不同的姿势，一样的情怀。无论是跪姿，还是蹲姿，都是奋斗者的姿势，也是大医精诚的写照。这样的姿势，超越了世界上最完美的雕塑。医生是一个特殊的职业，他们时刻都在和死神搏斗。只要有一线希望，他们就愿意拼尽全力，再苦再累也心甘。因为医生的快乐，不是谁都能懂。当手术成功时，医生会有一种特殊的幸福感；当患者康复时，医生会无比开心。医生的喜怒哀乐，永远和患者交织在一起。患者痛苦，他们忧愁；患者快乐，他们欢喜。医生每天都在和脓血、细菌等最脏的东西打交道，但白大褂下面却藏着世界上最干净的灵魂。

医学是有限的，无法治愈所有疾病；爱是无限的，可以温暖无数心灵。我国已故肝胆外科专家吴孟超说：“医生治病，就像把患者一个一个背过河。”这句话，道出了医患关系的本质。医学是一门探索性科学，越是疑难重症，越是步步惊心。医生必须“如履薄冰，如临深渊”，才能对得起患者的托付。如果说疾病是一条凶险的河流，医生就是那个背人蹚水过河的勇士。然而，医生能不能顺利过河，并不仅仅取决于自身本领，还取决于患者的信任。医患双方唯有配合默契，才有希望到达彼岸。从这个意义上说，医生和患者就是命运共同体，“你若不离不弃，我必生死相依”。

敬佑生命是医者的本色，大爱无疆是医者的品质。在健康中国的丰碑上，凝聚着广大医务人员的心血和汗水。近年来，随着人口老龄化的加剧，患者数量不断攀升，但医师总体数量不足且分布不均，与人民群众日益增长的医疗需求还有较大差距。为此，很多医生常年超负荷工作，加班加点，任劳任怨。医生是一个高投入、高付出、高风险的职业，是社会的稀缺资源和宝贵财富，理应受到尊重和爱护。倡导尊医重卫，既体现了对生命的尊重，也体现了对医者的敬意。

世上的姿势千千万，奋斗者的姿势最动人。致敬新时代的奋斗者，就是要礼赞奋斗的价值、崇尚奋斗的精神。愿每一位医者都能坚守自己的姿势，托起亿万人民的健康！

用制度保护奋斗者的健康

江苏一名妇科医生两天做了 25 台手术，累计工作时间超过 26 小时。由于长时间站立，她的脚严重肿胀，连鞋子都穿不进去了。她在朋友圈里发了一张“大象脚”照片，感动了无数网友。

新时代是奋斗者的时代。中华民族的伟大复兴，不是一个人，也不是少数人能够完成的，需要千千万万普通劳动者的参与。在我国，每一个行业都有一群平凡而伟大的奋斗者。他们呕心沥血，无私奉献，挺起了大国崛起的脊梁。

然而，人毕竟是血肉之躯，不是“钢铁侠”。近年来，网上有不少关于奋斗者的感人故事。例如，有的医生因过度劳累而猝死，有的教师因长期带病昏倒在讲台上，有的科学家临终前还在病房里搞科研……类似的事迹，既令人肃然起敬，更令人扼腕痛惜。“出师未捷身先死，长使英雄泪满襟。”劳动者是家庭的顶梁柱，也是国家的宝贵财富。任何一个劳动者的英年早逝，既是家庭的不幸，更是国家的损失。面对一个又一个累倒的劳动者，我们不能仅仅止于感动和感慨，也不能仅仅停留在口头呼吁上，而是要用制度保护好他们的健康权益，用实际行动体现对劳动者的尊重。奋斗者可以无私，社会不能无情，这关乎社会的价值导向。

其实，奋斗和休息并不矛盾，而是相辅相成的。文武之道，一张一弛。没有高质量的休息，就没有高效率的工作。很多人崇尚“爱拼才会赢”，但这并不意味着死拼体力、消耗健康，而是要尊重自然规律，科学合理地安排工作和休息，该拼时拼，该歇时歇。尽管奋斗本身就是一种幸福，但如果失去了健康的支撑，幸福的大厦就会倒塌。以牺牲健康为代价换来的幸福，如同梦幻泡影，迟早是要“归零”的。

那么，如何才能让奋斗者健康而快乐地工作呢？一是依法保障公民的休息权。休息权是法律赋予劳动者的一项基本权利，是劳动者在履行劳动义务的同时依法享有的休息、休养的权利。我国有很多特殊职业如医生、警察、公交司机、环卫工人等，越是节假日越要加班。不少人经常超负荷运转，难免积劳成疾。为此，用人单位应强化法治意识，合理安排轮休，科学调配工作，最大限度减少“疲劳驾驶”，保障劳动者的合法权益。同时，有关部门要加大法律监督力度，严格追究违法者的责任，不能让休息权变成“空中楼阁”。二是完善带薪休假制度。我国出台了《职工带薪年休假条例》，旨在维护职工休息休假权利，调动职工工作积极性。但是，这一制度的执行情况并不理想，不少职工因种种原因无法享受休假福利。对此，用人单位应积极转变观念，主动提醒并鼓励职工安排休假。对于那些长期习惯于默默奉献的“忘我者”，必要时可以建立“预警”制度，甚至强制安排休假。

做新时代的奋斗者，需要“撸起袖子加油干”，但不能牺牲健康盲目干。健康就是生产力，也是幸福生活的源泉。只有用制度保护好每一位劳动者的健康，才能夯实中华民族伟大复兴的基石。

愿礼遇医生成为常态

“去时风雨锁寒江，归来落樱染轻裳”“珞珈无所有，聊赠一枝樱”……2023 年 3 月 18 日上午，武汉大学迎来了“最想见的人”。在 2023 年致敬抗疫医护赏樱专场活动中，1.6 万余名抗疫医护人员及家属再续“赏樱之约”。

2020 年樱花绽放时，援鄂医护人员正在抗疫一线日夜鏖战。“想看武大的樱花”，成了不少人的心愿。为此，武汉大学宣布：从 2021 年起连续三年邀请抗疫医护人员赏樱花，以最高礼遇设置专场，表达对医护人员的感恩之情。

前来赏樱的医护人员，每人都领到一枚抗疫纪念徽章。这枚送给医护人员的特制徽章，正面刻着“致敬抗疫英雄”，背面刻着“珞珈山・2020”。

抗疫那段日子，大家都穿着厚厚的防护服，戴着口罩，很多人在离开的时候，都不知道自己的“战友”长什么样子。如今，他们终于能站在阳光下“坦诚相见”。

早在 2020 年，很多旅游景点就相继宣布对医务工作者实行免费开放。其实，相较于医务人员的付出和牺牲，这一点礼遇只能算是“略表寸心”。

抗疫三年多，广大医护人员白衣为甲、逆行出征。在医用防护物资极度短缺的情况下，他们连续几个小时不吃不喝，甚至带着尿不湿工作，连一个口罩都舍不得轻易丢掉。在这个没有硝烟的战场上，他们用血肉之躯筑起了一座座“战斗堡垒”。面对这样一群白衣战士，给他们再多的礼遇也不为过。

“苟利国家生死以，岂因祸福避趋之”。大疫如镜，照见白衣天使的无私和善良。无论在任何时期，他们都是生命的“守护神”。因为他们还有一个特殊身份——非紧急避难人员。他们和军人、警察一样，越是危险时刻，越是冲锋在前。疫情防控期间，医务人员面临着工作任务重、感染风险高、工作和休息条件有限、心理压力大等困难。2020 年和 2021 年，国家卫生健康委等部门相继发布《关于改善一线医务人员工作条件切实关心医务人员身心健康若干措施的通知》《关于建立保护关心爱护医务人员长效机制的指导意见》，对提高医务人员在突发公共卫生事件期间的薪酬待遇、工作条件保障等提出明确要求。对于医务人员而言，临时性关爱措施很有必要，持久的尊重、信任和激励更关键。

疫情终将远去，但我们对医务人员的景仰不会退去。经历过这场灾难的人，更懂得生命的可贵，也更理解医务人员的伟大。每个人都应明白这句话的含义：善待医务人员，就是善待生命；尊重医务人员，就是尊重生命。其实，医务人员并不需要什么特殊待遇，也不需要赞歌和丰碑，他们更需要一份日常的尊重，更希望得到一份持久的关爱。如果没有制度兜底，再美好的祝福也是“空头支票”。唯有把尊医重卫变成制度性安排，才是对他们最好的回报。

首先，坚决打击和遏制伤医辱医行为，为医务人员创造一个安全的诊疗环境，绝不能让医生流汗又流血。近年来，杀害、殴打、辱骂医务人员的事件时有发生，严重扰乱医疗秩序，侵害医务人员的合法权益，造成极其恶劣的社会影响。有关部门应采取有效措施，预防和杜绝伤害医务人员的行为再次发生，保障医务人员的生命安全，让他们高高兴兴上班、平平安安下班。

其次，加快推进医务人员薪酬制度改革，让医务人员有一份阳光体面的收入，心无旁骛地治病救人。医生是一个高投入、高技术、高风险、高奉献的职业，医生理应有较高的薪酬和待遇。但是，由于补偿机制不合理，很多公立医院依然存在逐利行为，依靠创收维持生存和发展，将医生收入与业务收入挂钩，损害了医生的社会形象。有关部门应从体制机制上破解难题，建立合理的补偿机制，让公立医院回归公益性质，让医生回归看病角色，让药品回归治病功能。

最后，营造尊医重卫的良好社会风尚，从细微之处关心医务人员的生活，让医务人员成为全社会最尊崇的职业之一。近年来，由于医务人员薪酬低、待遇低、风险大，很多优秀学子不愿报考医学院校，这是一个影响医疗卫生行业长远发展的问题。眼下，我们需要进一步梳理医务人员的权利清单，切实提高医务人员的福利待遇和社会地位，让更多优秀人才愿意献身医学事业，为健康中国打下更坚实的基础。例如，在机场、车站、风景区等公共场所，让医务人员像军人一样享有优先权利，这不仅是一种待遇，更是一种导向，具有良好的示范效应。在抗疫斗争中，不少医务人员积劳成疾、心力交瘁。希望有关部门将激励一线医务人员的做法常态化、制度化、精细化，不断激发他们干事创业的积极性。

健康所系，性命相托。医务人员是新时代最可爱的人，也是最值得信赖的人。无论何时，我们都不能愧对这样一个有情有义的群体。尊重和礼遇医生能否成为常态，是衡量一个社会文明程度的重要标尺。只有让医务人员更舒心、更安心、更开心，人民群众才更有获得感、幸福感、安全感。

莫让医学生吃苦又吃亏

"'等我读完医，我就回来跟你结婚。'她听完心里咯噔一下，她想，这大概是最委婉的诀别。"这是一篇在医学生中广为流传的微小说。不少医学生吐槽住院医师规范化培训制度，抱怨周期长、待遇差、报酬低。

建立住院医师规范化培训制度，是我国医生培养制度的一次革命。所谓"5+3+X"，即5年临床医学本科教育+3年住院医师规范化培训+2至4年专科医师规范化培训。这一制度遵循了临床医生成长的规律，是国际医学教育的普遍做法，也是打造标准化、同质化、高水平医生的必由之路。但是，这也就意味着，假如一个人选择学医，需要忍受少则8年、多则12年的煎熬，才有可能成为一名合格的医生。

医生的成长周期如此漫长，是由医学的特殊性决定的。生命无价，只有经过最严格训练的人，才有资格成为"生命的工程师"。以美国泌尿外科专科医师培训为例，医师需要在医学院校毕业后，再接受6年的规范化培训。美国医生阿图曾写道："为了当上一名医生，你得经过不晓得多少年的准备，如同身处一条漫长而黑暗的隧道……终于有一天，你发现自己到达了隧道的终点，在那儿有人跟你握手，还给了你一份工作，你自然是激动不已。虽然隧道中的日子很难熬，但这一天终会来到。"可见，医生注定是一个晚熟的职业。

也有网友说："培训制度与美国接轨，但是待遇咋向非洲看齐呢？穷了三年又三年，女朋友都会跑掉的。"这也许才是问题的关键。当前，规培生的待遇普遍偏低，问题不容回避。国家财政给予规培生每人每年3万元的补助，其中包括临床带教老师的补助。有的地方财政和医院再补助一点，数量有限，杯水车薪。总体来看，大多数规培生收入微薄，仅够维持基本生活，有的甚至还要借债读书。对于大多数普通家庭来说，很难承受如此高昂的求学成本。即便当了医生，其收入也不可能大幅提高，短期内难以偿还所欠债务或弥补机会成本。从经济学的角度看，学医成了不折不扣的“赔本买卖”。

相比之下，美国学医的周期更长、成本更高，但拔尖人才为什么都愿意上医学院？一个重要原因就是，医生是社会的高收入群体。一旦考上医师执照，就意味着跨入中产阶级行列，衣食无忧。在美国历年的收入排行榜上，医生都是名列前茅，有的甚至超过总统。因此，良好的待遇是吸引优秀人才学医的关键。唯有大幅提高医生待遇，让医学生看到美好的职业前景，他们才会心无旁骛地学习。即便学医的费用很高，但如果毕业之后收入迅速增加，苦尽甘来，学医也是不错的选择。

在发达国家，医生基本上都是自由执业者。医生之所以成为理所当然的高收入者，主要是基于其高技术、高风险、高责任的职业特点。然而，中国的大多数医生属于事业单位人，即便政府努力提高医生的薪酬待遇，也会兼顾其他事业单位的工资水平，很难有大幅度的提高。从长远看，只有让市场为稀缺资源定价，医生的技术价值才能得到充分体现。眼下，必须加快公立医院人事制度改革，让部分医生从“单位人”变成“社会人”。当医生实现自由流动时，市场自然就会按质付酬，实行优质优价。既然医生经过了漫长而严苛的培训，属于社会的稀缺资源，其薪酬必然高于一般职业。

2021 年 9 月，国家卫健委等四部门联合印发《关于贯彻落实住院医师规范化培训“两个同等对待”政策的通知》要求，医疗卫生机构在中级及以上专业技术职称申报与评审条件设置、岗位条件设置、岗位等级聘用时，突出人才评价品德、能力、业绩导向，将经住培合格的本科学历临床医师与临床医学、口腔医学、中医专业学位硕士研究生同等对待，并落实到资格审查、考试考核、岗位聘用等各个环节；在确定住院医师薪酬待遇时，对经住培合格的本科学历临床医师，按照临床医学、口腔医学、中医专业学位硕士研究生对应的标准同等对待。

给医学生一个值得期待的未来，给献身医学者一份体面的收入，体现着我们对待生命的态度。请善待医学生，莫让医学生吃苦又吃亏。

你愿意让子女学医吗?

曾有一位外科医生给 5 岁的女儿写了一封公开信——《风吹大的孩子》。他写道：为了一台手术，半夜两点将女儿拽出被窝，交给值班护士照顾；别人的孩子都在看奥特曼连环画，女儿却翻看《人体解剖图》；整个医院的人都知道这孩子是谁……这封信真实地反映了医生的日常生活，催人泪下。

中国医师协会发布的《中国医师执业状况白皮书》显示，医生不希望子女从医的比例从 2011 年的 78.01% 降为 2017 年的 45%，是历年来最低的。同时，33% 的医师选择非常希望或希望子女从医，22% 的医生选择了不干涉。在价值观多元化的时代，医生子女是否从医，主要取决于个人选择，和父母意愿关系不大。但是，医生是否愿意让子女从医，在一定程度上反映了医生对于薪酬待遇、执业环境、社会地位的综合评价。本次调查显示，近半数医生不愿意子女从医，说明医生的执业吸引力有待提高。

医生自古以来都是一个备受尊敬的职业，不仅收入颇丰，而且社会地位较高，甚至"人越老越值钱"，民间素有"不为良相，便为良医"的说法。因此，医生"子承父业"的现象非常普遍，"医学世家""祖传中医"比比皆是。然而，时至今日，近半数医生却不希望子女从医，其背后原因值得深思。

一是执业环境差。由于医患信任缺失，医患矛盾突出，医生得不到应有的理解和尊重，即便是善意的行为往往也会被"恶意揣测"。医生被打被杀等恶性事件，令人胆战心惊。一个以救死扶伤为天职的群体，却连自身安全也无法维护。如果医院成了暴力事件频发的场所，医生怎能安心治病救人?

二是薪酬待遇低。在国际上，医生收入是社会平均收入的 3~5 倍。根据国家统计局公布的数据，我国卫生和社会工作者（含医师）年平均收入是全国城镇非私营单位就业人员年平均工资的 1.15 倍，低于大学教师和科研人员。尽管多数医生并不是为了赚钱而选择从医，但如果付出与回报长期不成比例，必然会挫伤医生的积极性。

三是劳动强度大。近年来，我国诊疗人次逐年增长，病人多、医生少的矛盾日益突出，很多医生处于“连轴转”的状态，严重透支了身体健康，常常感到心力交瘁。调查显示，医生每周平均工作时间都在 40 小时以上，加班加点成为常态。其中，二级和三级医院的医生平均每周工作都超过 50 小时。医生休假制度没有得到落实，仅有 24% 的医生能休完年假，23.6% 的医生不休年假。有的医院人手紧张，甚至规定休假回来还要补班。由于工作太累，不少医生积劳成疾，甚至英年早逝。

可见，营造尊医重卫的社会风气，必须着眼于执业环境、薪酬待遇、劳动强度三个“靶点”，精准治疗，对症下药。一是严厉打击涉医违法犯罪，绝不姑息纵容“医闹”行为，让伤医辱医者得到应有的惩罚，改善医生执业环境，还医生一个安静的诊室。二是合理调整医疗服务价格，充分体现医生技术劳务价值，建立健全符合医疗行业特点的人事薪酬制度。医生培养周期长、投入大、执业风险高，理应获得体面的“阳光收入”。医生是医改的主力军，只有让医生成为中高收入群体，才能更好地调动他们参与医改的积极性。三是合理安排医生轮休。医生长期超负荷工作，给医疗质量安全埋下隐患。有关部门应合理调配安排医生工作量，改善工作和值班条件，执行好法定休息休假制度。

让最优秀的人才学医从医，担当起守护生命的重任，符合全社会的共同利益。给医生一份体面的收入和待遇，体现了对生命的尊重。善待医生，就是善待生命。

不能沦为论文的“奴隶”

近年来，论文造假现象在医学界时有发生，凸显了我国医生评价制度的缺陷，令人忧虑。

虽然医院声称对医生的考核是临床与科研并重，但实际上演变成了“唯论文”，只问发表与否，不问质量如何。一名医生要想晋升职称，如果拿不出几篇像样的国际期刊论文，连参评的资格都没有。有的医生临床水平很高，但由于论文数量不足，头发熬白了还是个主治医师；而有的医生既不会看病也不会手术，却凭大量的论文获得各种头衔。难怪有人说：“做 1000 台手术，不如发一篇 SCI（科学引文索引）论文。”在畸形的评价体系中，有些医生被逼无奈，走上了论文造假的邪路。

但是，医生评价制度不合理，不能成为论文造假的理由。一名医生为了评职称，写不出论文就去造假，如同饿了就去偷面包、没钱就去抢银行，被警察抓住了还觉得委屈。其实，医学论文造假比制造假冒伪劣商品更可怕，后者只是图财，前者可能害命。因为医学研究与人的生命息息相关，一旦形成论文，其数据和结论就会被广泛引用。如果医生写论文的动机不纯，弄虚作假，不仅败坏学风，而且误人性命。

还有人认为，医生只要会看病就行，不应该搞科研，也不应该写论文。这种观点也值得商榷。试想，假如医生都不写论文，评职称也不看论文，自然人人轻松，皆大欢喜，但医学能进步吗？事实上，临床和科研并不矛盾，彼此相辅相成、不可分割。如果说临床是摘葡萄，科研就是酿葡萄酒，后者是前者的提炼和升华。中国的疑难病例很多，医生练手的机会也不少，但为什么诊疗水平比不上欧美？根源就在于临床与科研脱节。事实上，临床与科研的本质是一致的，都是为了寻求最好的诊治方案。离开科研的支撑，临床只能在低水平上重复。

医生有两个境界：第一个境界是“医匠”，这样的人有一定的临床经验积累，会看病能手术，但永远在做简单的重复劳动；第二个境界是“医帅”，这样的人兼具临床和科研能力，可以在病例积累中发现问题、提出问题，并用创新思维和方法解决问题，因而成为医学创新的引领者。做好一台手术，只能救治一个病人；做好一项科研，却可以带领一群医生进步。因此，科研是一名医生从“医匠”迈向“医帅”的基石，科研能力决定医生的境界。一名好医生，首先必须会看病，其次还要搞科研。既能看病又能搞科研，才是医生中的“战斗机”。会看病是基本要求，搞科研是更高要求，二者缺一不可。一个国家既需要专心看病的“医匠”，更需要具有科研创新能力的“医帅”。这正如一名好厨师，会做菜是基本要求，会写菜谱是更高要求。如果既会做菜又能写菜谱，那肯定是令人膜拜的“厨神”。

当然，医生搞科研，必须以临床为中心，立足临床而不能脱离临床。凡是对临床有用的，就去研究；凡是对临床无用的，就不去研究。医生搞科研、写论文，一定要出于对科学的探索、对临床的热爱，其目的是让更多病人受益，而非为自己捞取名利。如果写论文的动机不纯，怀着一颗功利心去做人命关天的事，怎么可能结出善果？

国际医学期刊论文撤稿事件，揭开了中国医生学术造假的冰山一角，暴露了中国医生评价制度的弊端。为了避免类似事件重演，有关部门必须纠正“以论文论英雄”的导向，改革医生评价制度，降低论文在职称晋升中的比重。同时，建立论文造假惩罚机制，让学术不端者付出应有代价。唯其如此，医生才能成为论文的主人，而非论文的奴隶。

徐鹏飞 画

评职称须破除“唯论文”

评职称，历来是医生头上的一道“紧箍咒”。很多医生常年处于超负荷运转状态，既要看门诊，又要做手术，还要挤出大量时间写论文，不堪重负。因此，评职称破除“唯论文”的呼声日益强烈。

2021 年 8 月，人力资源社会保障部等三部门联合印发的《关于深化卫生专业技术人员职称制度改革的指导意见》（以下简称《指导意见》）指出：破除唯论文、唯学历、唯奖项、唯“帽子”等倾向。不把论文、科研项目、获奖情况、出国（出境）学习经历、博士学位等作为申报的必要条件。科学合理对待论文，在职称评审和岗位聘任各个环节，不得把论文篇数和 SCI（科学引文索引）等相关指标作为前置条件和评审的直接依据。《指导意见》强调，实行成果代表作制度。临床病案、手术视频、护理案例、流行病学调查报告、应急处置情况报告、论文、卫生标准、技术规范、科普作品、技术专利、科研成果转化等均可作为业绩成果代表作参加评审。

过去，在职称评审中，论文所占比重极高，甚至有“一票否决权”。很多医生虽然在临床上兢兢业业，但由于论文不达标，迟迟评不上高级职称。为此，不少人呼吁遵循人才成长规律，创新评价方式，纠正重论文、轻临床的职称评审导向，让医生有更多时间和精力“深耕专业”。

长期以来，我国评价医生的维度较为单一，职称在很大程度上决定着医生的经济收入和社会地位。事实上，医生的职称与水平未必成正比。例如，个别医生虽然有高级职称之名，但看病水平并不高，得不到患者的认可；而一些临床水平高、患者口碑好的医生，却因为没有高级职称的头衔，劳动价值得不到体现，这从一个侧面反映了医生职称评审制度的不合理之处。其实，临床水平和患者口碑才是评价临床医生的“金标准”。一位临床医生论文写得再好，如果不会看病，患者也不买账。因此，深化卫生专业技术人员职称制度改革，有利于打破僵化的条条框框，克服唯学历、唯资历、唯论文的倾向，使医德好、技术高的医生尽快脱颖而出。

职称是医生技术水平和专业能力的主要标志，但并不是评价医生的唯一指标。今后，可考虑借鉴国际通行做法，按照教学医生和临床医生进行分类评价。唯其如此，才能让医生各得其所、各尽其能，从而使患者更加受益。金杯银杯不如口碑。一位医生只要能认认真真看病，在病人心中就是好医生。相信随着医生评价制度更加科学合理，其正面激励作用将进一步显现。

医生不流动，患者下沉难

2017年，一部记录上海市张强医生等创业者经历的影片《内心引力》上映，在医务界引起热议。张强从公立医院辞职后，创办了中国第一家医生集团，为医生自由执业闯出一条新路。

让医生从“单位人”变成“社会人”，口号喊了多年，至今“只闻楼梯响，不见人下来”。眼下，大多数医生都栖身于公立医院，头顶“事业单位人”的光环。虽然不少人抱怨收入低，但旱涝保收，日子倒也安稳。俗话说：“大树底下好乘凉。”在公立医院这棵大树下，不必担心日晒雨淋，谁还愿意自己去种树？因此，观望者众，下海者少。一些医生宁愿在体制内熬年头、等职称，一旦有了专家头衔，不管水平高低，患者都会趋之若骛。

大多数医生为什么不敢下海？因为公立医院的江湖地位无法撼动。有人说：“你离开协和，什么也不是；协和离开你，照样是协和。”此话颇有道理。在我国，三甲公立医院凭借体制优势，拥有最优质的医疗资源，包括人才、资金、设备、科研等。在公立医院的“金字塔”体系中，医生群体出现了“阶层固化”。水平最高的专家坐在“塔尖”，占有顶层的资源；水平较低的医生沉在“塔底”，占有最低层的资源。如此一来，医疗人才流动就成了单向流动，人人都想“向上游”，谁也不愿“向下流”。所以，老百姓形成一个共识：找最优秀的医生，一定要去三甲医院，而不能去基层医院。

建立分级诊疗制度，是医改的重要目标之一。我国已经全面启动医疗联合体建设，要求三级公立医院全部参与并发挥引领作用，所有二级公立医院和政府办基层医疗卫生机构全部参与医联体。尽管医联体有利于医疗资源上下贯通，但由于缺乏利益机制，好医生依然不愿主动下沉。即便是在医联体之内，人力资源也不能自由流动。专家到基层出诊，大多是“蜻蜓点水”。而大医院领办医联体，更多是希望基层多向上输送病人。目前，医生资源“向下流”主要靠行政命令，而不是靠利益引导。如果没有足够数量的好医生留在“塔底”，分级诊疗只能是一个美好的愿望。事实上，实现分级诊疗，医生自由流动比医疗机构整合更有效。一个是主动下沉，一个是被动下沉。从远期效果看，主动式肯定优于被动式。

分级诊疗能否成功，关键看基层有没有好医生。那么，如何才能让好医生自愿“向下流”？根本出路在于加快人事制度改革。例如，让医生成为自由执业者，把医生从公立医院的“附属品”变成社会公共资源。一部分医生保持公立医院事业单位人的身份，另一部分医生可以通过独立或联合开办诊所等方式创业。当医生成为社会人时，人才流动的速度就会加快。哪里能体现医生的价值，医生就会去哪里，从而实现医疗资源的合理配置。医生无论留在大医院，还是到基层开诊所，都是市场竞争与双向选择的结果。当医生可以自由流动时，病人就会跟着医生走，分级诊疗自然水到渠成。

张强医生集团是一条“鲇鱼”，搅动了医疗人才资源的“一潭死水”。当越来越多的医生渴望流动时，医生自由执业还会远吗？

医生会被机器取代吗?

2018年，全球首次神经影像人工智能“人机大战”在京举行决赛，人工智能选手以高出20%的准确率战胜25名神经影像领域的顶尖专家。电脑打败人脑，虽在意料之中，却也引发了一场热议。

近年来，医疗人工智能发展迅猛，方兴未艾。人工智能是人类“最强大脑”的集成者，自然比单个大脑更聪明。在诊断疾病时，人脑会受到精力、情绪、环境等因素的影响，而人工智能则始终如一，冷静淡定，具有超级稳定性。但是，这并不意味着人工智能会超越人脑。机器毕竟是机器，无论人工智能多么发达，都是人脑设计出来的，不可能比人类更有智慧。人工智能是人脑的延伸，其主要功能是为人类服务。例如，我国神经影像科医生人才短缺，临床医生工作压力较大，而神经影像人工智能的出现，可以替代医生完成疾病的初筛和判断，将医生从繁重的简单劳动中解放出来，集中精力对付疑难重症。同时，人工智能可以帮助基层医生提高诊断准确率，让不同水平的医生实现同质化，最大限度避免漏诊误诊。可见，医疗人工智能并非是医生的对手，而是医生的助手。人工智能越强大，人类就越轻松。

人工智能不仅具有“记忆神通”，还具有深度学习能力。也就是说，机器人会通过自我学习，吃一堑长一智，变得越来越聪明。不过，医疗人工智能也有“软肋”。例如，在已有共识的疾病领域，人工智能游刃有余；而在没有共识的疾病领域，人工智能则力不从心。因为人工智能过度依赖数据，缺乏随机应变的能力。数据是死的，而人是活的，即便症状相同，疾病也未必相同。医学是一门不确定性的科学，并不存在绝对的标准答案，因为人不会按照教科书生病。当患者出现非常特殊的情况，尤其是当疾病不典型时，医生往往需要根据长期的临床经验，通过询问病史、观察症状等辅助方式，进行个体化的精准诊断，而不能单纯依靠读片子来下结论。可见，人工智能的“智商”也是有限的，至多是一个“匠人”而已。

有人担心，未来部分医生会被医疗人工智能所取代。的确，人工智能在未来可以取代甚至消灭某些职业，但最不可能取代的一定是关注人心的职业。医学是关于人的科学，它关注的不是人的病，而是病的人。一个人生病，往往既有生理问题，也有心理问题。但是，人工智能既不会察言观色，也不会抚慰人心，无法满足人类的情感需求。只有医生才能对病人的疾苦感同身受，并给予适当的帮助和安慰。医疗人工智能只能读懂数据和片子，而医生则能读懂人的喜怒哀乐。因此，医疗人工智能和医生是有本质区别的。机器有芯，人类有心。创造性思维和人文关怀是人类的独特优势。

人是世界上最复杂的生命。解决人类的健康问题，不仅要有技术支撑，更要有人文关怀。医疗人工智能只需要有理有据，而医生看病还需要有情有爱。所以，无论科技如何进步，医生这个职业都不会被人工智能取代。

当然，这也不是绝对的。如果一个医生麻木不仁，如同冰冷的机器，那也是很容易被替代的。

留住乡村医生的心

在中华人民共和国成立70周年“最美奋斗者”名单中，有两位乡村医生令人瞩目。一位是“60后”，云南省福贡县石月亮乡拉马底村乡村医生邓前堆；一位是“80后”，山西省大宁县徐家垛乡乐堂村乡村医生贺星龙。两代村医，一样情怀。他们用仁心仁术，为广大乡村医生赢得了荣誉。

我国有近百万名乡村医生。他们长期扎根农村，风里来雨里去，为乡亲们防病治病。无论白天黑夜，路途远近，只要病人需要，他们随叫随到，无怨无悔，为维护亿万农民健康做出了不可磨灭的贡献。1978年，在阿拉木图召开的国际初级卫生保健会议上，中国的县乡村三级医疗体系得到广泛认可，被世卫组织誉为发展中国家的典范。改革开放以来，我国乡村医生的整体素质不断提高，医疗服务能力显著提升。

过去，我国乡村医疗卫生机构和人员有不少“空白点”。所谓“空白点”，就是指一个村要么没有卫生室，要么没有乡村医生。换言之，或者“无房无人”，或者“有房无人”。挣得少、缺身份、无养老，是村医面临的普遍问题。村医收入主要有三项：一般诊疗费、基本药物零差率补助、基本公共卫生服务经费。以一个行政村1000人计算，村医每年收入为3万~5万元。当然，这还不包括水、电、气等运行成本。因此，在人口较多的大村，村医待遇相对较好；在人口较少的小村，村医待遇相对较差。更重要的是，乡村医生身份不明确，没有编制，退休后生活没有保障。

乡村医生是农村医疗卫生网的重要组成部分，乡村医生队伍的稳定和健康发展，关系到广大农民的切身利益。消灭村医“空白点”，关键是要建立吸引人才、留住人才的好机制，从根本上解决村医的待遇和养老问题，留住村医的心。近年来，不少地方推出乡村医生的利好政策。例如，江苏自2007年起推进乡村医生养老保险制度建设，将符合条件的乡村医生纳入企业职工基本养老保险制度，2012 年底全面实现乡村医生老有所养目标；山西太原等地建立乡村医生退养补助政策，对年满 60 周岁且累计服务满 25 年的乡村医生，办理退养手续后，除享受城乡居民养老保险外，给予每人每月不低于当地最低工资标准一半的退休金。

经过不懈的努力，2019 年 12 月初，我国全面消除乡村医疗机构和人员“空白点”，实现了从无到有的历史性转变。虽然实现了村级医疗卫生服务的全覆盖，但是乡村医疗仍然面临着诸多难点，服务质量难以保证。2021 年 9 月，国家卫健委发布《关于做好村级医疗卫生巡诊派驻服务工作的通知》，对村级医疗卫生服务提升提出明确解决方案。文件明确，村级医疗出现以下两种情形由县级卫生健康行政部门根据当地实际情况，采取县乡巡诊服务、上级机构派驻、邻（联）村卫生室延伸服务等方式实现农村医疗卫生服务覆盖：一是不适宜配置固定乡村医生或短期内招不到合格乡村医生的地区（行政村）；二是尚未设置基层医疗卫生机构的移民搬迁安置点。巡诊、派驻工作的主要服务内容包括常见病、多发病的诊疗服务、基本公共卫生服务、家庭医生签约服务以及常态化疫情防控工作等。2023 年 2 月，中共中央办公厅、国务院办公厅印发《关于进一步深化改革促进乡村医疗卫生体系健康发展的意见》，提出逐步形成以执业（助理）医师为主体、全科专业为特色的乡村医疗卫生服务队伍。

乡村医生是一个平凡而伟大的群体。他们默默无闻，如同漫山遍野的小草，虽不显赫一时，却用绿色装点着大地。这正如一位台湾作家所写的：“我知道有一天将有别人念你们的名字，在一片黄沙飞扬的乡村小路上，或者在曲折迂回的荒山野岭间，将有人以祈祷的嘴唇，默念你们的名字。”

让乡村医生“后浪推前浪”

2020 年，国家卫健委出台新规定：允许具有全日制大专以上学历的临床医学、中医学类、中西医结合类等相关专业毕业生免试申请乡村医生执业注册。有意愿从事乡村医生的医学专业高校毕业生，向县级卫生健康行政部门申请办理乡村医生执业注册。这一举措为补充和优化乡村医生队伍打开了一扇大门。

乡村医生是我国基层医疗卫生的“守门人”。他们长期扎根农村，不辞劳苦，默默奉献，守护着亿万农民的健康。然而，令人忧虑的是，我国乡村医生队伍逐年萎缩。老一代村医逐渐淡出历史舞台，新一代村医难以填补空白，形成了人才断层。年轻人不愿意当村医，主要是因为薪酬待遇较低、养老缺乏保障、社会地位不高、职业前景不明等。因此，培养一批“留得住、用得上”的年轻村医，是关系亿万农民健康的重大课题。

医疗行业是一个高技术行业。无论是城市还是农村，都需要一大批高水平的医生。目前，我国医疗资源总量不足且分布不均衡，农村医疗资源供需矛盾尤为突出，医学人才短板亟待补齐。那么，如何才能吸引更多年轻人加入乡村医生队伍？

切实提高村医的薪酬待遇，妥善解决村医的养老保险问题。自国家取消药品加成后，乡村医生的收入来源减少，收入水平下降。如果乡村医生的劳动付出得不到合理补偿，必然影响工作积极性。因此，各地应落实乡村医生各项补助待遇，完善医疗风险分担机制，不断改善乡村医生执业环境，努力帮助其解决工作和生活中遇到的实际困难。建立符合医疗行业特点的薪酬制度，鼓励多劳多得、优劳优得，使其收入与付出相匹配。在新增基本公共服务经费中，应尽量向乡村医生倾斜，逐步缩小县、乡、村各级医疗机构医生的收入差距。同时，加快推进乡村医生养老保险制度建设，使每一位乡村医生都能老有所养，解除后顾之忧。

为村医创造更多的学习机会，使其业务水平不断提升。医生是一个需要终身学习的职业。医学飞速发展，技术日新月异，如果医生不能与时俱进，很快就会被淘汰。乡村医生身居基层，更渴望有学习进修的机会。国家卫健委要求，各地区要积极创造条件，通过培训、进修等方式不断提高乡村医生医学综合能力和实践技能，鼓励符合条件的乡村医生考取执业医师资格或者执业助理医师资格。今后，各地应尽力为乡村医生提供更多学习进修机会，同时在职称评定上给予倾斜，使其能够不断掌握新知识、新技术，为广大农民提供高质量的基本医疗卫生服务。

为乡村医生打开职业成长通道，破除职业成长的“天花板”。目前，部分年轻乡村医生对职业前景缺少信心，一眼望到“天花板”，甚至担心会一辈子待在农村。为了解决这一问题，近年来不少地方建立县乡村人才一体化管理机制，逐步打破人事管理的壁垒和障碍。湖北省卫健委等五部门联合发布的《关于进一步加强乡村医生队伍建设的通知》指出，为增加村医队伍吸引力，拓展“乡村一体化”管理内涵，打通乡、村两级人员合理流动渠道，乡镇卫生院、社区卫生服务中心招聘人员时，同等条件下优先录用乡村医生。对长期在村卫生室工作，且已取得执业（助理）医师、执业护士等资格的乡村医生，纳入乡镇卫生院统一管理。这一举措有利于乡村医生合理流动，为乡村医生创造了更广阔的职业空间。

立足农村实际，培养一批“留得住、用得上”的人才。为解决基层医疗卫生机构人才队伍建设相对滞后的问题，2010 年 6 月，国家发改委等五部门联合下发《关于开展农村订单定向医学生免费培养工作的实施意见》，决定在高等医学院校开展免费医学生培养工作，实施“两免一补”（免学费、免住宿费、补助生活费）政策，重点为乡镇卫生院及以下的医疗卫生机构培养从事全科医疗服务的医学人才。随着健康中国战略的深入实施，农村订单定向医学生免费培养工作持续推进，相关政策不断调整优化。

乡村医生是我国医疗卫生队伍的重要组成部分，是亿万农民的“健康守门人”。希望全社会都能关心关爱乡村医生，鼓励和保障乡村医生扎根乡村、服务乡村，让乡村医生“长江后浪推前浪”，一浪更比一浪高。

培养高质量的健康守门人

2020 年，国务院办公厅发布《关于加快医学教育创新发展的指导意见》（以下简称《意见》），要求把医学教育摆在关系教育和卫生健康事业优先发展的重要地位，立足基本国情，以服务需求为导向，以新医科建设为抓手，着力创新体制机制，分类培养研究型、复合型和应用型人才，全面提高人才培养质量，为推进健康中国建设、保障人民健康提供强有力的人才保障。

医生是一个晚熟的职业，入职门槛高、培养周期长、成才难度大。有人说，培养一名医生比培养一名飞行员更难，因为飞机的复杂程度远远比不上人体。尽管现代医学飞速发展，但人类对于生命的认知还有不少“盲区”，很多疾病无法从根本上治愈，需要医生终生探索和实践。因此，只有以最严苛的标准培养医生，才能体现对生命的尊重。

医学教育是卫生健康事业发展的重要基石。党的十八大以来，我国医学教育蓬勃发展，为卫生健康事业输送了大批高素质医学人才。尤其是在新冠疫情防控中，广大医务工作者发挥了重要作用。但是，面对疫情提出的新挑战、实施健康中国战略的新任务、世界医学发展的新要求，我国医学人才培养结构亟须优化、人才培养质量亟待提高、人才创新能力有待提升。

培养高质量的医学人才，必须着力优化人才培养结构。我国医疗卫生服务体系还存在不少短板、弱项和漏洞。其中，麻醉、重症、感染、儿科、公共卫生、全科医学等学科人才紧缺，是一个突出而紧迫的问题。由于一些医疗机构盲目追求经济效益，不重视麻醉、儿科等专业的建设，导致很多医学院校压缩招生规模，从而出现人才结构性短缺。今后，各级公立医疗机构应统筹考虑学科发展，避免片面追求经济效益，淡化公益性质。在编制名额、薪酬待遇等方面，应主动向紧缺学科倾斜，让紧缺人才拥有更广阔的职业前景。又如，由于我国长期存在“重治疗轻预防、重专科轻全科”的倾向，导致全科医学、公共卫生等专业招生困难，人才供给相对不足。为此，《意见》提出，加快培养“小病善治、大病善识、重病善转、慢病善管”的防治结合全科医学人才。系统规划全科医学教学体系，三年内推动医学院校普遍成立全科医学教学组织机构，加强面向全体医学生的全科医学教育。

培养高质量的医学人才，必须着力提升人才培养质量。近年来，我国医学院校培养的医生数量快速上升，但培养质量参差不齐，与人民群众的健康需求不相匹配。今后，我国将提高入口生源质量，积极采取措施吸引优质生源报考医学专业。同时，夯实高校附属医院医学人才培养主阵地，围绕人才培养整合优化临床科室设置，设立专门的教学门诊和教学病床，着力推进医学生早临床、多临床、反复临床。院校医学教育的任务是培养合格的医学毕业生，而医学毕业生成长为合格的临床医师，则需要经过住院医师规范化培训等毕业后医学教育的进一步“打磨”。目前，我国接受住院医师规范化培训的学员身份各异，薪酬待遇尚无全国统一的标准。作为“准医生”的住培学员，因身份不同而获得不同的薪酬待遇。针对这一现象，《意见》提出“两个同等对待”：面向社会招收的普通高校应届毕业生培训对象培训合格当年在医疗卫生机构就业的，在招聘、派遣、落户等方面，按当年应届毕业生同等对待；对经住培合格的本科学历临床医师，在人员招聘、职称晋升、岗位聘用、薪酬待遇等方面，与临床医学、中医专业学位硕士研究生同等对待。这是住院医师规范化培训制度的重大突破，也是促进医学教育回归临床的有效措施。

健康所系，性命相托。医疗质量关乎生命安全，医学教育关系民族未来。我国应加快培养一批医德高尚、医术精湛的人民健康守护者，夯实健康中国和教育强国的人才之基，努力为人民提供全方位、全周期的健康服务。

“大师摇篮”看协和

碧瓦灰墙，雨燕翩飞。在北京东单地区，有一片中西合璧的古老建筑群，那就是北京协和医院——一个永远亮着灯光的地方。

一部协和史，就是半部中国现代医学史。1921 年 9 月 16 日，北京协和医院正式创建。100 多年来，这里走出了一大批医学巨匠，诞生了无数个“中国第一”，被誉为“大师摇篮”和“医学圣殿”。

“性命相托的最后一站”，这句话道出了北京协和医院在老百姓心中的分量。协和为什么有如此口碑？答案，就在协和的百年历史里。

协和的厚度

在协和，有一位患者的病历摞起来有半米厚。40 年来，参与救治过他的医生达 260 名，涉及 30 多个学科。

1981 年，唐先生因患罕见病来到协和医院。当时，我国著名内科学专家张孝骞首诊之后，认为有可能是克罗恩病。自此，一场漫长的生命接力开始了。1990 年，该患者由潘国宗大夫接诊，经周志超大夫做结肠镜和取活检、刘彤华大夫参加病理会诊，最终确诊为克罗恩病，证实了张孝骞的推测。后来，唐先生病情反复发作加重，医生尝试了各种治疗办法，一次次将他从生死边缘拉了回来……类似的故事，每天都在协和上演。

从“半米病历”到“协和三宝”（教授、病案、图书馆），从“三基三严”理念（基础理论、基本知识、基本技能；严肃的态度、严格的要求、严密的方法）到“内科大查房”制度，从“勤、慎、警、护”护训到“戒、慎、恐、惧”箴言……这，就是协和的厚度。

教授，是一份至高荣誉，也是一道精神光芒。张孝骞、林巧稚、曾宪九、黄家驷、吴英恺、吴阶平、吴蔚然……这些名字如同璀璨的群星，照亮了中国医学的天空。

病案，是最忠实记录病情的文献。孙中山、宋庆龄、张学良、高君宇、石评梅……这些著名历史人物的病案，至今仍珍藏在协和的病案室里。协和素以病案历史最悠久、名人病案最多、管理最规范而闻名，病案超过 400 万份。一代又一代协和人用心血去记录、去挖掘、去利用，充满了对生命的敬畏，传承着一丝不苟的治学精神。

图书馆，是医学信息的“集散地”，也是医疗技术的“兵器库”。从英文版的《柳叶刀》到俄文版的《妇产科学》，从新旧图书到珍稀文献，协和图书馆的医学藏书量之大、种类之多、期刊之全，令人惊叹。协和人既喜欢“泡”诊室、“泡”病房、“泡”手术室，也喜欢“泡”图书馆。如今，图书馆不断升级，接入了全球很多大型医学专业数据平台，协和人查找资料更加便捷。

百年时光，擦亮了协和的“金字招牌”，也沉淀了“严谨、求精、勤奋、奉献”的协和精神，引领着协和人不懈探索、无尽超越。

“看别人看不了的病，出别人出不了的成果。”从中国第一例胰十二指肠切除术到妇科恶性肿瘤绒癌根治疗法，从中国第一个临床药理中心建立到国家重点实验室落户，从胰腺疑难病、罕见病等 27 个多学科诊疗团队到 10 个国家级质控中心，协和人破解了一道又一道医学难题，打造了一个又一个诊疗样板，攀登了一座又一座学术高峰，疑难重症诊治能力不断提升。

“病人需要什么，绩效就考核什么。”在协和的考核体系中，门诊量、手术量、出院病人数、床位使用率等指标权重逐年降低，疑难罕见病诊疗、高难度手术、患者安全等指标比重逐年增加，凸显了公立医院的公益性，保持了医疗技术的高水平。

在深化医改中，协和人以首创精神谋篇布局，交出了一份出色的答卷。自2020年起，国家卫生健康委开展全国三级公立医院绩效考核，北京协和医院连续多年排名第一。复旦大学医院管理研究所每年发布“中国医院排行榜”，北京协和医院蝉联榜首。

协和的温度

“临床医生不要脱离临床，离床医生不是好医生。”“看病不是修机器，医生不能做纯技术专家。”……我国著名妇产科专家林巧稚的名言，至今仍影响着一代代协和人。

有人回忆，林巧稚身上“有一种特别的吸引力”。她常常走到病人床边，拉拉手，掖掖被角，把耳朵贴在孕妇的腹部听听胎心。一启齿、一举手、一投足，透出的都是爱的力量。当年，林巧稚的办公室就在产房对面，产妇每一声不寻常的呻吟，她都会敏感地听出来。她亲手迎接了数万个小生命，被誉为“万婴之母”。

关爱，是医生给病人开出的第一张“处方”。中国工程院院士、著名妇产科专家郎景和说：“我们不能保证把每个病人都治好，但能保证好好地治疗每一个病人。”重症医学科主任医师刘大为说：“没有病情的突然变化，只有医生的突然发现。”麻醉科主任黄宇光说：“患者以命相托，我以敬畏回报。”这，就是协和的温度。

在协和院史馆里，有一本老病案令人瞩目：扉页已经褪色，尾页附了一张区别于白色病历的淡黄色薄笺——病人社会历史记录表。1921年，协和医院成立中国第一个社会服务部，专门负责为贫困病人减免费用、募集资金、提供帮助，在医患之间架起一座温情的桥梁，被民间称为“帮穷部”。因历史变迁，社会服务部不再以独立部门存在，但社会服务的种子深深扎根在协和人心中。2009年，协和恢复了一度停办的社会服务部，为患者提供经济救助、心理疏导等服务，把医学的温暖传递到患者心中。

在协和，“待病人如亲人”“以人民为中心”不是空洞的口号，而是实实在在的行动。有一位高龄患者多脏器衰竭，突发疱疹，皮肤溃烂，气味难闻，连家人都忍不住掩鼻。为了避免出现感染，护士们每天穿上厚厚的隔离衣，伏在老人的床前，用注射器逐一抽吸上百个水疱，为溃烂的皮肤清创换药，一干就是三四个小时……这是协和优质护理的一个缩影，也是协和人文关怀的生动注脚。

如今，一代又一代的协和人坚守医者初心、践行医者誓言，使医学人文精神薪火相传、发扬光大。

协和的高度

百年风雨，协和人识大体、顾大局，始终与祖国和人民同呼吸、共命运，弘扬了“敬佑生命、救死扶伤、甘于奉献、大爱无疆”的崇高精神。

协和百年史，也是一部抗疫史。从率先研究黑热病到抗非典、战新冠，协和人以求真务实的态度、勇攀高峰的精神，书写着人类与疫病斗争的奇迹。

2003 年，非典突袭。协和人临危不惧、勇往直前，共有 2306 人奔赴一线。医院组织专家编写了《协和医院 SARS 诊断治疗指南》，核心就是激素使用六字方针：早期、短程、小量。协和不仅慎用激素，而且坚持个性化治疗，不按统一标准配激素，得到业界广泛认可。中国用于非典疫苗研制唯一合格的 SARS 病毒株，也是由协和人亲手采集的，被命名为“PUMC”病毒株。

2020 年，新冠肆虐。协和人白衣为甲，逆行出征，迅速组建了国家援鄂抗疫医疗队，先后有 186 人奔赴武汉，与病魔展开殊死搏斗。他们将“协和经验”移植到武汉前线，强调“三基三严”和“到病人床边去”，坚持“能用的办法都用上”，发挥近 20 个学科综合诊治优势，成功救治了一大批危重症患者，助力全国乃至全球战“疫”，谱写了护佑人民健康的生命乐章。

“作为医生，人民至上、生命至上是我们永恒的信念，守护健康、守护生命是我们终生的职责。我为自己能够挽救生命而欣慰，为能够报效祖国而自豪！”感染内科主任医师刘正印的肺腑之言，道出了协和人的心声。

党委书记吴沛新说：“以人民为中心，一切为了患者，是协和始终坚守的办院方向。”在每一个重大历史关头，协和人都能担当重任、不辱使命、勇立潮头，听从党的召唤，顺应时代大势，回应人民期盼。

半个世纪前，一支由北京协和医院各学科顶尖专家组成的农村巡回医疗队来到洞庭湖畔的湖南湘阴，黄家驷任总领队，队员包括张孝骞、林巧稚、曾宪九、吴英恺、刘士豪等专家。他们在极其简陋的条件下，开展了卓有成效的工作。此后，协和连续几十年派出医疗队，帮扶偏远地区发展医疗卫生事业。2015 年至今，协和承担了医疗人才“组团式”援藏任务，先后派出 7 批次 66 名骨干队员扎根雪域高原，提高了受援地区的医疗水平。

百年沧桑，协和人以高尚的医德、精湛的医术和严谨的学风，书写了可圈可点的历史篇章。院长张抒扬说：“协和人要胸怀‘国之大者’，扛起护佑人民健康之重任，引领医学科学进步潮流，把青春和梦想写在建设健康中国的大地上。”这，就是协和的高度。

协为干，和为根。协和如同一棵参天大树，为人民健康撑起一片绿荫。站在新的历史起点上，协和人将全力构建新时代医院高质量发展新格局，向着建设中国特色、世界一流医院的目标奋进！

群星璀璨，照亮医学的天空

“琉璃顶，展飞檐，檐下飞雨燕。青色砖墙白玉栏，校园是摇篮。”100 多年前，在一座中国宫殿式建筑里，一颗现代医学的种子萌芽了。

1917 年 9 月，北京协和医学院举行奠基仪式。100 多年来，这座被美国《时代周刊》称为“东方的约翰·霍普金斯”的医学院，造就出一大批中国医学界泰斗，张孝骞、林巧稚、黄家驷、诸福棠、曾宪九、吴阶平、吴英恺……璀璨群星，照亮了中国现代医学的天空。一部协和史，就是半部中国现代医学史。

百年风雨，薪火相传，屡建奇功。北京协和医学院开启了中国现代医学教育的先河，为中国的卫生与健康事业作出了卓越贡献。

言传身教，协和人是“熏”出来的

20 世纪初，中国人被西方称为“东亚病夫”。为了改变当时积贫积弱的落后面貌，一大批有志青年来到北京协和医学院，寻求济世救国之道。

“小而精”，是北京协和医学院秉持的办学理念，强调“高进、优教、严出”，精雕细刻，严格淘汰，宁缺毋滥。1917 年 9 月，医预科开学，招收 8 名学生；1919 年 10 月，医本科开学，招收 9 名学生；到 1924 年毕业时，仅剩 3 人。1957 年，北京协和医学院与中国医学科学院合并，形成教学、科研、临床三足鼎立的格局。近百年来，协和八年制毕业生不超过 3000 人，但对中国医学界的影响十分深远。

北京协和医学院创立了以“三基三严”为标准的医学教育模式，培养出一批批医学领军人才。“三基”是指基础知识、基本理论和基本技能，“三严”是指严肃态度、严格要求、严密方法。大师云集的协和，形成一种独特的文化氛围。导师言传身教，学生全力践行。一个人置身其中，耳濡目染，久而久之，便有了一种协和气质。有人说，协和的学生不是教出来的，而是“熏”出来的。

严谨，是协和人最具代表性的精神。协和的内科大查房，被称为“协和一景”，在全球医学院校中极为罕见。数百名协和医生济济一堂，为一位病人会诊，解决疑难问题。大查房的“大”字，不仅体现在参加的医生数目之多，还体现在各科医生的大视野、大思维。从顶尖专家到年轻医生甚至医学生，激辩交锋，相互启迪，折射出协和人敬畏生命、尊重科学的品格。

“熏”，不仅体现在学术上，也表现在做人上。拥有一颗人文“心”和一个科学“脑”，是协和医学生必备的素质。在协和，当年轻人看到老前辈跟病人谈话时面带笑容，检查中细问病人痛不痛，自然就懂得了如何善待病人。张之南教授曾遇到一位病人大口呕血，他毫不犹豫地俯下身去用痰盂接呕吐物，用毛巾给病人擦嘴，弄得自己满身是血。事后，他的学生告诉他：“您的行动给我们上了一堂课，大夫怕不怕病人弄脏自己，是躲闪还是向前，病人会有多么不同的感受啊！”

“医生给病人开出的第一张处方是关爱”，这是老协和人留下的传统。著名妇产科专家郎景和说：“孩子再年少，医生也要像对老人那样尊重他；老人再年长，医生也要像对孩子那样关照他。”新一代协和人没有丢弃传统，依然把“关爱”视为最珍贵的“处方”。

重视临床，协和人是“泡”出来的

住院医师制度，是老协和沿袭下来的一项临床医生培养制度。一名医学生毕业后，必须先当 3 至 5 年的住院医师，不论昼夜，随叫随到，及时了解患者病情变化。经过历练，佼佼者登上住院总医师的“塔尖”，其责任最重大，工作最辛苦，锻炼也最全面。老协和的住院医师，长年住在医院、“泡”在病房。有人说，协和医生是“泡”出来的。

著名医学家张孝骞强调在临床工作中接触病人，掌握第一手资料。他说：“病人把生命都交给了我们，我们怎能不如临深渊、如履薄冰？”他认为，医学不像其他学科可以通过定律进行推导、通过公式进行演算。同一种疾病，在不同人的身上有不同的表现。每个病例，都是一道研究课题。在病人面前，医生永远要当小学生。

重视临床，是协和人的“传家宝”。有一位病人痰中带血，下肢浮肿，入院化验结果是尿中有红血球。主管医生诊断为肺出血—肾炎综合征。张孝骞参加了会诊，也同意这个诊断。回到办公室后，他放心不下，唯恐诊断中会有疏漏。经过反复思考，第二天他又到病房为病人做了一次检查，证明不是肺出血—肾炎综合征，而是移形性血栓静脉炎。这种静脉炎，造成了肺、肾等多脏器损害，给人一种假象。

著名妇产科专家林巧稚是“一辈子的值班医生”。她长年住在医院里，唯一的伴侣就是床头那部电话，只要电话一响，马上出现在病房。她终身未婚，却被誉为“万婴之母”。在她亲手接生的上万名婴儿中，有不少取名为“念林”“爱林”“敬林”“仰林”。林巧稚说：“我生平最爱听的声音，就是婴儿出生后的第一声啼哭。”

协和人始终坚持到病人中去、到临床中去。医生不是只看各种检查、化验结果，而是密切观察和接触病人，不放过任何蛛丝马迹。“不到协和心不死”，这是民间广为流传的一句话。老百姓认协和，正是因为这里有一大批临床经验丰富的好医生。

时代在变，环境在变，但协和人的价值观没有变。病人利益至上，一切为了病人，永远是协和人奉行的“金标准”。

脚踏实地，协和人是“走”出来的

“一盎司的预防，胜过一磅的治疗。”这是北京协和医学院第一任公共卫生学院院长兰安生的名言。协和人心系苍生、胸怀祖国，涌现了一大批“顶天立地”的英才。

1923 年，兰安生受聘来到协和医学院。他提倡走出医院，走进胡同，超越个体，关注社区，使临床医学和社区服务融为一体。他在北京创立“卫生示范区”，关注居民从生到死全生命周期的健康。他让学生了解社区居民的卫生状况，从群体而非个体的角度思考问题，努力提高大众健康水平。协和将临床医学与公共卫生相结合，堪称中国医学教育史上的一个创举。

1932 年冬，协和毕业生陈志潜来到河北定县。这位医学博士脱掉“白大褂”，换上“灰长衫”，从城市走向农村，掀起一场中国农村的医疗保健革命，在区域内消灭了天花、霍乱和黑死病，避免了疫病流行。他建起中国最早的“三级卫生保健网”，培养了最早的乡村“赤脚医生”，被誉为“中国公共卫生之父”。

从兰安生到陈志潜，师生二人，以协和为起点，将触角延伸到更广阔的天地，走出了一条符合中国国情的公共卫生之路。他们用行动证明，协和人不是坐在诊室里的“学者”，而是脚踏实地的“行者”。

协和人从未脱离社会和大众，既用显微镜观察细胞，也用望远镜观察世界。他们怀着报国之志，致力于推动医学进步，成为中国医疗卫生事业的顶梁柱。

20 世纪 60 年代初，协和人顾方舟带领团队研制出小儿麻痹糖丸疫苗，立下我国公共卫生史上的里程碑。为了检测疫苗安全性，他和科研团队成员把自己的孩子作为第一批受试者。随后，我国大范围推广糖丸疫苗，使小儿麻痹得到有效控制，数十万儿童免于致残。自 1994 年 10 月以来，我国未发现一例本土脊髓灰质炎野毒株引发的病例。

无论在任何时期，协和人都把国家利益放在首位。从抗击非典到抗震救灾，从卫生支边到医疗援外……哪里有需要，哪里就有协和人的身影。自 2002 年起，协和医学院每年都派出医务人员赴新疆工作，他们主动克服困难，为当地患者解除病痛，出色完成援疆任务，促进了边疆地区医疗卫生事业的发展。

100 多年间，协和人不辱使命，成为中国医学界的旗舰和标杆。

青砖碧瓦，红顶雕栏，诉不尽风雨春秋；雨燕翱翔，衔泥筑巢，道不尽赤子初心。站在新的历史起点上，协和人正怀着满腔热忱，绘制下一个百年蓝图，续写下一个百年传奇。

一颗糖丸一座丰碑

2021 年 10 月 29 日，顾方舟雕像揭幕仪式在北京协和医学院举行，中国医学科学院北京协和医学院院校长王辰和顾方舟的女儿顾晓曼共同为雕像揭幕。一位被称为“糖丸爷爷”的科学家，以这种特殊的方式重“回”协和。

2019 年 9 月 29 日，中华人民共和国国家勋章和国家荣誉称号颁授仪式在北京人民大会堂金色大厅隆重举行。顾方舟被授予“人民科学家”国家荣誉称号，妻子李以莞替他领回了勋章和证书。

“我们把您的那幅油画画像，摆放在了妈妈家的客厅，每每看到画像中您慈祥而又坚定的面容，就好像您还在我们身边，并没有走远。现在，这幅画像前又增添了两样宝贵的东西，一个是一枚异常精致的国家荣誉勋章，另一个是印有国徽的国家荣誉证书。”这是顾晓曼写给父亲的一封信，她含泪向九泉之下的父亲报告喜讯。

2019 年 1 月 2 日，一个晴朗的冬日，顾方舟平静地离开人世，享年 92 岁。当天，无数网民为他祈福送行。一位网友留言：“糖丸是我最甜蜜的童年回忆，小时候只知道糖丸香甜好吃，不知道它还是守护我们健康的宝贝啊，真心感谢糖丸爷爷顾方舟！”

顾方舟，中国医学科学院北京协和医学院原院校长，著名的医学科学家、病毒学家、医学教育家。他在中国首次分离出脊髓灰质炎病毒，成功研制出首批脊髓灰质炎活疫苗和脊髓灰质炎糖丸疫苗，为我国全面消灭脊髓灰质炎做出巨大贡献，被誉为“中国脊髓灰质炎疫苗之父”。

走活疫苗技术路线

2019 年 9 月 27 日，顾晓曼陪同母亲参观了“伟大历程辉煌成就——庆祝中华人民共和国成立 70 周年大型成就展”。在“脊髓灰质炎糖丸减毒活疫苗研制成功”展板前，母亲久久停留。望着展柜里陈列的顾方舟手稿，老人流下了泪水。

脊髓灰质炎又称小儿麻痹症，是一种严重威胁儿童健康的急性传染病。20 世纪 50 年代，脊髓灰质炎在我国多地流行。有一位家长背着瘫痪的孩子找到顾方舟说:“顾大夫，你把我的孩子治好吧，他以后还得走路，参加国家建设呢。”顾方舟回答:“太抱歉了，我们对这个病还没有治愈的办法。唯一可行的方法是到医院去整形、矫正，恢复部分功能，完全恢复到正常不可能。”听罢此言，那位家长的眼神马上黯淡下来。

1957 年，31 岁的顾方舟临危受命，带领研究小组调查了部分地区脊髓灰质炎患者的粪便标本后，从中分离出脊髓灰质炎病毒且成功定型。这是我国首次用猴肾组织培养技术分离出病毒，用病原学和血清学方法证明了 I 型为主的脊灰流行，为控制脊髓灰质炎传播提供了流行病学资料。

1959 年，顾方舟前往苏联考察脊灰疫苗情况时发现，“死”“活”疫苗两派各持己见，争执不下。中国究竟选择哪一条技术路线，没有人能解答。当时，美国和苏联均研制出了脊髓灰质炎疫苗。其中，死疫苗安全、低效，但价格昂贵；活疫苗便宜、高效，但安全性还需要研究。

顾方舟充分考虑国情国力，果断提出建议：我国要走活疫苗路线。1959 年 12 月，经原卫生部批准，我国成立脊灰活疫苗研究协作组，顾方舟担任组长，进行脊髓灰质炎疫苗的研究工作。从此，顾方舟团队将工作重心转移到活疫苗上，他们争分夺秒、反复试验，心中只有一个念头——让活疫苗在中国尽快落地生根，让祖国的花朵不再凋零。

早在1958年，我国就决定在云南昆明郊区建立猿猴实验站。1959年1月，正在筹建的猿猴实验站改名为中国医学科学院医学生物学研究所，以此作为我国脊灰疫苗生产基地。当时，那里还是一片荒山，除了猿猴基地的猴舍，连供人居住的房子都没有。时逢连年自然灾害，他们每天只能吃几两粮食。顾方舟说："人可以饿着，猴子是做实验用的，绝不能饿着。"

1964年，顾方舟举家迁居昆明。他下定决心，就在昆明扎下去，为这个事业干一辈子。顾方舟曾回忆："那时候我们没有房子，住都没地方住，搭起炉灶来就那么干，吃也吃不饱，那段时期真是太艰苦了，可是大家在那个时候确实是勒紧了裤带，咬紧了牙关干。"

拿自己孩子做试验

顾方舟制订了两步研究计划：动物试验和临床试验。在动物试验通过后，进入了更为关键的临床试验阶段。然而，谁来第一个做人体试验呢？

顾方舟决定，自己先试用疫苗。冒着可能瘫痪的风险，他喝下了一小瓶疫苗溶液。一周过后，生命体征平稳，没有出现任何异常。然而，顾方舟的眉头却锁得更紧了。因为他面临着一个更大的难题：大多数成人本身就对脊灰病毒有免疫力，必须证明疫苗对小孩也安全才行。那么，到哪里寻找学龄前儿童呢？谁愿意拿自己的孩子做试验呢？

"我是组长，我带头。"顾方舟抱来他当时唯一的孩子，"我们家小东不到一岁，符合条件算一个，你们还有谁愿意参加？"后来，实验室同事的五六个孩子都参加了这个试验，人数很快就凑齐了。当时，顾方舟是瞒着妻子做出这个决定的。"我不让我的孩子喝，让人家的孩子喝，没有这个道理。"事后，顾方舟这样对妻子解释。

经历了漫长而煎熬的一个月，孩子们生命体征正常，Ⅰ期临床试验顺利通过。1960年，2000人份疫苗在北京投放。Ⅱ期临床试验结果表明，疫苗安全有效。随后，顾方舟将受测人群从2000人扩大到450万人，在北京、天津、上海、青岛、沈阳等大城市展开了Ⅲ期临床试验，获得成功。

此后，全国正式打响脊灰歼灭战。1960年12月，首批500万人份疫苗在全国11个城市推广，很快遏制了疾病蔓延的形势。投放疫苗的城市，流行高峰纷纷削减。

从液体疫苗到糖丸

面对逐渐好转的疫情，顾方舟丝毫没有松懈。当时，液体减毒活疫苗需要低温保存运输，大规模推广非常不便。服用时，家长需要将疫苗滴在馒头上，稍有不慎，就会浪费，小孩还不愿意吃。

怎样才能制造出既方便运输，又让小孩爱吃的疫苗呢？顾方舟突发灵感：为什么不能把疫苗做成固体糖丸呢？经过一年多的研究测试，顾方舟终于成功研制出了糖丸疫苗。糖丸疫苗是液体疫苗的升级版：在保存了活疫苗效力的前提下，大大延长了保存期。为了让偏远地区也能用上糖丸疫苗，顾方舟还想出了一个“土办法”——将冷冻的糖丸放在保温瓶中，从而彻底解决了疫苗的保存、运输等问题，使糖丸疫苗迅速覆盖到祖国的每一个角落。

随着糖丸疫苗的大规模生产，我国进入全面控制脊髓灰质炎流行的历史阶段。1975年，顾方舟团队又开始研制三价混合型糖丸疫苗。1985年，终于探索出了最佳配比方案，三价糖丸疫苗研制成功。1986年，三价糖丸疫苗在全国推广使用，为彻底消灭脊髓灰质炎提供了有力武器。

1990年，全国消灭脊髓灰质炎规划开始实施，此后几年病例数逐年快速下降。2000年，“中国消灭脊髓灰质炎证实报告签字仪式”在原卫生部举行，74岁的顾方舟作为代表郑重签名，标志着我国成为无脊髓灰质炎国家。自此，一场跨越半个世纪的脊灰歼灭战取得了决定性胜利。

顾方舟一路艰辛跋涉，从未居功自傲。他曾感慨道:“如果我早一点研究出疫苗，就能治好更多人，还有许多孩子我没有救回来。”在顾方舟的遗体告别仪式上，门口悬挂着一副挽联:“为一大事来，鞠躬尽瘁；做一大事去，泽被子孙。”这是顾方舟一生的至真写照。

一颗小小的糖丸，护佑着亿万儿童的健康，成为几代人最甜蜜的回忆。顾方舟穷毕生之力，为我国消灭脊髓灰质炎工作画上了一个圆满的句号，在我国公共卫生史上树立了一座永恒的丰碑。

离开白求恩的日子

2022 年 6 月 7 日，“七一勋章”获得者辛育龄逝世，享年 101 岁。

2021 年 7 月 1 日，辛育龄获得“七一勋章”的那天，由于身体原因，他没能到人民大会堂现场领受奖章，由女儿辛晓梅代领。当时，辛晓梅说：“父亲听力不是很好，我们是贴在父亲的耳边告诉了他这个消息，感觉他的目光都变得明亮了，并且还使劲握着我的手，使劲地摇晃。”

他是一位外科医生，那双饱经风霜的手，又软又光滑。在半梦半醒之间，老人常常喃喃呼唤着“白大夫”。他曾与白求恩大夫并肩作战，在他的手臂上，留着一道白求恩亲手为他缝合的伤口瘢痕。

辛育龄，1921 年 2 月出生，曾任北京胸部肿瘤研究所外科主任、副所长，中日友好医院首任院长、首席专家。他经历了抗日战争、解放战争、抗美援朝战争的考验，用一把刀、一根针、一支笔书写了传奇人生，被誉为“白求恩式的医生”。

百年沧桑，见证了一位白衣战士的赤胆忠心。他曾开展了国内第一例人体肺移植手术，是我国胸外科事业的奠基人；他首次将针刺麻醉应用在胸外科手术，在国际上引起极大轰动。他在手术台上坚守了 60 年，用仁心仁术赢得了百姓的信任。

白求恩身边的小战士

1937 年，年仅 16 岁的辛育龄不愿做亡国奴，奋起参加了冀中人民自卫军，从此走上了为之奋斗一生的革命道路。

1938 年 5 月，辛育龄正式参加了八路军，成为冀中卫生部后方医院的卫生员，后又被分配到制药厂，并加入了中国共产党。

1939 年 4 月，辛育龄被派到白求恩医疗队担任司药，亲身感受到了白求恩毫不利己、专门利人的精神。辛育龄回忆，当时白求恩不顾个人安危，亲自带领手术队赴前沿阵地，同志们劝他:“离敌人太近了，危险！”白求恩大夫却说，距阵地愈近，愈能多救些伤员。尽管简陋的手术室外炮火连天，手术室内的白求恩却镇定自若，不慌不忙地把手术做完，展现了超人的胆量和精湛的技术。

在一次战斗中，由于日本人飞机轰炸，驮药箱的马匹受惊，药品散落一地。辛育龄赶紧拽住惊马，整理药箱，左手臂却被划伤，鲜血淋漓。白求恩赶过来给他处理了伤口，这伤口瘢痕一直陪伴他走过战争年代。白求恩光荣牺牲后，辛育龄始终没有忘记白求恩的启蒙和教诲。白求恩全心全意为人民服务的精神，深深影响了他的一生。

1940 年，刚满 19 岁的辛育龄担任冀中军区制药厂厂长。当时，部队里流行疟疾和疥疮。辛育龄走访当地郎中，带领职工和老乡上山采摘常山、青蒿等中草药，并且提取有效成分制成药片，方便战士服用，取得了良好疗效。他还研制成功一种治疗疥疮的皮肤擦剂软膏，很快消灭了疥疮。

1947 年 7 月，辛育龄从延安的中国医科大学毕业后，被分配到中国医科大附属医院，成为一名外科大夫。辽沈战役时，辛育龄奉命带领医疗队赶赴沈阳参战。东北解放后，辛育龄被任命为盛京医科大学附属医院院长，顺利完成了医院改制。东北人民政府卫生部成立后，辛育龄被调任保健防疫处长兼干部保健委员会副主任、党组成员。抗美援朝战争开始后，辛育龄组织医疗队赴朝支援，负责收容伤员，安置在吉林、黑龙江等省进行治疗。

胸外科事业的拓荒者

1951 年，辛育龄被我国政府派往苏联医学院学习胸外科技术，1956 年获得医学副博士学位回国，掌握了当时国内尚属空白的胸外科技术。

回国后，辛育龄来到位于北京通州的中央结核病研究所（后更名为北京结核病研究所），组建了胸外科。当时，传统的结核病治疗方法，对于重症晚期肺结核病人治疗无效，病人经常发生窒息性死亡。辛育龄经过仔细研究，探索出双腔插管麻醉下肺切除手术，治疗了 200 多例重症肺结核合并大咯血病人，均获得成功。自此，双腔插管麻醉法在国内得以推广，为胸腔外科扩大适应症和保障手术安全提供了有效手段。

医学探索，永无止境。辛育龄还应用支气管残端黏膜外层缝合法，完成了 4600 多例肺切除手术，将残端瘘的发生率降低到 0.4%，基本上制止了此类并发症，提高了肺切除手术的安全性和临床效果。1963 年，辛育龄的相关论文在莫斯科外科学会上宣读后，受到国外专家的赞同，并被国内很多医院采用为常规缝合法。

20 世纪五六十年代，我国绝大部分省份尚未建立胸外科。经卫生部门批准，辛育龄牵头在中央结核病研究所举办胸外科医师培训班。从 1958 年到 1980 年，共为全国培养出 300 余名胸外科技术骨干，他们很快成为全国胸外科的中坚力量。辛育龄经常赴各地帮助胸外科医师做手术，有 40 余家医院的胸外科是在他的指导下建成的。

辛育龄非常重视学习和运用祖国医学。临床上，肺癌术后患者常因刀口痛、咳痰困难和排尿不畅而苦恼，辛育龄在 1958 年学习中医过程中接触到针灸，发现在试用针灸治疗后患者的上述症状可以得到控制。于是，他把针刺麻醉作为开展中西医结合的突破点，成为针刺麻醉手术的实践者与推动者。

1970 年 6 月 25 日，一台由辛育龄主刀的肺切除手术正在进行。这台手术首次运用一根针进行针刺麻醉获得成功，震惊了医学界。1972 年 2 月，美国代表团访华期间，听说中国有一种名为针刺麻醉的技术，可以在病人清醒状态下实行肺切除手术，便提出要看手术的全过程。2 月 24 日，美国代表团一行 30

余人在北京医科大学第三附属医院观摩了针刺麻醉手术实施的全过程。

患者是一名女性，因右肺上叶支气管扩张准备做右肺上叶切除术。从针刺麻醉操作者辛育龄在病人前臂外侧扎针捻动到实施开胸手术，从病人安详的表情到呼吸、血压、心律等数据，美国人全部做了摄像和记录。最后，全身麻醉需要两三个小时才能完成的手术，辛育龄用了 72 分钟就干净利落地完成了。术后，病人还从手术台上坐起来，笑容满面地回答了美国记者的提问。看到病人神志清醒，平静自如，没有痛苦，美国代表团成员被针刺麻醉的神奇效果折服了。

1984 年 10 月 23 日，中日友好医院正式开院。第二年，辛育龄主动请求辞去院长，希望回到胸外科工作。他说："组织上交给我的筹建任务已经完成，接下来我更愿意专心做一名外科大夫。"

1986 年，65 岁的辛育龄萌发了用直流电杀灭肿瘤的大胆设想，动物实验获得成功。在查阅资料时，他发现自己的想法与一位瑞典科学家不谋而合。为此，辛育龄提出了不用开刀局部杀灭肿瘤细胞的"电化学疗法"。由于电化学疗法具有不开刀、创伤小、恢复快的优点，非常适合年老体弱的患者。辛育龄还在实验中发现，电化学疗法具有强力的止血效果，并将这一技术推广到治疗血管瘤领域。

辛育龄说："中医要向西医学习，西医也要向中医学习，中医和西医要互相协作，更好地为人民健康服务！"

疼爱患者的慈祥长者

年过八旬之后，辛育龄仍坚持每周出门诊，并参加科室查房。辛育龄说："病人是我们学习的源泉。医生为病人服务，也从服务中学习。我同病人已建立了深厚感情，看病是我最大的乐趣。"

中日友好医院胸外科副主任梁朝阳回忆，直到 90 多岁，辛育龄办公室的灯光仍然每晚亮起。自从成为一名外科大夫，辛育龄从未放下过手术刀。他说：“我最大的愿望，就是做一棵无影灯下的‘不老松’。”

在患者眼中，辛育龄不仅是一位医学权威，更是一位慈祥的长者。有一次，他给一名 6 岁的患儿做血管瘤手术，由于患儿对麻醉药品过敏，出现麻醉意外，突然意识丧失，呼吸心跳停止。辛育龄十分镇定，他弯腰俯身，趴在床边，亲自为患儿做人工呼吸和心脏按压，直到患儿心跳、呼吸、意识恢复正常，而年逾七旬的辛育龄却累得腰都直不起来，经过一周的理疗才恢复过来。

辛育龄每次开胸之后，他动作极其轻柔。他还提醒，胸腔镜手术用卵圆钳夹肺的时候要轻柔，能不夹最好不夹，避免不必要的损伤。在他的教诲下，胸外科一直保持着这个好传统。

为了减轻病人负担，他长期坚持出诊不设特需专家号，只设普通专家号。遇到经济困难的病人，他不仅千方百计节约费用，还会拿出自己的积蓄帮助病人。救治危重病人，他可以在手术室坚守七八个小时，术后彻夜不眠，亲自守护。他敢于承担风险，对于那些病情复杂又做过多次手术失败的病人，甘愿主动承担风险，尽量救治。

辛育龄是白求恩精神的传承者，为广大医务工作者树立了一座永不熄灭的“灯塔”。

但愿天下无疾苦

2022 年 11 月 25 日，北京友谊医院医生、北京热带医学研究所研究员李桓英逝世，享年 101 岁。

这一年的 8 月 17 日，是李桓英 101 周岁的生日。当天，北京友谊医院党委和北京市李桓英基金会为李桓英举行了生日会。鲜花、气球、彩带，一间小小的会议室被装点得喜庆祥和。伴着“祝你生日快乐”的歌声，面容慈祥的老人切开了生日蛋糕，露出了孩童般的笑容。老人许下心愿：“愿人类早日消灭麻风病，愿天下再无麻风病！”

李桓英是世界著名麻风病防治专家。她选用的短程联合化疗方案得到世界卫生组织的认可并在全球推广，让数万名麻风病人重获新生。她怀着一颗医者仁心，把毕生精力都献给了麻风病防治事业，为推动构建人类卫生健康共同体作出巨大贡献。

“作为中国人，我渴望回到祖国的怀抱，想把我最好的年华奉献给祖国。”

李桓英，祖籍山西省襄垣县，1921 年 8 月 17 日出生于北京。童年时期，她跟随父母在柏林、北京、上海、杭州、南京、香港等地生活。抗战时期，她饱尝颠沛流离之苦，辗转各地求学。1945 年，李桓英毕业于上海同济大学医学院。1946 年，她前往美国约翰霍普金斯大学攻读细菌学和公共卫生学硕士学位，毕业后留校任微生物学系助理研究员。

1950 年，世界卫生组织成立。李桓英因学习成绩优异，被美国约翰霍普金斯大学推荐担任世卫组织首批官员。在任职 7 年间，她被派往亚洲、美洲等许多国家和地区，为遏制传染病蔓延做出了艰苦的努力，受到世卫组织的高度评价。

1957 年，在李桓英工作期满时，世界卫生组织主动提出与她续签合同，期限为 5 年。然而，李桓英亲眼看到不少国家由于贫穷而导致疾病流行，深感新中国更需要自己。

“当时，新中国成立不久，百废待兴，正是急缺人才之际。我曾在美国杂志上看到过钱学森的名字，当知道他毅然回国的消息时，内心有了很深的触动。作为中国人，我渴望回到祖国的怀抱，想把我最好的年华奉献给祖国。”李桓英这样回忆。

当时，李桓英全家已移居美国，父母兄妹都希望她留在美国。但是，她婉言谢绝了世卫组织的邀请，瞒着家人，只身一人绕道伦敦，几经周折，于 1958 年从莫斯科回到了祖国。这一年，她 37 岁。

从此，在漫长的岁月中，无论是晴空万里，还是风雨交加，她都无怨无悔。无数次的亲情召唤，都不能改变她报效祖国的决心。

李桓英说：“很多人问过我，当初已经离开祖国那么多年，为何选择回国？我都毫不犹豫地告诉他们：因为我是中国人，我在北京出生，不能忘本。”

1964 年，在美国定居的父母放心不下独自在国内生活的女儿，专程从美国飞到香港，为此，李桓英到香港与父母相见。父母苦口婆心，劝说她一同去美国。李桓英说：“我回国的目的是什么？不就是要为祖国服务吗？国家这么困难，如果弃之而去，还不如当初就不回来。”没想到，这次相见竟成了父母与女儿的最后一面。

1978 年底，李桓英调入北京热带医学研究所。时任所长的钟慧澜院士让李桓英以访问学者的身份，由世卫组织资助出国考察，其中包括访问美国等 6 个国家的麻风病中心。

1980年，李桓英来到美国，为父母扫墓，并与弟弟妹妹团聚。这一次，她依然坚定地拒绝了亲人们的挽留。在详细考察了美国的医疗成果后，李桓英如约返回祖国。她还用自己节约的外汇，为研究所购买了双筒荧光显微镜和英文打字机、幻灯机、幻灯片等设备，并从美国麻风病中心带回了千余人份的麻风菌素。

“只要是我认准的事，就决不回头。”李桓英说：“我是中国人，我的根在中国，我的事业在中国。离开了祖国，我的人生还有何价值？”

李桓英认为，自己一生最正确的选择就是能够回到祖国、报效祖国。她说：“我在国外跑了那么多国家，飘来飘去，就像浮萍似的，没有根。你要做事业，还是要回到自己的国家。”这，就是她的赤子之心。

“当医生不能怕！这就好像战士都知道子弹厉害，上了战场不照样往前冲？”

麻风病是人类最古老的传染病之一。20世纪初，全世界没有特效药，唯一的办法就是隔离病人。以麻风病为代表的热带病，威胁着全球超过10亿人的生命健康。

1980年，李桓英被派往世卫组织做访问学者。她了解到，世卫组织正在研究一种联合化疗的新方法，药物配方已经完成，但是缺乏临床试验数据。当时，全球治疗麻风病都是采用终身服药的办法，一旦停药就会复发。为此，李桓英从世卫组织申请到了免费药物和项目支持。

中华人民共和国成立前，在云南省西双版纳傣族自治州，麻风病人被称为“琵琶鬼”，只要家中有一人得病，全家就要被赶出村寨，搬到偏僻的山林中居住，自己开垦荒地，生产自救，久而久之就形成了大小不等的村寨，俗称“麻风寨”。

勐腊县南醒村曾是一个典型的“麻风寨”，这里的村民饱受被歧视之苦，不敢跨出寨子半步。从 1990 年 4 月 17 日开始，南醒村“麻风寨”的帽子被彻底甩掉了。在南醒村召开的“麻风寨”摘帽庆祝大会上，勐腊县政府领导宣布：“南醒村从今天起更名为曼喃醒，纳入行政自然村管理。”曼喃醒，傣语意为“新生”之意。当天，一群身穿鲜艳傣族服装的妇女，用鲜花串成花环，将亲手缝制的傣家服装献给他们心目中的大“摩雅”（医生）——李桓英。

1979 年，李桓英第一次来南醒村搞流行病学调查，从此与村民结下不解之缘。1983 年 1 月，李桓英在南醒村建立了世界上第一个无需住院的短程联合化疗试点。从 1983 年到 1998 年，李桓英连续 16 年定期驻村观察病人，终于让麻风病人摆脱了病痛折磨。

在云贵川的项目试点村，为了拉近与麻风病人的感情，李桓英从不穿戴任何防护服，与麻风病人亲密接触，消除病人的恐惧心理。有一次，她直接走进患者的家里，和患者一起吃饭。李桓英的举动，让村民们无比惊讶。此后，李桓英每到一个村寨的时候，都会引来村民的一片欢呼：“北京来的女医生，不怕麻风！”

为了推广短程联合化疗方案，她跋山涉水，走家串户，不辞劳苦。渴了，舀起病人家的水，仰头就喝。病人试探着同她握手，她便拉着病人的手长时间不放。见到老病人，她总是亲切地拍拍肩膀，甚至还主动拥抱。

“当医生不能怕！这就好像战士都知道子弹厉害，上了战场不照样往前冲？”李桓英说。

麻风病人手脚麻木，连滚烫的火盆都感觉不出来，很容易受伤。于是，李桓英从教麻风病人穿鞋子做起。她常常把手伸进病人刚脱下来的脏鞋里，耐心地做示范：“早晨和晚上，你们要这样，摸摸有没有沙子，再穿上。”

多少年来，李桓英一直奔波在贫困边远地区。云贵川的 7 个地州、59 个县，每一个有麻风病人的地方，都有她的足迹。

在旅途中，李桓英曾数次遇险。在云南，她经历了最严重的一次车祸。汽车翻滚到山下，她从前挡风玻璃被甩出去 10 多米，躺在铺满积雪的山坡上。当她听到救援者的呼喊时，却怎么也爬不起来，歪头一看，雪地上有一大片血迹。经过检查发现，她的 7 根肋骨骨裂、双侧锁骨骨折。面对一次次的险情，她却开玩笑说："没关系，任何事件的发生都有一个概率，按我乘车的次数来讲，也应该发生了。"

还有一次，李桓英在前往勐腊县考察途中，因河水上涨，小木桥被水冲垮了，只有乘小船才能过去。小船行至河中，突然翻了，陪同人员赶紧去救她。等把她救上岸后，她却哈哈大笑，风趣地说："放心，我胖得像皮球一样，不会沉下去。"大家劝她回住地把湿衣服换下，她却说："天气热，没关系，正好凉快凉快。"说完，穿着已经湿透的衣服就走进了村民家里。

经过不懈努力，李桓英将麻风病人的服药时间缩短至两年，为麻风病治疗开辟了新天地。短程联合疗法的推广，使全国麻风病人从原来的 11 万人下降到不足万人，且年复发率仅为 0.03%，大大低于世卫组织规定的年复发率小于 1% 的标准。

1994 年，李桓英选用的世界卫生组织短程联合化疗方案在全球推广。1996 年，她率先在国内开展"消除麻风特别行动"，首次提出了麻风病垂直防治与基层防治网相结合的模式，被称为"全球最佳的治疗行动"，促进了麻风病的早发现、早治疗。2016 年，在第 19 届国际麻风大会上，李桓英获得首届"中国麻风防治终身成就奖"。

"治愈患者给医者带来的心灵慰藉，是任何酬劳都不能取代的。"

20 世纪 70 年代，李桓英来到苏北农村，第一次见到麻风病人。当时的医务人员头戴防护巾，身穿隔离衣，手戴胶皮手套，场景令人恐惧。然而，看到病人被疾病折磨的痛苦样子，李桓英产生了深深的同情。她暗下决心，一定要让麻风病人过上有尊严的生活！

李桓英终生未嫁，她把全部的爱都献给了麻风病事业。这份大爱超越时空，绵绵无期。

2015 年，94 岁高龄的李桓英不顾膝关节手术后的行走不便，再次来到云南曼喃醒村。一进寨子，那些当年经她治愈的麻风病康复者就像见到了亲人，眼含激动的泪水，扑上来就喊："李妈妈，您回来了！"

"我们不能怕病人，而要爱病人。如果医生怕麻风病，怎么叫老百姓不歧视麻风病人呢？"在日常诊疗中，她总是用微笑告诉人们：麻风病人不可怕。每当遇到穷困家庭的患者，李桓英总是给予更多的关怀和照顾，捐钱捐物，从不吝惜。

2007 年 3 月，一名来自河南的麻风病患者前来就诊。经了解，这家人中竟有 5 名新发麻风病患者。因担心在当地被人歧视，祖孙三代在北京租住平房，以捡拾垃圾为生。一天，患病母子到医院复查，李桓英看到患者的脚已有溃疡感染，又着急，又心疼。她当即拿出随身携带的 1000 元钱，作为患者在京的生活补助，同时叮嘱医务人员好好照护病人。

2009 年 5 月，这家人再次来复诊，其中有一名年仅 24 岁的男性患者，手已溃烂感染，发生了隐匿骨髓炎，需要手术。李桓英说："患者这么年轻，一定要为他的将来着想。"随后，她联系了医院骨科主任会诊。由于患者有绿脓杆菌，不能在本院手术，李桓英又亲自联系全国麻风病控制中心，找到了能做手术的专业机构和医生，还派医务人员专程陪同患者前往湖南手术。很快，患者接受了扩创及死骨摘除术，大大提高了生活质量。

1993 年，云南省文山县有一名高三女学生，就在临近高考前不到半年，被诊断为麻风病。此时，李桓英正好来到文山。当她得知这位中学生的情况后，立即为她进行了仔细的检查，还耐心地说："现在得了麻风，就像得了一块皮肤癣，只要联合化疗一周就失去传染性了，你可以边学习边治疗，最多两年就能治好！"回京之后，李桓英一直惦念着这位女学生，曾多次打电话、写信询问她的情况。后来，这位女学生考上了大学，并成为一名教师。

2008 年，汶川地震发生之后，不少麻风病人家里房子被震塌。为此，李桓英忧心忡忡，夜不能寐。她说，一定要帮助患者重建家园，不能让他们受到二次伤害。于是，她毫不犹豫地向四川省麻风防治协会捐了款。汇款时，她在捐赠人一栏注上"热研所麻风室全体同志"。

李桓英说："治愈患者给医者带来的心灵慰藉，是任何酬劳都不能取代的。能治好患者的病，是我这一生最大的幸福。"

"入党和做研究一样，都是追求真理。希望在我葬礼的那一天，身上能盖上中国共产党的党旗！"

2016 年 12 月 27 日，是李桓英一生中最难忘的日子。

这一天，已经 95 岁高龄的李桓英特意围了一条大红的羊绒围巾。她仔细捋顺两鬓的头发，庄严肃立。站在一群新党员中间，她举起右拳，苍老的声音饱含真诚和笃定："我志愿加入中国共产党……"年近百岁，她终于梦想成真，成为一名"90 后"新党员。

此前，她曾对北京友谊医院党委领导说："我为人民服务快 60 年了，现在入党够格了吧？"2016 年，李桓英向党组织正式递交了入党申请书，她写道："我真心热爱中国共产党，诚挚地申请加入中国共产党。我虽即将进入期颐之年，但愿意以党员的身份为麻风病救治事业奋斗终身！"

信仰的力量是无穷的。李桓英说："入党和做研究一样，都是追求真理。能够作为党员为医学事业奋斗余生，这就是我最重要的心愿。希望在我葬礼的那一天，身上能盖上中国共产党的党旗！”

几十年来，李桓英解决了许多麻风病防治领域的重大策略和关键技术问题，为全球实现消灭麻风病的目标提供了重要依据。近年来，她带领课题组进入分子生物学研究领域，开展麻风病早期诊断、耐药基因检测和分子流行病学的研究，希望在麻风病的传播方式、发病机理、检测方法等方面取得创造性突破。目前，课题组在麻风病传播链研究、麻风病高发区预防措施研究、麻风病基因研究等方面都取得了新的成果，为彻底消灭麻风病打下基础。

“麻风病的历史，在我们这一代该终结了！虽然中国已基本消灭了麻风病，但还没有彻底消灭，还有很多工作要做。”生前，她殷殷嘱咐前来探望的后辈，科研工作者不能停下创新的脚步，这是党和人民的重托。

疾病无国界，大爱无疆界。为了创建一个没有麻风病的世界，为了天下苍生永无疾苦，李桓英燃尽了最后一束光……

柳叶刀上铸医魂

“钱不可贪，文不可抄；师不可骂，友不可卖；官不可讨，上不可媚；下不可慢，风不可追；天不可欺，地不可荒；父母要敬，子女要爱。”

2022 年 8 月 31 日是“中国肝胆外科之父”吴孟超院士诞辰 100 周年。在第五个“中国医师节”前夕，吴孟超生前的日记首度公开。大女儿吴玲说，父亲的笔记本大多记录了当天的手术，“他对病人特别关心，刀开在什么位置都记得清清楚楚。”

2019 年 3 月 15 日，是个晴天。那天的日记正文右上方，老人写上了大大的“手术一台”，并用红黑两种颜色的笔圈了起来。或许吴孟超提笔时并未意识到，那个春日，是他行医生涯中最后一次拿起柳叶刀。

那天，吴老像往常一样换上手术衣，站上手术台。无影灯下，这位身材瘦小的白眉医生，将一双神奇的手探入患者腹中。40 分钟后，肿瘤被顺利摘除。

在护士的搀扶下，已是 97 岁高龄的吴孟超走出手术室，疲惫的脚步略显蹒跚。

2021 年 5 月 22 日，中国科学院院士、原第二军医大学副校长吴孟超在上海逝世，享年 99 岁。从医 70 余载，他成功救治 1.6 万余名患者。他一生游刃肝胆之间，也与患者肝胆相照。他说：“我最大的快乐就是治好病人。”

“孩子们，让别人去享受‘人上人’的荣耀，我只祈求你们善尽‘人中人’的天职。某些医生永远只能收到医疗费。我愿你们收到更多——别人的感念。”2018 年，首个“中国医师节”前夕，著名肝胆外科专家吴孟超在央视《朗读者》节目现场深情朗读了一段文字，感动了无数医务工作者。

病情就是命令，手术台就是战场。这位耄耋老人，从医 70 多年，始终没有放下过手术刀。即便是在退休之后，依然每周做 3 台复杂手术。他见证了中国肝胆外科从无到有、从有到精的历程，他用一把柳叶刀，挑战了一个又一个“医学禁区”，创造了一个又一个医学奇迹。

吴孟超，国家最高科学技术奖获得者，中国肝脏外科的开拓者和主要创始人之一。他创立的“五叶四段”解剖学理论，奠定了中国肝脏外科的理论基础；他创立的间歇性肝门阻断切肝法，提高了肝脏切除术的安全性；他率先突破人体中肝叶“手术禁区”；他建立了完整的肝脏海绵状血管瘤和小肝癌的早期诊治体系；针对中国肝癌合并肝硬化多、术后极易导致肝功能衰竭的特点，他提出肝癌的局部根治性治疗策略，使肝癌外科的疗效和安全性实现了有机统一。2010 年，我国将一颗小行星命名为“吴孟超星”。

他有一双神奇的手。这双手灵巧有力，唯有右手食指指尖微微向内弯曲，那是他多年握手术刀、止血钳的结果。他的手术刀，常常在纵横交错、险象环生的血管间游走，逢山开路，遇水搭桥。他清楚每条血管的走向，如同将军了解战场上的每一道河流、每一处峰峦。他说：“手比脸重要。脸老了无所谓，但是手的感觉要保护好。我有时候开刀，眼睛一边看，手一边操作，需要很好的手感。”有人说，他有一双“长了眼睛的手”，能“看见”肿瘤的位置，熟知各种复杂的解剖关系。有时候满腹腔的血，他的手伸进去一摸，把那根血管一掐，血就止住了。他的手变形了，脚也变形了，但他的初心始终未变。

他有一双温暖的手。冬天的时候，他会先把手焐热，再去触碰病人的腹部。给病人做完检查，他会帮他们把衣服拉好，弯下腰把鞋子放到最容易穿的地方。每个大年初一，他会准时出现在病房，一个不落地和住院病人握手。面对千里迢迢前来求医的病人，他总是会先跟病人聊聊家常，让病人消除紧张的情绪。“一个人得了肝癌，整个家庭往往都垮了。跟病人多说句话，握一握手，就能给他和全家人信心。”吴孟超说。

在《朗读者》节目现场，一位名叫甜甜的姑娘站在了吴孟超面前。她曾是一名被多家医院拒绝收治的重症肝病患者。2004 年，她的中肝叶上长了个巨大的海绵状血管瘤，稍有不慎，就会因血管破裂大出血而死亡。抱着最后一线希望，这个女孩来到上海东方肝胆外科医院，求助于吴孟超。当年，吴孟超已经 82 岁。要进手术室了，父母抓住甜甜的手不肯放，甜甜也意识到，这恐怕是今生最后一面了！吴孟超弯下腰轻声说："不要紧张，你醒来的时候，我们都在你身边……"两天后，甜甜从昏迷中苏醒，看到的第一个人是吴孟超，听到的第一句话是"你没事了"。手术做了整整 10 个小时，吴孟超创造的肝门阻断法，前所未有地在一个手术中实施了 4 次。瘤子切下来了，重达 9 斤，足足有排球那么大。在国外的文献中，直径 4 厘米的血管瘤就被定义为"巨大"。然而，吴孟超面对的，几乎都是"超级巨大"的肿瘤。当时，有些年轻同事劝他："这么大的瘤子，人家都不敢做。你做了，万一出了事，你的名誉就毁了。"吴孟超回答："名誉算什么，我不过就是一个吴孟超嘛！"

吴孟超一生救了很多人的命，却没能挽救自己的父亲。"我父亲是胆囊结石、胆管结石，后来黄疸去世了。我自己是学这一行的，不能给父亲医治，所以我很痛心。"有一次，吴孟超向组织请示，回了一趟马来西亚。"那次我到坟上去看他们，就在爸妈的墓前，我说：'妈妈爸爸，我已经为国家做了一点事情，现在工作还是很好'。就这样讲，我对得起爸妈。"

一位与吴孟超合作了 30 多年的护士长说，她曾看到过这个传奇医生的另一面，"手术后靠在椅子上，胸前的手术衣都湿透了，两只胳膊支在扶手上，掌心向上的双手在微微颤抖。"吴孟超曾对她说："如果哪一天，我真的在手术室里倒下了，你知道我是爱干净的，记住给我擦干净，不要让别人看见我一脸汗的样子。"

医者仁心，大医精诚。吴孟超用一把有温度、有情怀的柳叶刀，铸就了新时代的医魂，彰显了医者的大爱。

心中有光　天下无盲

多年前，一位失明患者来到陶勇的诊室说："虽然我眼睛看不见，但我可以听见风在说话。"

"你听见风在说什么呢？"

"春天来了。"

那一瞬间，陶勇心中涌起一股巨大的力量，让他更加热爱眼科事业。"我把光明捧在手中，照亮每一个人的脸庞。"陶勇在微博中写下这句话。

陶勇，首都医科大学附属北京朝阳医院眼科主任。他用一把刀，为低视力者带去光明；他用一颗心，为失明者燃起希望。

从医十余年，陶勇先后做过 15000 多台手术，其中 2000 多台是贫困患者免费白内障复明手术。他研发的眼内液检测技术获得 6 项国家发明专利，达到国际领先水平。该技术在全国 600 多家医院落地，为近 7 万名眼病患者提供精准诊断服务。

"不能安于呆在'舒适区'，而要不断挑战'无人区'"

陶勇 1980 年出生于江西省南城县，当地很多人都曾因沙眼而饱受折磨。7 岁时，他曾陪母亲到南昌看病，医生从他母亲的眼睑里挑出 20 多颗结石。从那时起，他就非常敬仰眼科医生。

1997 年，陶勇考入北京大学医学部，毕业后进入北大人民医院眼科工作，27 岁获得医学博士学位。他选择了眼科的一个冷门专业——葡萄膜炎。"葡萄膜炎是一种复杂的致盲性眼病，患者大多属于免疫力低下群体，常伴有严重并发症。因此，不管是用药还是手术，都需要医生有更开阔的视野，而不是仅限于眼科专业。”陶勇说。

陶勇说：“医学的进步，离不开医生的探索。一个好医生，不能安于呆在‘舒适区’，而要不断挑战‘无人区’，做别人没做过的事情。”

面对葡萄膜炎这一顽疾，他如同一位高明的侦探，捕捉蛛丝马迹，小心翼翼地为患者保住视力。但是，我国眼科医生总量为 4.7 万名，其中眼底病专业医生仅有 3000 多人，供需矛盾突出。为了让更多患者实现精准化诊治，他潜心钻研眼内液检测技术并获得重大突破。

陶勇团队开发成功眼内液检测技术，即通过病原学诊断技术，帮医生快速找到致病“元凶”。例如，过去葡萄膜炎的检测以血液检测为主，现在通过抽取眼内约 0.1 毫升的液体进行检测，可以迅速锁定病因，有利于提高眼科医生的整体诊断水平。

陶勇团队开发推广的眼内液检测技术，是北京朝阳医院科创中心首个科技成果转化项目。陶勇团队集成了全球最先进的眼内液检测技术，可以提供 600 多项眼内液检测，填补了我国眼内液检测系统性方案的空白，整体技术居于世界领先水平。目前，陶勇的学术专著《眼内液检测的临床应用》已经出版，眼内液检测专家共识初步形成，相关内容被写入眼科学教材。陶勇团队正在探索眼表液检测技术。不久的将来，患者只需取一滴眼表液，即可通过家用试剂盒诊断干眼症、过敏性结膜炎等疾病。

“当一个病人在自己手里康复，这种价值感比任何荣誉和金钱都更珍贵”

“当一个病人在自己手里康复，这种价值感比任何荣誉和金钱都更珍贵，这种喜悦是无与伦比的。”陶勇说。

每次出诊，为了多看一个患者，陶勇常常顾不上吃饭休息，甚至连喝水、上厕所的时间都没有。当助手们都已下班，他常常还在为患者看病。因为他心疼那些从外地来看病的患者。“患者多等一天，就要多花一份吃饭住宿的钱，我宁愿自己累一点。”陶勇说。

一位来自河南的患者找到陶勇时，连视力表也看不见，只能模模糊糊地看见人影。平时，妻子总是陪他前来看病，但有一次他一个人来到诊室，那时已经接近全盲。原来，他的妻子在酒店打工意外受伤。由于家境贫穷，他打算放弃治疗。陶勇不仅拿出 1000 元钱给他，还主动帮他退了专家号。后来，这位患者再次来找陶勇时，带来了自家做的面条，这是他唯一拿得出手的礼物。

2009 年，刚刚走上医生岗位的陶勇，跟随医疗队到江西义诊，遇到了患有晚期白内障的王阿婆，手术风险极高。王阿婆说：“给我做手术吧，我想亲手为自己做一件寿衣。”于是，陶勇为她安排了手术。王阿婆的手术很成功，视力恢复到了 0.6。义诊要结束时，他得知王阿婆在手术后 7 天便去世了，但她就是用那 7 天的时间给自己做了一件寿衣，还将丈夫和儿子的照片缝在寿衣的口袋里。临终前，她托人给陶勇带话，感谢医生帮她找到了“回家”的路。

陶勇说：“没有技术的关怀是滥情，没有关怀的医学是冰冷的。一个医生不能只关注技术，还要让患者看到希望。”

“天下无盲，是我的愿望和毕生追求”

在很多人的眼中，陶勇是一个自信、阳光的“大男孩”。他热心公益事业，希望把爱的种子播撒人间。

2020 年 11 月，陶勇团队与北京红十字基金会共同发起成立“彩虹志愿服务队光明天使分队”，40 多名来自社会各界的志愿者成为医务社工，为患者提供导诊、挂号、取号、送检、科普等服务。该公益项目发起后，一名患儿的父亲第一时间报了名。当年，由于经济原因，这对父子只能睡在火车站。陶勇得知情况后，曾多次帮助过他们解决困难。在这支志愿者队伍里，很多人都是陶勇的患者。

陶勇团队还与慈善公益组织合作，免费开展巨细胞病毒性视网膜炎人工智能早筛，为患者提供自助眼底照相服务，目前该项目已经在 3 家医院落地。巨细胞病毒性视网膜炎多发生于免疫力低下人群，尤其是白血病骨髓移植术后病人。通过推广这一公益项目，每年有望减少 4000 个新发失明者。

我国有 1700 多万低视力人群，盲童超过 10 万人。陶勇发现，很多盲童对未来充满梦想，希望用声音与世界沟通。为此，他发起“光盲计划”公益项目。2022 年“全国爱眼日”，他邀请爱心知名人士为有声音表演天赋的盲童们提供帮助，录制了“听・光的声音”盲童音频专辑。目前，“盲校录音棚”首个试点项目已在北京市盲人学校落地。

陶勇希望整合更多社会力量，为低视力人群传递光明与希望。他说：“天下无盲，是我最大的愿望。”

第四章

医改

病虽罕见，爱不能罕至

“瓷娃娃”“蓝嘴唇”“蝴蝶宝宝”“月亮孩子”……这些看似“动听”的名字背后，却是一个个“生命杀手”——罕见病。

罕见病又称“孤儿病”。目前，全球罕见病有7000多种，包括渐冻症、血友病、多发性硬化症、脊髓性肌萎缩症等。罕见病不仅是一个医学问题，更是一个社会问题。我国罕见病患者约2000万人，每年新增患者超过20万人。他们经历着常人难以想象的身心之痛，承受着异常沉重的经济压力。

罕见病诊治是一道世界性难题，罕见病患者被称为“医学的孤儿”。诊断难，是罕见病患者面临的第一道关口。罕见病涉及血液、骨科、神经、肾脏、呼吸、皮肤及重症等多个学科，由于基层医师普遍缺乏罕见病的专业知识，导致误诊、误治现象普遍存在。在我国，30%以上的罕见病患者需要5~10位医生诊治才能确诊。用药难，是罕见病患者面临的又一道关口。在全世界，大部分罕见病无药可治，只有不到5%的罕见病有治疗药物。即使如此，患者也需要支付高昂的费用，经济负担沉重。

然而，病虽罕见，关爱不能罕至。近年来，我国积极探索罕见病诊疗的“中国方案”，努力破解罕见病救治难题。例如，公布罕见病目录，建立全国罕见病诊疗协作网，开展罕见病病例直报；加快罕见病新药审批，并将其纳入医保目录；通过对罕见病药品谈判准入，使部分药品价格大幅降低；建立罕见病多层次保障机制，织密基本医疗保障网，减轻罕见病患者的医疗负担。

对于普通家庭来说，一旦遭遇罕见病，往往意味着巨额的医疗支出，可能导致因病致贫、因病返贫。事实上，国家之所以要建立基本医保制度，目的就是努力让广大人民群众病有所医。只有织牢织密医疗保障网，才能为人民生活安康托底。尽管罕见病的患病率低，但由于病种较多，其患病总人数并不少。

每个人都不是一座孤岛，而是家庭的重要组成部分。罕见病患者的健康状况，与每一个患者家庭的幸福息息相关。一个社会的文明程度，既体现在如何对待“多数人”，更体现在如何对待“少数人”。因此，我国医保制度必须坚持尽力而为、量力而行，既要保障常见病，也要兼顾罕见病，聚焦短板弱项，强化兜底保障。这是以人民为中心发展思想的题中应有之义，也是高质量发展的价值取向。

从卫生经济学的角度看，早筛早查是预防罕见病发生的有效手段。研究显示，80% 以上的罕见病由遗传因素导致，50% 的人在出生或儿童期发病。一旦配偶双方存在相同缺陷基因，下一代就有可能患罕见病。目前，基因检测技术可以诊断婴儿是否有罕见病基因突变。罕见病高危群体进行产前筛查，能够有效防范罕见病的发生。通过基因检测、产期筛查等手段预防罕见病，可以最大限度减少因病致残带来的社会资源消耗。因此，坚持预防为主，推动早筛查、早诊断、早治疗，是罕见病防治的最优策略。

“机器互认”应成惯例

很多患者都曾有过类似的经历：在一家医院做了检查化验，到另一家医院看病时，所有检查化验都不算数，需要“从头再来”。2022 年 2 月，国家卫健委等四部门联合印发《医疗机构检查检验结果互认管理办法》（以下简称《办法》），要求医疗机构应当按照“以保障质量安全为底线，以质量控制合格为前提，以降低患者负担为导向，以满足诊疗需求为根本，以接诊医师判断为标准”的原则，开展检查检验结果互认工作。这意味着，患者在不同医院看病，将会减少不必要的重复检查检验。

检查检验结果互认，是指在统一技术标准、质控标准的前提下，让机器生成的数据尽可能实现互认。长期以来，“机器不互认”成为百姓看病就医的一大痛点。一些医疗机构以无法保证医疗质量为由，拒绝承认其他医疗机构的检查检验结果。事实上，不必要的重复检查检验，不仅浪费了宝贵的医疗资源，而且加重了患者的经济负担。实现不同医疗机构间的检查检验结果互认，有助于提高医疗资源的利用率，降低医疗费用，提高诊疗效率，减轻人民群众就医负担，改善人民群众就医体验，是一件利国利民的好事。

检查检验结果不互认，原因何在？一是我国医疗资源分布不均衡，不同地区、不同医院的医疗设备和技术水平差异较大，为了保证医疗质量，减少因误诊、漏诊引发的医疗纠纷，一些大医院只认自家的“片子”和“单子”，而不信任其他医疗机构的检查检验结果。二是随着国家取消药品加成、控制药占比，检查检验逐步取代药品成为医院的重要收入来源。一些医院纷纷添置检查检验设备，从“以药养医”变成“以检养医”。三是各家医院都开设检查检验业务，各有各的科室和团队，彼此之间缺乏数据共享的内在动力，致使结果互认卡在“最后一公里”。

检查检验结果互认的一个重要前提，是医疗机构之间的检查检验质量具有一致性。《办法》要求，医疗机构及其医务人员应当在不影响疾病诊疗的前提下，对标有全国或本机构所在地区互认标识的检查检验结果予以互认。鼓励医务人员结合临床实际，在不影响疾病诊疗的前提下，对其他检查检验结果予以互认。对于患者提供的已有检查检验结果符合互认条件、满足诊疗需要的，医疗机构及其医务人员不得重复进行检查检验。当然，检查检验结果互认不能搞“一刀切”，必须充分考虑医疗的复杂性和风险性，具体情况具体处理。例如，因病情变化，检查检验结果与患者临床表现、疾病诊断不符，难以满足临床诊疗需求的，医生可以要求患者重新检查。

推动检查检验结果互认，是一项复杂的系统工程，也是深化医改的重要内容。打通检查检验结果互认的“梗阻”，需要更多配套政策支持，形成改革合力。一是健全公立医院补偿机制，破除“以检养医”，让公立医院回归公益性。例如，医保部门应积极推进支付方式改革，实行门诊打包付费、疾病诊断相关组付费、按病种分值付费等新型支付方式，引导医疗机构主动控制成本。同时，强化医保基金使用绩效评价与考核机制，不能因检查检验结果互认调减医保预算总额。二是加快推进医疗资源均等化、规范化，让不同医院之间的检查检验水平趋于一致，不断缩小检查检验水平的差距，逐步扩大互认范围。三是进一步完善法律法规，提升医患沟通能力，及时化解医患纠纷。对于检查检验项目未予互认的，应当做好解释说明，充分告知复检的目的及必要性等。要明确首诊医师与后续医师权责区分，厘清诊疗行为的自由裁量权空间，细化各方法律责任，切实保障医患双方的合法权益，努力构建和谐的医患关系。

希望检查检验结果互认成为常态，节约公共医疗资源，降低患者就医负担，提升人民群众的获得感，让医改红利惠及千家万户。

狗洗澡与人看病

几年前，一位护士带着小狗去宠物店，看到价目表，心中颇不平静。例如，洗一次澡，小狗 50 元，大狗 100 元；看护一天，小狗 50 元，大狗 100 元。当时，北京三甲医院护理一名重症病人 24 小时收费 9 元，静脉注射 2.2 元，吸痰 1.5 元，膀胱冲洗 10 元。相比之下，护理病人还不如护理宠物。人的生命如此宝贵，而医生的劳动却如此低廉，实在不相匹配。给人看病不如给狗洗澡，折射出医疗价格的不合理。

我国医疗服务价格长期偏低，尤其是技术价值被低估，严重挫伤了医务人员的积极性。有网友晒了一张宠物医院的收费清单：专家诊费 200 元，彩超 500 元，心电图 200 元，血压监测 50 元，生化检查 600 元，总计 1550 元。不知这只狗得了什么病，检查化验费居然花了上千元。光是宠物医生的诊费，就远远超过了很多三甲医院的大专家。

中国人素有这样的消费习惯：只愿意为有形的实物付费，不愿意为无形的智力埋单。例如，很多患者认为诊断不值钱，药品才值钱；技术不值钱，耗材才值钱。在这样的社会心态下，诊疗费、技术费很难涨价。例如，一位中学生因打球不慎摔伤骨折，医生进行了中医手法复位，并用小夹板进行固定，一共收费 443 元。没想到，孩子的妈妈很不满意："你就是动了一下手，为啥这么贵？"医生说："我从小到大都是尖子生，在骨科领域干了 15 年，才学会这样动一下手，算贵吗？"孩子的妈妈无语了，默默地去交了费。其实，医生本来就是靠技术吃饭的。一名医生，勤学苦练数十年，才能熟练掌握一门医学技能，所谓"台上一分钟，台下十年功"。遗憾的是，在一些患者眼里，这只是"动动手"而已。事实上，医生"动动手"并非简单的体力劳动，而是一种智力劳动。如果医生的技术价值得不到尊重，学得越多越贫穷，技术越高越吃亏，谁还愿意当医生？

多年来，在扭曲的医疗价格引导下，我国的“浪费型医疗”愈演愈烈。由于技术不值钱，医生就会在耗材和药品上做文章，反正“羊毛出在羊身上”。其结果是，患者吃了哑巴亏，国家掏了冤枉钱。因此，只有着力改革畸形的医疗价格，让医生堂堂正正地靠技术吃饭，获得有尊严的阳光收入，才能让国家少花钱、患者多受益。

建立合理的医疗服务价格体系，并非一件易事。医疗成本复杂多变，很难精确测算。政府应转变观念，逐步放开医疗价格管制，建立医保与医院协商谈判定价机制，让医生的技术价值得到合理回报。在此基础上，加快改革医保支付制度，推动医疗行为回归理性。过去，我国医保支付主要是按项目付费，这就给医院提供了一条增收的“捷径”——提供的服务越多，得到的支付越多。于是，很多医生“挑肥拣瘦”，赚钱的项目拼命多做，不赚钱的项目尽量少做，导致过度医疗屡禁不止。根据发达国家的经验，在疾病诊断阶段，按项目付费是合理的；在明确诊断后的治疗阶段，按疾病诊断组或按结果付费是合理的。例如，对于某一特定病种，医保部门根据同级医疗机构的平均费用，实行打包付费，超支自付，结余自留，倒逼医生节约成本，用最少的费用解决问题，从而变“浪费型医疗”为“节约型医疗”。

2021 年 8 月，国家医保局等八部门联合印发的《深化医疗服务价格改革试点方案》指出，坚持以人民健康为中心、以临床价值为导向、以医疗事业发展规律为遵循，建立健全适应经济社会发展、更好发挥政府作用、医疗机构充分参与、体现技术劳务价值的医疗服务价格形成机制，坚持公立医疗机构公益属性，建立合理补偿机制，调动医务人员积极性，促进医疗服务创新发展，提高医疗卫生为人民服务的质量和水平，控制人民群众医药费用负担，保障人民群众获得高质量、有效率、能负担的医疗卫生服务。

一个好的医疗制度，可以让坏医生变好；一个坏的医疗制度，可以让好医生变坏。尊重医生，理应从尊重医生的劳动入手，建立科学合理的医疗价格体系，让人的价值超越物的价值。

徐鹏飞 画

医生岂能为病人欠费“背锅”

病人欠费，医生“背锅”？几年前，一张“病人欠费医生扣款明细表”在网上引发热议。这是江苏某医院出台的一项规定：病人欠费金额的70%由主管医生负责，每月从医生绩效工资中扣除500元，直至扣完为止。在舆论压力下，医院很快纠正了这一做法。

病人欠费医生扣钱，既不合情，也不合理。因为医生的职责是救死扶伤，而不是讨债追钱。医生治病，本应心无挂碍，全神贯注。如果医生一边看病，一边看钱，只要一欠费，立刻就翻脸，很容易给人一种“认钱不认人”的印象。长此以往，医生就会在道义上陷于被动，既损害了自身形象，也加剧了医患矛盾，有百害而无一利。

医学不是商业交易，不能讨价还价。医生之所以受人尊重，就是因为永远要把病人的利益放在第一位，而不是优先考虑个人利益。按照医学伦理原则，医生的一切行为必须有利并无害于患者，保障患者利益最大化。而按照商业交易原则，买卖双方必须平等自愿、互利共赢，否则就无法达成交易。因此，让医生承担病人欠费损失，无异于把医疗行为与商业行为混为一谈，这是对生命的亵渎，也是对医生的侮辱。

其实，少数医院让医生追缴欠费也是无奈之举。由于公立医院补偿机制不合理，一些医院被迫给科室下达经济指标，并层层传导压力，使医生成为创收的“主力军”。科室创收越多意味着奖金越高，欠费越多意味着奖金“流失”越多。于是，很多医生不得不算“经济账”，甚至将医学技术变成牟利工具。例如，有利可图的病人尽量多收，无利可图的病人尽量少收；赚钱多的项目尽量多做，赚钱少的项目尽量少做。其结果是，医学伦理原则被商业交易原则侵蚀，个别医生沦为“会看病的商人”。

有人质疑，如果医生都不谈钱，病人欠费怎么办？这的确是一个现实问题。毕竟，公立医院不是慈善机构，不能赔本运行。假如病人欠费太多，肯定影响医院生存发展。但是，即便如此，也不能让医生去追债。白大褂必须与商业交易“绝缘”，才能保持医学的纯洁性。如果“因病施治”变成“因钱施治”，医生怎能赢得病人的尊重和信任？对于医生来说，无论病人有钱无钱，都应一视同仁，全力救治。事实上，追缴病人欠费，并不是医生的义务，而是医院管理者的职责。既然病人欠费成为一个老大难问题，医院就应设立专人处理此事。如果属于贫困病人，确实无力支付医药费用，医院应本着人道主义精神，允许其延期或分期缴纳。对于特殊贫困病人，应协助其申请慈善公益基金。如果属于“三无”病人，医院可以向政府部门申请疾病应急救助基金，核销有关费用。当然，对于那些恶意欠费的病人，医院无力自行解决，政府应考虑建立健全守信激励和失信惩戒机制，将失信行为纳入社会征信体系，严重失信者可列入“黑名单”。有了这样的约束机制，病人恶意欠费现象必将大大减少。

病人欠费是一个社会问题，需要因人而异，对症下药，综合治理。让医生为病人欠费“背锅”，是一种简单粗暴的做法，不利于构建和谐的医患关系。希望有关部门给医生创造一个宽松的执业环境，让医生心无旁骛地治病救人，别再为病人欠费而分心劳神。

让医生的技术更值钱

曾有一名患者问医生："一个心脏支架成本几百元，为什么安在患者身上，收费就翻了几倍？"医生说："要不你买一个支架回家自己安？"这段对话耐人寻味。患者强调的是物的价值，医生强调的是人的价值。两种说法，角度不同，但似乎都有道理。

近年来，患者抱怨看病贵，医生抱怨收费低。究竟谁的说法更接近事实？站在患者的角度，看个感冒动辄两三百元，做个阑尾炎手术花费五六千元，怎么能说看病不贵？站在医生的角度，阑尾炎的手术费是几百元，肺癌的手术费也不足千元。按照同等时间付出的劳动，医生的收入还不如洗脚工、理发师。

问题究竟出在哪里？关键是医疗费用结构不合理。现阶段，我国大多数地区技术劳务价格依然偏低，而药品、耗材的价格普遍虚高。也就是说，如果医院光靠技术劳务收费，肯定是亏本的。所以，多开药、多消耗、多检查，就成了医院弥补亏损的重要手段。以阑尾炎为例，在北京的三级医院，阑尾切除手术收费为几百元，但手术总费用达五六千元。其中，手术费是"小头"，西药费、耗材费是"大头"。堤内损失堤外补，就是医院的经营之道。所以，患者感觉看病贵，医生感觉收费低，两种说法都有其合理性，也有其片面性。

为了体现医务人员的技术劳务价值，调动医务人员提高医疗服务水平的积极性，自 2017 年 4 月 8 日起，北京市 3600 多家医疗机构实行医药分开综合改革，重点是降低以物耗为主的服务项目价格，提高与医务人员技术劳务付出密切相关的服务价格。例如，阑尾切除术由过去的 234 元调整为 560 元；针灸由每次 4 元调整为 26 元。同时，降低大型设备检查项目价格。例如，PET/CT 从 1 万元降低到 7000 元；核磁共振从 850 元降低到 400 至 600 元。价格调整后，患者的看病费用有升有降，但总体负担没有增加。

有人质疑，既然医疗费用总量不变，价格调整有啥意义？从短期看，此次改革只是“腾笼换鸟”，百姓的感受不会太明显。但从长远看，这是一场“静悄悄的革命”，意义重大，影响深远。其核心是改变公立医院的补偿机制，切断医院靠开药赚钱的补偿模式，逼迫医院从卖药品、卖耗材向卖技术、卖服务转变，让医生靠技术获得体面的收入，合理诊断、合理治疗、合理用药，从源头上节约医疗费用。

医疗是一个特殊的行业，其最大特点是信息不对称。在医疗消费的“探戈舞”中，医生是“领舞者”，患者是“跟舞者”。如果医疗价格扭曲，一些医生就会诱导患者多吃贵药、多放支架、多做检查，最终吃亏的还是患者。只有让技术更值钱，让医生靠技术吃饭，患者才能真正受益。

用治水思维治理药品

2017年，国务院办公厅印发《关于进一步改革完善药品生产流通使用政策的若干意见》(以下简称《意见》)，我国药品领域迎来全链条、全流程重大改革。

在深化医改中，药品改革是一块难啃的“硬骨头”。媒体曾曝光一种名为“芦笋片”的药品，出厂价为15.5元，经过医药公司、医药代表、医生等环节后，最终被以213元的价格卖给患者。药价虚高，成为民生之痛，百姓反响强烈。

由于历史原因，我国药品行业“多、小、散、乱、差”，药品质量参差不齐、流通秩序混乱、价格虚高等问题十分突出。我国有药品生产企业5000多家，是全球最大的原料药生产国和出口国，同时也是全球最大的制剂生产国，绝大多数产品为仿制药，药品同质化严重，低水平重复问题突出。药品流通环节多，流通秩序混乱，挂靠经营、过票洗钱、商业贿赂屡禁不止，推高了药品价格，腐蚀了医生队伍，诱导了大处方、开贵药，给国家、社会和个人造成很大损失。

药价虚高为何难以遏制？因为药品的生产、流通、使用是一个复杂的生态链，牵涉方方面面的利益博弈，哪一方都不愿意动自己的“奶酪”。因此，只有打破既有利益格局，进行全链条、全流程改革，才能挤掉药价里的水分，让药品回归治病功能。事实上，治理药价如同治理江河，必须树立全局观和整体观，实行全流域综合治理。例如，治理黄河水患，需要上游、中游、下游协同作战，上游重在涵养水源，中游重在修库筑坝，下游重在疏浚河道。如果各自为政，分而治之，必然越治越忙，劳而无功。因此，治理药品需要借鉴治水思维，立足全流域，突破关键点，上下联动，协同作战，这样才能标本兼治，取得成效。

改革完善药品生产流通使用政策，是党中央、国务院在医改步入攻坚阶段做出的重大决策部署，是医疗、医保、医药联动改革的重要一环，是推动医药产业供给侧结构性改革的重要举措。《意见》从药品生产、流通、使用三个环节进行规范，有针对性地提出一系列改革措施。例如，在生产环节上，严格药品上市审评、审批。优化审评、审批程序，加快临床急需的新药和短缺药品审评、审批。加快推进已上市仿制药质量和疗效一致性评价。在流通环节上，打破医药产品市场分割、地方保护，推动药品流通企业兼并重组，加快形成以大型骨干企业为主体、中小型企业为配套补充的城乡药品流通网络。推行药品购销“两票制”，减少流通环节，淘汰不规范企业，净化流通环境。在使用环节上，大力推进医保支付方式改革，全面推行以按病种付费为主，按人头付费、按床日付费等多种付费方式相结合的复合型付费方式，合理确定医保支付标准，促使医疗机构主动规范医疗行为、降低运行成本。这一系列改革措施，对于提高药品供给质量、规范药品流通和使用行为、更好满足人民群众看病就医需求具有重要意义，为全面深化医改、推进健康中国建设创造了有利条件。

“冰冻三尺，非一日之寒。”治药如治水，必须坚持不懈，打一场持久战。各部门应坚持问题导向，齐心协力，精准发力，制定好落实政策措施的时间表、路线图，用中国式办法解决药品改革难题，让人民群众用上质量更高、价格合理的药品。

“北京样本”不是“孤本”

2017 年北京医药分开综合改革实施半年来，出现“五上升五下降”的喜人变化：基层诊疗量、技术劳动收入、可分配收入、医保保障、医疗救助上升；药费、药占比、二三级医院诊疗量、大型设备检查费、医保患者负担下降。国家统计局北京调查总队的调查显示，九成以上患者支持认可医保改革、满意就医状况。“北京样本”为全国医改提供了可复制、可推广的经验，值得称赞。

医改是一道世界性难题，被称为社会政策的“珠穆朗玛峰”。作为首都，北京面临的医改形势更为错综复杂。“善弈者谋势，不善弈者谋子。”下好医改这盘棋，既要大处着眼又要小处落子，既要敢破敢立又要步步为营，这样才能棋高一着，满盘皆活。

总揽全局，用好三医联动“指挥棒”。医疗、医保、医药是医改的“三驾马车”。过去，“三匹马”缺乏统一的“指挥棒”，各使各的力，各行各的道。从全国各地的实践看，三医联动得好，改革就有实效；三医联动得不好，就会出现联而不动、动而不联的局面，难以形成合力。北京医药分开综合改革规模空前，医疗机构按照统一部署，同城同步实施改革。医疗、医保、医药整体联动，互相配合，释放三医联动的“叠加效应”，体现了医改的整体性、协同性和系统性，形成了高效运转的体制机制。

重点突围，追求公共利益最大化。破除以药补医机制，是医改的一块“硬骨头”，牵一发而动全身。北京医改坚持公益性方向，敢于碰硬，破旧立新，体现了攻坚克难的智慧和勇气。例如，取消挂号费和诊疗费，设立医事服务费，提升医务人员技术劳动价值；取消医药加成，实行零差率销售，切断医生和药品之间的利益链；实行药品阳光采购，挤压药品价格的虚高空间。通过一系列改革举措，破除了医疗机构追求药品收入的逐利机制，解决了一部分医疗服务项目收费显著低于成本的问题，使中医、儿科、妇产、护理、传染病等部分短板专业得到发展，公立医院逐步回归公益性轨道。

稳扎稳打，用价格杠杆撬动分级诊疗。“大医院人满为患，社区医院门可罗雀”，这是一道医改难题。北京市合理分级设置医事服务费，医保报销政策向基层倾斜，释放了明确的引导基层首诊的价格信号，促进了分级诊疗制度建设。改革后，三级医院、二级医院门急诊量下降，一级医院及基层医疗卫生机构诊疗量增加，一些常见病、多发病逐步分流到基层机构，大医院的“战时状态”得到有效缓解，有限的专家资源能够更好地服务于危急重症患者，医疗资源配置趋于合理。

兜住底线，让人民群众更有获得感。北京市加强医疗保险和医疗救助力度，将医事服务费纳入基本医保范围，让大多数患者利益不受损。落实对特殊人群的优惠政策，60 岁以上本市老人到一级医院和社区就诊，医事服务费全部免除，高血压、糖尿病等慢性病患者可在社区获得 105 种常用药品。针对长期住院的精神病人，调整报销政策，实施按床日付费，减轻了患者家庭负担。将社会救助对象的报销比例提高 10 个百分点，封顶线提高 50%，保障了困难群众利益。医保改革以来，城乡医保患者个人负担总体下降，医保制度发挥了保基本、补短板、兜底线的重要作用。

全国医改一盘棋，北京医改关乎全局。深化医改进入深水区和攻坚期后，利益调整更加复杂，体制机制矛盾凸显。在改革处于爬坡过坎的关键期，总结和推广成熟的改革经验，充分发挥典型经验对全局改革的示范、突破、带动作用，有利于进一步坚定信念、攻坚克难，有利于创新体制机制、突破利益藩篱，有利于加快建立中国特色基本医疗卫生制度，为推进健康中国建设奠定坚实基础。星星之火，可以燎原。“北京样本”不是医改“孤本”，而是医改“范本”。

莫让耗材再“耗财”

继取消药品加成之后，北京又一项医改大动作——医耗联动综合改革于2019年6月15日零时正式启动。全市近3700家医疗机构将“齐步走”参与改革。所有公立医院取消医用耗材加成，按照医用耗材采购进价收费。这标志着公立医院将告别以耗材补医的历史，逐步回归公益轨道。

小到注射针头、止血纱布，大到人工关节、心脏支架，都属于医用耗材。按照过去的政策，医院销售耗材可以加成5%或10%。例如，一个心脏支架进价1万元，医院按照5%加成，卖给患者的价格就会高出500元。这500元就是医院的收入。假如医院想再增加500元的收入，就会推荐患者使用进价2万元的支架。结果，医院增加了500元收入，患者却增加了1万元的支出。有的患者本来可以使用价格较低的国产支架，医院却优先推荐价格较高的进口支架，即便二者的质量并无明显差别。由于耗材价格决定医院收益，所以一些医院“只选贵的，不选对的”。如此一来，耗材变成了“耗财”！

长期以来，我国公立医院补偿机制不合理，医院收入主要来自劳务技术、药品加成、耗材加成、检查检验四个部分。其中，医务人员的劳务技术价格普遍偏低，很多技术含量高的项目价格严重低于成本。为了弥补亏损，医院只能从药品、耗材、检查等收入上“补齐”。近年来，医生开大处方、滥用耗材等现象屡禁不止，根源就在于药品、耗材加成是医院的重要收入来源。如果医生不多开药、不多用耗材，可能干得越多越亏本。这种补偿机制的最大弊端是重物轻人，物的价值超过人的价值。因此，北京市在取消药品加成之后，再次取消耗材加成，同时降低部分检查项目价格，目的就是要让药品、耗材、检查不再给医院带来额外利益，从而遏制医院的逐利冲动，促进医院发展方式由资源消耗型向内涵质量型转变。

本次医耗联动综合改革，主要是降低资源消耗性项目价格，提高脑力、体力投入较大的项目价格。其中，中医、病理、精神、康复、手术等体现医务人员劳动价值的项目价格大幅提升。一边做“减法”，一边做“加法”，就是要倒逼医生靠技术吃饭，而不能靠卖耗材赚钱。如果卖支架比安支架更赚钱，医生就会把心思放在卖支架上，而不愿意把精力放在安支架上，这显然是一种错误的导向。因此，“加减法”的背后，是一盘关系医改全局的大棋。本次改革进一步理顺了医疗价格体系，变“重物轻人”为“重人轻物”。患者的医药费用负担有升有降，总体平衡。例如，使用高值耗材较多的病种，费用可能会下降；以技术劳务治疗项目为主的病种，费用可能会上升。医生的不合理诊疗行为得到遏制，患者不必付出多吃药、滥用耗材的代价，看病就医更放心。

当然，医疗技术越发达，高值耗材的使用量越大，这是医学发展的普遍规律。例如，如果没有心脏支架，很多心梗患者就无法得到有效救治。随着医学的进步，心脏支架的品质也在升级换代，从金属支架、药物涂层支架到生物可降解支架，新产品肯定比老产品价格高。因此，在尊重患者知情选择权的前提下，医生合理使用高值耗材没有错，错就错在滥用耗材或者从耗材中牟利。今后，医生不再从浪费药品和消耗资源中获益，只能靠提高技术吃饭，患者将成为最大的受益者。

医患本是利益共同体。一项好的改革，绝不是“零和博弈”，而是“正和博弈”。希望医改成为一个医患双赢的样本，让医务人员受鼓舞，让人民群众得实惠。

掀翻号贩子的奶酪

2016年初，一位东北女孩在北京某医院想挂300元的专家号，排了一天队也没挂上，号贩子开口要价4500元。于是，女孩忍无可忍，怒斥号贩子。这段视频在网上引发热议，推动了北京挂号制度的改革。

在北京推出的挂号新政中，最关键的一招是：组建知名专家团队，实行医院内部分诊。即知名专家不再对外单独挂号，患者必须通过团队门诊医生进行首诊，首诊医生再根据病情分级转诊。这就意味着，医院把最有炒作价值的知名专家“藏”了起来，号贩子无号可炒，生意自然惨淡。

大凡稀缺资源，背后总有“黄牛党”的影子。号贩子猖獗，反映了优质医疗资源供不应求的现状。长期以来，专家号分配主要有三种方式：一是时间优先，有闲没钱的排队挂号，先到先得；二是金钱优先，有钱没闲的挂特需号或者找号贩子，用金钱换时间；三是关系优先，有头有脸的靠关系，直接找医生加号。无论哪种方式，都没有考虑到最重要的因素——患者病情。其结果是，最需要看专家的人，未必能挂到专家号；挂到专家号的，未必是最需要看专家的人。这既造成了资源浪费，也滋生了医疗腐败，进一步加剧了供需矛盾。

有人认为，号贩子屡禁不止，主要是因为专家号定价太低，严重背离了市场价值，导致专家无偿为号贩子打工。如果把专家号提高到号贩子的交易价格，就没有炒作空间了。从理论上说，这种做法符合市场经济规律。但是，公立医院具有公益性，定价过高与公立医院的定位不符。同时，看病是刚性需求，即便专家号涨到上千元，号贩子只要垄断号源，依然可以坐地加价。因为生命是无价的，当生命受到疾病威胁时，多数人都会不惜一切代价。如果按照“价高者得”的分配方式，很多贫困患者的健康权就会受到挤压，这显然背离了“穷人的经济学”。因此，单纯运用价格机制，并不能解决挂号难问题。

医疗是一种特殊的资源，不仅关系到每个人的生死，而且关系到社会的公平正义。生命面前，人人平等。专家号属于稀缺公共资源，按病情分配资源，符合公共利益的“最大公约数”。尤其是公立医院的号源，具有公共产品的属性。只有坚持公平优先原则，才能更好地体现公益性。实行专家团队层级转诊，病人无论贫富，都能得到及时合理的诊治，从而避免了盲目求医导致的资源浪费。专家团队合理分工，各尽其能，根据病情实施精准治疗，病人成为最大的受益者。

不过，把知名专家号“藏”起来，让号贩子无号可倒，只是改变了号源分配方式，并不能从根本上解决看病难的问题。如果专家号只“藏”不“露”，在缺乏有效激励机制的情况下，专家有可能不愿多干活，消极怠工，这显然不符合大多数病人的利益。从长远看，必须用好政府和市场“两只手”，充分调动专家积极性，增加优质医疗资源总供给。例如，在基本医疗领域，专家号由政府定价和分配，可以“藏”起来；在非基本医疗领域，专家号由市场定价和分配，理应“露”出来。因此，在保证基本医疗的前提下，应允许专家通过特需门诊、多点执业等方式，让市场为专家号定价，满足少数人群的高端需求。总之，公益的归公益，市场的归市场，二者相辅相成，不可偏废。只有兼顾公平与效率，满足社会多层次、多样化的医疗需求，老百姓才会有更多获得感。

百姓有所呼，政府有所应。东北女孩一声吼，掀翻了号贩子的奶酪，推动了挂号难问题的解决。希望有关部门在改革挂号制度后，进一步解放医疗生产力，推动医疗供给侧改革，让号贩子成为一个历史名词！

徐鹏飞 画

守规则才有高效率

2019 年，北京 20 家三级医院实施急诊预检分诊分级就诊，急诊患者不再按照“先来后到”排队就医，医生根据患者病情轻重确定就诊顺序，优先处理较重患者，急危重症患者拥有“插队权”。

在生活中，按“先来后到”排序是一个约定俗成的规则。先到先得，晚到晚得，合情合理。但是，急诊必须争分夺秒，与时间赛跑。对于重症患者来说，分秒之差也许就是生死之别。因此，“急重优先”显然比“排队优先”更合理。如果按照先后顺序来就诊，一些重症患者的病情很可能被延误，甚至失去抢救机会。调查显示，在急诊就诊的患者中，非急症患者比例在 30%~50%。有的人只是普通感冒发烧等轻症，有的人是因挂不上门诊号而转向急诊。大量非急症患者占用急诊资源，导致急诊人满为患、环境拥挤，影响了抢救成功率。这就如同在高速路上开车，如果遇到堵车，有人随意占用应急道，最终将导致更加严重的拥堵，欲速则不达。因此，实行急诊分级，既是秩序的重建，更是观念的更新，可以有效解决“急诊不急”的问题，使急诊真正成为一条畅通的“绿色通道”。

急诊属于稀缺资源。即便在发达国家，患者病情倘若不够危重，在急诊苦等十几个小时的事情也不罕见。我国人口众多，医疗资源总量不足且分布不均衡，急诊资源尤为短缺。急诊率先打破“先来后到”的惯例，将最宝贵的资源留给最需要的人，既有利于合理配置医疗资源，也有利于提高急诊的效率和质量。

当然，如果是看门诊，“先来后到”的规则还是合理的。因为绝大多数人都属于非急症患者，“先来后到”是最公平的看病方式。一般来说，除了网上预约、现场挂号之外，有的医生还会给少数患者加号。加号是医生根据患者的特殊情况自主决定的，一旦加了号，就意味着加班加点，延长工作时间，直到看完每一个病人。对于加号患者来说，既然享受了特殊“待遇”，就应排在正常挂号者的后面。遗憾的是，偏偏有人得寸进尺，非要插队看病。医生一旦不能满足，便会大吵大闹甚至发生冲突。这既没有体现对医生的尊重，也没有体现对其他患者的尊重。患者之间本应相互体谅。谁的时间都很宝贵，谁来看病都不容易。如果任意破坏就诊规则，预约挂号制度就会形同虚设，整个医疗秩序将一片混乱。只有人人自律，看病的时间成本才最低。

没有规矩，不成方圆。守规则才有高效率，讲规矩才有好体验。无论是“急重优先”，还是“排队优先”，都是为了更好地维护人民的健康权益。好规则固然不可缺，守规则的人更重要。我们既要建立科学合理的诊疗规则，更要培育看病就医的规则意识。保持良好的医疗秩序，才是患者利益的“最大公约数”。

倾听支架的叹息

自 2021 年起，国家组织集中带量采购心脏冠脉支架全面落地，心脏支架均价从 1.3 万元左右下降到 700 元左右，让更多患者得到了实惠。

北京一位医生曾讲过一个故事：一位血管病患者躺在手术台上，术前被告知大约需要放置 4 个支架。手术中，医生发现病情比预估的复杂，决定再加一个支架。听到医生的讨论，处于局麻状态的病人突然说："大夫，求求您别放了，我只有 4 个支架的钱。"医生一惊，没想到患者在默默数着支架。于是，他安慰患者说："不必担心费用，另外一个支架的钱由我们垫付，啥时有钱啥时还。"

一个支架，成为压垮一个家庭的"最后一根稻草"。类似的故事，过去在医院里并不罕见。很多贫困患者为了治病，四处举债，节衣缩食。按理说，医生看病只需考虑如何让患者受益，不必考虑经济因素。而在现实中，医生除了看病，还要看人。遇到贫困患者，既要考虑治疗效果，还要考虑患者经济承受能力。这样的情况，常常令医生感到纠结和无奈。

救助贫困患者，仅靠医生的力量是有限的。建立一个合理的大病保障制度，才是解决因病致贫的治本之策。我国虽然已经实现基本医保全覆盖，但医疗保障水平总体偏低，城乡居民看病自付比例较高，发生灾难性医疗支出的风险较大。目前，我国已经全面推开城乡居民大病保险制度，在基本医保基金中划出一定比例，委托商业公司运作，对大病患者予以二次报销。尽管如此，仍有不少贫困患者无力承担高额的医药费。

医疗支出是刚性支出，具有无限趋高性。随着人均 GDP 的增加，人均医疗费用不仅绝对数量会增加，而且占 GDP 的比重也会增加，这是世界各国的一个普遍现象。美国卫生经济学奠基人阿罗指出，医疗服务的特殊性源于其普遍存在的不确定性。一方面，疾病的发生具有不确定性；另一方面，一旦生病并采取治疗，效果也存在不确定性。医疗服务的不确定性，决定了医疗保障制度的复杂性。任何一个国家的医疗保障水平，必须与其经济发展水平相匹配。我国人口多、底子薄，医疗保障水平应量力而行、尽力而为，不能超越国情国力。既要把“蛋糕”做大，更要把“蛋糕”切好。如果“蛋糕”做不大，分“蛋糕”没有余地；如果“蛋糕”分得不公平，再大的“蛋糕”也不够用。尤其是在大病保障制度设计上，政府应承担兜底责任，最大限度减少居民的灾难性医疗支出。

眼下，随着我国医疗费用的持续增长，医保基金压力日益加大。主要问题是支出结构不合理，过度医疗等现象导致严重的浪费，消耗了大量的社会财富，直接影响了大病保障水平。过去，医保支付采取按项目付费，客观上刺激了医疗服务供给方“制造需求”，即尽量多提供“有利可图”的项目，少提供“无利可图”的项目。因此，只有加快医保支付制度改革，变“浪费型医疗”为“节约型医疗”，大病保障才能更有底气。在此基础上，还应完善重特大疾病医疗救助制度，让公立医院成为精确救助和“靶向治疗”的主战场，为大病患者雪中送炭，更好地体现公立医院的公益性。

医疗公平是社会公平的一个重要组成部分，而大病保障是社会稳定的压舱石。让每一位贫困者病有所医，让生命的尊严不被大病压垮，是一个国家必须守住的底线，更是中国式医疗保障制度的题中应有之义。

外国人为啥点赞中国医疗

一位在中国工作的瑞士朋友说，他更喜欢在中国看病。在瑞士，他首先要找自己的全科医生，假如几周后还不好，全科医生才会推荐专科医生。即便到了医院，除了做检查需要很长时间，预约手术往往也要等几个月。但是，在中国看病，有时不用预约，到医院就能挂上号，尤其是急诊效率更高。

眼下，越来越多的外国友人为中国医疗点赞。俗语道:“人在船中不觉行。”一个人坐在船上，如果周围没有参照物，很难感觉到船行的速度。但是，如果有了对比，感受就不一样了。大多数国人由于没有海外就医的经历，对中国医疗的不足之处较为敏感，而忽视了中国医疗的巨大进步。倒是外国人经过对比之后，发现在中国看病并没有传说的那么难，甚至比国外还方便。

总体上看，国内的医疗质量确实比不上一些发达国家，但在很多方面并不落后。2018 年,《柳叶刀》发布全球医疗质量和可及性排名，我国医疗质量和可及性排名从 2015 年的全球第 60 位提高到 2016 年的第 48 位，是中等 SDI（社会人口学指数）国家中进步最大的国家之一。世界卫生组织发布的《世界卫生统计 2018》显示，中国婴儿出生时的健康预期寿命首次超过美国。这些数据有力地证明，今天中国人享受的医疗服务水平并不低。

近年来，我国医疗质量水平和医疗技术能力不断提升。例如，我国麻醉技术应用人群从子宫内胎儿、新生儿到百岁老人，解决了“不敢”和“不能”手术的问题，麻醉相关死亡率明显低于发展中国家平均水平，与发达国家相当。我国器官移植手术位居世界第二，移植受者生存率等质量指标位居世界前列。同时，区域协同能力得到增强，优质医疗资源有序有效下沉，县级医院技术能力得到较大提升。50% 的县医院已能够开展颅脑肿瘤手术、颈椎手术、肺叶及全肺切除术和内镜治疗等复杂手术。

医疗技术的进步，反映了医改攻坚取得明显成效。政府不断加大医疗卫生投入，卫生总费用占 GDP 的比重逐年增加，国家基本公共卫生服务支出不断提高；全面推开公立医院综合改革，取消了实行 60 多年的药品加成政策，建立维护公益性、调动积极性、保障可持续的公立医院运行新机制；加快健全全民医保体系，织起全世界最大的全民基本医疗保障网，参保率稳定在 95% 以上。在医疗、医药、医保“三医联动”的支撑下，医疗卫生服务体系日益强大，有效缓解了群众的看病就医难题。

医疗技术的进步，离不开广大医务工作者的无私奉献。我国医疗服务总量位居世界之首，而每千人口执业医师数量低于不少发达国家水平。这说明我国医生的工作效率是极高的。尤其是在大医院，一名医生一天门诊看七八十个病人是“家常便饭”，而发达国家医生往往一天只看七八个病人。在网上，流传着很多医生忘我拼搏的感人瞬间。有的跟腱断裂仍然坚持拄拐站在手术台旁；有的做完手术后汗水湿透衣背；有的做了 30 多个小时手术累瘫在地上……广大医务工作者用无私的奉献和付出，撑起了医疗卫生事业的大厦。

当然，外国人看到的只是中国医疗的一个侧面，并不代表中国医疗的全貌。纵向看，中国医疗进步很大；横向比，中国医疗差距还不小。当前，中国仍是最大的发展中国家，医疗资源总量不足且分布不均衡，技术“硬件”与服务“软件”不相匹配，看病难、看病贵问题依然存在。我们必须抓重点、补短板、强弱项，从人民群众反映最直接、最突出的问题着手，增加优质医疗资源总量，缩小区域医疗差距，进一步改善医疗服务质量，切实提升看病就医体验感。

医联体，“联体”更要“连心”

河北某县医院门口挂了20多块北京三甲医院“联合体医院”的牌子，引发网友热议。一家小小的县医院，竟然攀了这么多“高大上亲戚”！

近年来，各地的医联体建设如火如荼，大医院和小医院“手拉手”，优质医疗资源下沉，方便百姓看病就医。所谓医联体，是指在一定区域内不同类型、不同级别的医疗机构共同组成的跨行政隶属关系、跨资产所属关系的联合体。但是，在医联体建设中，也暴露出一些值得关注的问题。例如，一家大医院，如果不是一个医联体的“龙头”，就会觉得地位一般；一家小医院，如果不是某个医联体的一员，就会觉得势单力薄。大医院热衷于“跑马圈地”，小医院热衷于“四处攀亲”。大医院的目的是多抢病人多创收，小医院的目的是“背靠大树好乘凉”。于是，多种多样的医联体就应运而生了。

搞医联体建设不是“摊大饼”，也不是“占山头”。一家大医院在力所能及的范围之内，联合几家基层医疗机构“抱团取暖”，做大做强，合情合理。但是，有的大医院牵头组建医联体，成员单位多达几十家甚至上百家。上级医院既不对下级医院进行人力物力投入，也不对下级医院的医疗质量进行统一管理，而是简单地将下级医院当成运送病人的“第一站”。目前，我国三级医院的医疗力量配备并不宽裕，承担着日益繁重的医疗、科研、教学等任务。在人力资源不足的情况下，不顾实际盲目扩大规模，难免会劳民伤财，把好事变成“面子工程”。

事实上，医联体不是医院谋生的一种手段，而是优化医疗资源配置的一种方式，其核心是让患者最大程度受益。医联体重在“连心”，而非仅仅“联体”。如果患者得不到真正的实惠，医联体就没有存在的价值。凡是以抢病人、占地盘为目标的医联体，或者不以提升基层医疗机构水平、把病人留在基层为目标的医联体，又或者只是为了应付上级检查而组建的医联体，都不可持续。医联体的目标是优化卫生资源配置，使患者在医联体内部合理流动，最终实现基层首诊、双向转诊、急慢分治、上下联动。医联体应紧紧围绕患者的医疗需求，构建上下贯通的医疗服务体系，为病人提供全方位、全周期、连续性的服务。一个高效的医联体，应该建立在医疗信息高度共享、医疗流程无缝对接、医保基金全力支持的基础上，才能既“联体”又“连心”。

建设医联体，共建、共享、共赢是关键。医联体内部各成员之间的联合，既要有政府主导下的统筹规划，也要有“自由恋爱”式的自主选择。如果没有政府主导，容易出现“诸侯割据”式的混乱局面；如果没有自由组合，缺乏利益纽带，容易出现“同床异梦”式的“拉郎配”。政府主导意味着医联体应建立在区域卫生规划的基础上，不能完全由大医院主导，避免大医院盲目逐利；自由组合意味着医联体内部成员既能保持各自独立，又能步调一致，从而实现医疗资源的优势互补。只有兼顾各方利益，上下同心，患者才能成为真正的受益者。

2020 年 7 月，国家卫生健康委、国家中医药管理局联合印发《医疗联合体管理办法（试行）》要求，医联体建设应当坚持以下基本原则：坚持政府主导。城市医疗集团和县域医共体建设应当坚持政府主导，根据区域医疗资源结构布局和群众健康需求实施网格化管理；坚持政府办医主体责任不变，切实维护和保障基本医疗卫生事业的公益性；坚持医疗、医保、医药联动改革，引导医联体内建立完善分工协作与利益共享机制；坚持以人民健康为中心，引导优质医疗资源下沉，推进疾病预防、治疗、管理相结合，逐步实现医疗质量同质化管理。

希望医联体成为居民看病就医的“绿色通道”，让百姓有更多的获得感、幸福感、安全感。

“争上游”与“向下流”

一位山西农村居民结肠上长了息肉，需要做一个小手术。一打听，乡镇卫生院做不了，而县医院的医生又太年轻。于是，他干脆直奔省城三甲医院。虽然多花了钱，但落个心里踏实。

近年来，许多大医院为了追求经济效益，大小通吃，薄利多销。无论阑尾炎还是肠息肉，只要有床位，统统都收治。凭借强大的技术和人才优势，大医院的门诊和住院人数直线上升。多年来，我国医院门诊量增速快于基层门诊量，病人依然向高级别医院集中，居民就医流向没有明显改善。有人说，大医院就像一台台巨大的“抽水机”，把基层的病人都“抽”走了。省医院抢县医院的病人，县医院抢乡镇卫生院的病人，乡镇卫生院处境尴尬。这就如同一条河流，上游用大坝把水截住了，下游河道自然就干枯了。

大医院变成“抽水机”，受冲击最大的就是乡镇卫生院。随着病人越来越少，乡镇卫生院的诊疗能力也在退化。很多医生担心技术荒废，想方设法“求上流”。于是，乡镇卫生院成了一块人才“跳板”，能飞的飞，能跑的跑。大学生冲着编制来，有了编制马上走。由于好医生越来越少，居民对乡镇卫生院也渐渐失去信任，形成恶性循环。

乡镇卫生院的衰落，除了受大医院“虹吸效应”影响，还与僵化的管理体制有关。过去，政府对乡镇卫生院的考核偏重公共卫生，忽视了基本医疗，导致医生整天忙着填表建档，把公共卫生当成“主业”，把基本医疗当成了“副业”。同时，乡镇卫生院实行收支两条线管理，收入全部上缴，医生工资总额封顶，干多干少差不多。结果，医生看病的积极性锐减，除了感冒发烧外，对病情稍重一点的患者马上转到县医院。

乡镇卫生院基本医疗功能萎缩，根源在于缺乏有效的激励机制。只有调动人的积极性，才能解放生产力。乡镇卫生院要想留住病人，必须强化基本医疗功能，鼓励医生多劳多得。例如，废除收支两条线，让乡镇卫生院拥有更多的自主经营权和分配权；不再限定只能使用基本药物，根据病人需要配备药物；放宽手术等级限制，允许乡镇卫生院因地制宜开展更多手术等。如果同样一个病，基层医生和大医院医生的诊断与处理大致相似，病人自然更愿意在家门口看病，而不必千里迢迢去大医院。

“求木之长者，必固其根本；欲流之远者，必浚其泉源。”让九成病人留在县域内，是我国医改的重要目标之一。大医院看常见病，无异于“杀鸡用牛刀”，既浪费了宝贵的资源，也加剧了看病难看病贵。把县域医疗做强做大，织牢农村三级医疗网的“网底”，尤其是激活乡镇卫生院的“潜能细胞”，有望让更多的乡村病人从“争上游”变为“向下流”。

徐鹏飞 画

社区医院建设重在接地气

2021年6月，国家卫生健康委、国家中医药管理局联合印发《关于加快推进社区医院建设的通知》，要求切实巩固提升县域医疗卫生服务能力和水平。

“小病在社区，大病到医院，康复回社区”，是分级诊疗制度建设的重要目标之一。多年来，我国医疗卫生服务有效供给总体不足，基层医疗服务能力相对薄弱。自2019年起，我国开展了社区医院建设试点，2021年全面提速升级。社区医院建设主要是针对基层医疗卫生机构的短板和疫情防控暴露出来的薄弱环节，着力补短板、强弱项、堵漏洞，统筹做好疫情防控和基本医疗卫生服务工作，从而提升基层医疗卫生服务能力，推动分级诊疗制度建设。

“十四五”时期，我国城镇化、老龄化进程将进一步加快，多种疾病负担并存、多重健康影响因素交织的复杂状况将长期存在，人民群众就近享有多层次、多样化便捷的健康服务需求将持续快速增长。加快社区医院建设，改善基层医疗卫生机构基础设施条件，是实现优质医疗资源扩容和区域均衡布局的重要途径，有利于加快建设优质高效的医疗卫生服务体系，提升基层防病治病和健康管理能力，促进建立分级诊疗体系，更好地满足人民群众基本医疗卫生服务需求。

加快社区医院建设，需要科学规划布局。社区医院是百姓“家门口的医院”，必须以居民健康为中心，以满足人民群众基本医疗卫生服务需求为出发点，进一步提升城乡居民对基层医疗卫生机构的信任度和获得感。各地应根据基层医疗卫生机构基本情况、服务能力和群众看病就医需求等，结合区域卫生规划和医疗机构设置规划，合理确定社区医院建设发展规划。要科学制订社区医院建设方案，成熟一个，建设一个，巩固一个，不能搞“一窝蜂”。要严格评估标准，加强医疗质量和安全管理，切实保障医疗质量和患者安全，树立和维护行业声誉。

加快社区医院建设，需要突出服务特色。要坚持社区医院基层医疗卫生机构功能定位，发挥社区医院贴近群众优势，积极开展签约服务、家庭病床服务、上门服务、社区护理、安宁疗护、随访管理服务等，落实慢性病长期用药处方管理要求，调整和适当延长社区医院门诊服务时间，提高服务可及性和便利性。积极应对人口老龄化，以“一老一小”为重点完善社区医院功能布局，优化服务流程，方便老年人和儿童看病就医，拓展妇幼保健和医养结合服务。在做好全科医疗服务的基础上，积极开展预防保健、康复、口腔、儿科及妇幼保健、精神心理等服务，加强特色科室建设，满足群众多样化、个性化服务需求。注重发挥中医“简、便、验、廉”的优势，突出中医药特色，提供融中医医疗、预防保健、康复服务为一体的综合服务。

加快社区医院建设，需要政策协同发力。社区医院承担基本医疗服务和基本公共卫生服务，其防治结合的功能定位和公益性质不能改变。各地应立足满足群众就近看病就医需求，在房屋建设、床位设置、设备配备、技术准入、用药目录、医保报销等方面，为社区医院发展创造条件。要统筹社区医院建设与城市医疗集团、县域医共体建设，鼓励上级医院医师到社区医院多点执业，加强疾病预防控制、妇幼保健、精神卫生等机构对社区医院的指导，推动形成上下联动、医防协同新格局。

深化医改是一场马拉松，不能急功近利，不能一哄而上，而要蹄疾步稳，脚踏实地。建设社区医院是普惠民生的好事、实事，希望各地把好事办好、实事办实，让社区医院更接地气、更聚人气，有效缓解群众的看病难、看病贵问题，增强人民群众的获得感。

半夜生病愁煞人

某年暑假，北京大学刘教授的儿子从国外回来，半夜突然肚子痛得厉害。是忍一忍到天亮，还是马上去医院？由于无法判断病情轻重，一家人犹豫不决，焦虑不安。儿子问，附近有没有夜里开门的私人诊所？刘教授摇摇头。为了不耽误病情，刘教授只好开车去了较远的某三甲医院。经医生诊断并无大碍，父子才放心回家。事后，刘教授感慨道："假如有家庭医生，一个电话就能解决问题，何必半夜三更跑医院呢？"

刘教授父子的经历，反映了我国医疗资源供给与需求不匹配的尴尬。"小病到社区，大病到医院"，是医改的重要目标之一。究竟何谓小病、何谓大病？老百姓很难自己评估，需要有经验的医生来判断。但是，在我国医疗体系的"金字塔"中，大专家主要聚集在三甲医院的"塔尖"上，社区医生身居"塔底"，普遍存在学历低、职称低、知识老化、经验缺乏等问题，无力承担健康"守门人"的职责。尽管部分居民有了签约的家庭医生，但医患关系较为松散，服务项目也很有限。家庭医生主要以门诊看病为主，很少提供上门服务，难以满足居民多样化的需求。例如，早晨社区医生上班，居民也上班；晚上居民下班，社区医生也下班。假如居民夜间遇到病情，根本找不到家庭医生，只能到大医院看急诊。这样一来，不少居民逐渐对家庭医生失去兴趣。

那么，发达国家的家庭医生为何不"偷懒"？主要原因是激励机制不同。例如，英国全科医生数量约占医生总数的 50%，承担了全国约 90% 的门急诊服务，成为国家卫生服务体系的中坚力量。全科医生约 25% 受雇于政府机构，领取固定薪酬，其余 75% 为自由执业者，他们或自办诊所，或合伙开办诊所，自主经营，自负盈亏。政府主要采取按人头付费的方式，购买全科医生的服务。英国实行严格的社区首诊制度，居民只有通过全科医生转诊，才能到医院看病，否则医院不收治，医保不报销。但是，居民拥有自主选择全科诊所和全科医生的权利。全科医生要想获得更高收入，就必须比服务、拼质量，多签一个人，多挣一份钱。

相比之下，我国社区全科医生都有事业编制，收入主要来自固定薪酬，旱涝保收，普遍缺乏积极性。要想改变这种现状，必须建立正向激励机制，让医生通过竞争获得合理薪酬。谁的签约人数多，谁的服务质量高，谁的报酬就丰厚，优劳优得，上不封顶，这样才能产生“鲇鱼效应”，激活“一潭死水”。当前，我国社区卫生服务机构以公立为主，私人诊所极少，相互缺乏竞争，活力严重不足。今后，应引导社会力量增加基层医疗卫生资源供给，并逐步探索医生自由执业，鼓励医生开办诊所，以此建立竞争性的分级诊疗制度。同时，将所有符合资质的诊所纳入医保定点，允许参保人自由选择任何一家诊所作为首诊机构，让不同身份的医生平等竞争，与居民形成良好的合作关系。如此一来，医保不必增加任何支出，就能购买到更优质的服务。

建立健全家庭医生签约服务制度，是缓解看病难的治本之策，也是医疗服务模式的一场革命。期待更多的好医生流动起来，走出大医院，下沉到社区，把诊所开到居民家门口，让百姓不再为半夜生病而发愁。

从“签而不约”到“签而有约”

近年来，上海市长宁区开展家庭医生签约服务，既考核“签约率”，又考核“履约率”，让家庭医生“签而有约”，越来越多的居民留在家门口看病。

推进家庭医生签约服务，是落实分级诊疗制度的关键举措。但是，由于家庭医生工作量大、考核机制不完善等原因，有的签约服务流于形式，“签而不约”现象普遍存在，影响了百姓的获得感和体验感。随着老龄化社会的到来，慢病管理、术后康复、老年照护、家庭病床、居家护理等需求日益旺盛，家庭医生成为居民不可或缺的“健康管家”。只有破解“签而不约”的难题，改变签约率高、履约率低的局面，才能让签约服务从重数量到重质量、从重形式到重口碑。

让家庭医生“签而有约”，必须以居民健康需求为导向，关注居民求医的痛点和难点，满足多层次、多样化、个性化的健康需求，提供全方位、全周期、连续性的健康服务。眼下，很多居民反映，社区的药物太少，很多药只能到大医院去开。事实上，基层药物不足已经成为制约基层首诊、双向转诊的重要因素之一。医生与药物如同战士与武器弹药，医生没有足够的药物，就像战士没有足够的武器弹药。因此，基层医疗机构在提供基本药物的基础上，应逐步放宽药物使用范围。从理论上说，除了一些特殊的药品之外，大多数药品都可以进入社区。药品种类不应根据医疗机构的级别而定，而应根据患者的需求和医生的处方权限而定。基层家庭医生和大医院专科医生并无本质差别，只是分工不同而已，同等技术职称的医生应该拥有同等处方权。所以，基层医疗机构应根据患者需求调配药品，让家庭医生拥有更多的治病“武器弹药”，既可免除居民来回奔波之苦，又可减轻大医院的门诊压力。

让家庭医生“签而有约”，还应建立多劳多得、优质优酬的激励机制，充分调动家庭医生的积极性，赋予家庭医生更多的自主权，使其从“坐等患者”到“主动上门”。家庭医生走街串巷，需要耗费很多精力和时间，应当获得合理的报酬。根据国家有关规定，签约服务费由医保基金、基本公共卫生服务经费和签约居民付费等分担。签约居民可自愿选择家庭医生团队签约，并按照约定支付相应的签约服务费。原则上应当将不低于70%的签约服务费用于家庭医生团队，并根据服务数量、服务质量、居民满意度等考核结果进行合理分配。这意味着，只要家庭医生愿意多付出，就能获得更高的收入。根据各地的实践经验，签约居民一旦自己付了费，往往更加重视与家庭医生的契约关系，家庭医生的服务也会更精准、更到位。例如，上海长宁区组建了以家庭医生冠名的工作室，赋予工作室部分人事自主权和绩效分配权，尝试工作室独立运营模式，有效调动了家庭医生的积极性，既扩大了服务范围，也提升了服务品质，医患双方都很满意。

让家庭医生“签而有约”，不仅关系百姓的切身利益，而且关系分级诊疗制度的建立。我国力争将签约服务扩大到全人群，形成长期稳定的契约服务关系，基本实现家庭医生签约服务制度的全覆盖。希望更多家庭医生“签约一人、履约一人、做实一人”，当好居民健康“守门人”。

从“医不叩门”到“主动上门”

几年前，深圳罗湖医院集团推出改革新举措：给 60 岁以上的居民家庭免费安装防跌倒扶手，以免老人骨折。同时，免费给老人们接种肺炎和流感疫苗，尽量避免老人住院。

从“医不叩门”到“主动上门”，从“重治病”到“重防病”，这里的医生为什么会这样做？原来，罗湖区推行医保费用总额预付制度，政府根据签约居民医保总额，预先付费，年终结算，盈亏都归医院集团。也就是说，居民少生病，医院多结余，医患成为“利益共同体”。这就倒逼医生转变观念，维护好签约居民的健康，尽量减少重大疾病发生。

目前，我国医疗资源配置呈“倒金字塔”结构，优质医疗资源主要集中在大城市大医院，专科医生数量远远超过全科医生，基层医疗资源相对薄弱，尤其是家庭医生团队力量不足。这就如同大家都挤在河流的下游挽救落水者，落水者即便幸运地被打捞上岸，也是奄奄一息。虽然打捞者筋疲力尽，但落水者还是越来越多。实践证明，与其在下游费力打捞，不如在上游修坝筑堤。而以全科医生为主体的家庭医生团队，就处在疾病防治的上游。

医疗支出具有无限趋高性。任何一个国家，如果放任医疗费用无度增长，都会不堪重负，甚至拖垮经济。家庭医生是“健康守门人”和“控费守门人”，在维护全民健康中具有举足轻重的作用。实现从以治病为中心到以健康为中心的重大转变，必须充分调动家庭医生团队的积极性，提高家庭医生签约服务质量。

首先，扩大人力资源供给。家庭医生团队的主体是全科医生。由于种种原因，我国全科医生数量短缺且素质不高，与居民健康需求仍有较大差距。家庭医生团队应根据居民健康需求选配成员，包括公共卫生医师、专科医师、药师、健康管理师、中医保健调理师、心理治疗师或心理咨询师、康复治疗师、社工等，这样才能打破全科医生短缺的瓶颈，精准对接居民需求。在这方面，一些发达国家的经验值得借鉴。例如，英国将健身房、游泳池和健身教练等民间资源整合到卫生保健服务体系中。政府一次性购买健身机构的闲置时间，全科医生根据患者情况开具“运动处方”，按就近原则将患者或高危人群安排至健身机构，再由健身教练督促其完成健身计划。

其次，丰富签约服务内容。目前，家庭医生的签约服务内容单一，无法满足居民多样化、多层次的需求。根据有关规定，家庭医生团队可以根据签约居民的健康需求，提供基础性和个性化签约服务。基础性签约服务包括基本医疗服务和基本公共卫生服务，是国家免费提供的；个性化签约服务是根据居民差异化需求提供的服务，是需要付费的。签约服务费是家庭医生团队与居民建立契约服务关系、履行相应的健康服务责任的费用，由医保基金、基本公共卫生服务经费和签约居民分担。所以，家庭医生团队除了提供“基础服务包”，还应定制更多“个性服务包”，进一步调动医务人员积极性，激活“一池春水”。

最后，改变医保支付理念。医保基金的“蛋糕”究竟应该如何分？目前，医保基金主要花在治病上。从卫生经济学的角度看，“治未病”的健康收益远远高于“治已病”。医疗、医保、医药“三医联动”，是深化医改的基本路径。从长远看，医保支付制度改革应以健康结果为导向，将“医疗保险”逐步扩展为“健康保险”，扭转“只治不防、越治越忙”的被动局面。例如，将部分健康管理项目纳入医保，让百姓少得病、晚得病、不得病，从而有效节约医保费用。

医疗资源的有限性和医疗需求的无限性，是一对永恒的矛盾。作为世界最大的发展中国家，我国必须坚持预防为主、防治结合，努力用最小的经济代价获得最大的健康收益，才能走出一条符合中国国情的卫生与健康发展道路，更好地解决群众看病就医难题，不断提高人民健康水平。

医改如逆水行舟

2009 年 4 月 6 日，《中共中央国务院关于深化医药卫生体制改革的意见》公布，标志着新一轮医改拉开大幕。

十多年来，我国坚持保基本、强基层、建机制，医药卫生体制改革正在由打好基础转向提升质量、由单项突破转向综合推进。实践证明，坚持用中国式办法解决医药卫生体制改革这个世界性难题，方向正确、路径清晰、措施得力。

“全国人民上协和”，这是我国医疗资源配置失衡的真实写照。眼下，人民群众看病就医的刚性需求快速释放。同时，我国优质医疗卫生资源集中在城市，农村、基层、边远地区相对匮乏，大量患者奔向城市三级医院，造成城市大医院人满为患，一些基层医疗机构业务萎缩，既影响优质医疗资源发挥最佳效益，也影响服务体系整体效率，推高了医疗费用，加重了患者负担。

建立符合国情的分级诊疗制度，是破解看病难、看病贵的突破口。世界上任何医疗卫生制度，如果没有分级诊疗的支撑，都会不堪重负，甚至无法运转。引导医疗卫生工作重心下移、资源下沉，是满足人民群众看病就医需求的治本之策，也是一条重要国际经验。这项制度是对现有医疗卫生服务模式、就医理念、就医秩序的深刻调整，是一项基础性、长远性、系统性的制度设计。建立分级诊疗制度，核心是推进家庭医生签约服务。患者和医生签了约，患病后就有了“靠山”，第一时间求助自己的“健康管家”，而不是“有病乱投医”，盲目奔大医院。随着“健康守门人”制度的建立和完善，大医院告别“战时状态”，合理的就医秩序形成，“小病在基层、大病到医院、康复回社区”有了制度安排，看病难、看病贵就有望妥善解决。

事业成败，关键在人。广大医务人员是医改的主力军。只有从提升薪酬待遇、发展空间、执业环境、社会地位等方面入手，调动广大医务人员的积极性、主动性、创造性，让医务人员“有里有面”，医改才能成功。医务人员是生命的“守护神”，其培养周期长、执业风险高、技术难度大、责任担当重，应该得到合理的薪酬。如果一味要求医务人员付出，而缺乏对他们的关怀，必然使其士气受挫。尊重医生，就要尊重医务人员的劳动成果和辛苦付出，提高医务人员薪酬水平，体现多劳多得、优劳优酬。

“船到中流浪更急，人到半山路更陡。”建设健康中国，医改是一场“重头戏”。面对这道世界性难题，信心比黄金更可贵。医改如逆水行舟，不进则退。唯有拿出敢啃硬骨头的勇气，不畏艰险，触碰难点，医改才能乘风破浪驶向彼岸。

三明医改星火燎原

有这样一个故事：老大开店，老二供货，掌握着家里“钱袋子”的老三负责补贴老大的顾客。这是什么奇怪的生意？这个“老大”叫医院，“老二”叫医药，“老三”叫医保。

家门分户后，“老二”想赚钱，赚更多的钱，于是，便扯上“老大”，通过各种包装，把一种药变成五花八门的十种、百种，再借“老大”的手卖给患者，反正有“老三”在“兜底”；看着“老二”一副包赚不赔的神态，“老大”也不甘落后，除了帮着多卖药，还滥做检查、滥用耗材。最终，“顾客”受不了了，“老三”也兜不住了。

其实，这虽然是个虚构的故事，但其中道出了看病贵的原因。不难看出，“药”是核心症结。2012 年初，福建省三明市拉开改革大幕，其模式被称为“三明医改”。斩断医药与医院之间的利益链条，正是三明医改的改革方向与目标。

2021 年 10 月，国务院深化医药卫生体制改革领导小组要求，进一步加大力度推广三明医改经验，深化医疗、医保、医药联动改革，促进优质医疗资源均衡布局，加快推动实现大病重病在本省解决、常见病多发病在市县解决、头疼脑热等小病在乡村解决，加快健全维护公益性、调动积极性、保障可持续的公立医疗机构运行新机制。

新一轮医改启动以来，我国深化医改取得重大阶段性成效。一方面，我们需要在总结经验的基础上，把加强改革系统集成、推动改革落地见效摆在更加突出的位置，坚持系统观念，加强改革政策统筹、进度统筹、效果统筹，发挥改革的整体效应；另一方面，随着我国社会主要矛盾的变化，人民群众对深化医改提出了新的要求和期待。“十四五”时期，我国将从轻度老龄化进入中度老龄化阶段，医疗服务、医疗保险、康复护理等都将迎来新的挑战。因此，我们必须以更大的力度、更实的举措，突破医改中的难题，引领改革向纵深推进。

2012 年，福建省三明市在困境中突围，统筹推进医疗、医保、医药“三医”联动改革，破除以药补医机制，探索建立维护公益性、调动积极性、保障可持续的运行新机制，为全国医改树立了榜样。三明从实际出发，大胆实践、勇于创新，打出了一套适合本地实际情况的医改组合拳，也为各地因地制宜借鉴推广积累了经验。近年来，国务院医改领导小组把总结、推广、提升三明经验，作为深化医药卫生体制改革的重要任务和工作方法，推动三明经验走向全国，带动医改不断向纵深推进。2021 年 10 月，国务院深化医药卫生体制改革领导小组印发《关于深入推广福建省三明市经验 深化医药卫生体制改革的实施意见》，就推广三明医改经验提出 23 条重点举措，明确了时间表、路线图、责任人，具有可操作性。

三明经验最重要的是改革的决心和勇气，不回避矛盾，敢于触碰利益。三明市坚持人民至上、敢为人先，党政一把手亲自抓医改、一抓到底，由一位政府负责同志统一分管医疗、医保、医药工作，统筹协调“三医”联动改革，开展药品集中带量采购，降价腾出的空间主要用于调整医疗服务价格，并及时纳入医保支付，总体上不增加群众负担。三明经验不是拍脑袋想出来的，而是在长期改革实践中先行先试、攻坚克难、努力探索形成的，其改革经验具有可复制性，值得各地因地制宜学习借鉴。

学习推广三明经验，不能简单地照搬照抄，也不能搞“一刀切”。我国幅员辽阔，各地经济社会发展水平不同，尤其是东西部发展不平衡，城乡区域发展也不平衡。各地应立足实际，实事求是，积极稳妥开展试点，结合实际探索创新，找准改革突破口。具体来讲，对于经过三明医改实践证明的、普遍适用的经验，要深入贯彻落实；对于因地制宜和尚需探索的改革，要明确目标路径。总之，发挥典型带动和示范引领作用，突出问题导向，抓住主要矛盾，探索创新，攻坚克难，大胆地试，大胆地改，将三明经验转化为符合当地实际的改革举措，让三明经验在各地落地生根、开花结果，推动全国医改走深走实、扩大成效。

人民健康是社会主义现代化的重要标志。医改进入攻坚期，剩下的都是难啃的“硬骨头”。各地要学习三明坚持人民至上、敢为人先的改革精神，真抓实干，动真碰硬，进一步增强改革的系统性、整体性、协同性，提高改革的整体效应，不断巩固扩大改革成效，着力解决群众看病就医的急难愁盼问题，让三明医改经验星火燎原！

打通老年人就医“梗阻”

近年来，我国综合医院纷纷开设老年医学科，为老年人提供“一站式”服务。患有多种慢性疾病的老人只需挂一次号，就能得到整体治疗方案。

我国是世界上老年人口最多的国家，也是人口老龄化速度最快的国家。第七次全国人口普查数据显示,我国 60 岁及以上人口已达 2.64 亿。预计“十四五”时期这一数字将突破 3 亿，我国将从轻度老龄化进入中度老龄化阶段。目前，我国 75% 的老年人患有一种以上慢性病。这些问题不仅严重影响老年人的生活质量，也给家庭和社会带来了沉重的负担。

《“健康中国 2030”规划纲要》提出，要为老年人提供治疗期住院、康复期护理、稳定期生活照料、安宁疗护一体化的健康和养老服务。但是，与老年人的医疗需求相比，我国老年医学发展明显滞后，存在不少短板。很多医院仍以专科治疗为主，没有把老年人当成一个整体来治疗。随着现代医学的飞速发展，医学分科越来越细，心脏科只治心脏病，呼吸科只治呼吸病，骨科只治骨科病。假如一位老年人患有多种疾病，往往需要奔波于不同的专科、挂不同的号，最后开了一大堆药，药物之间难免还会出现配伍问题。可见，以疾病或器官为中心，而不是以病人为中心，这样的传统医学模式难以适应老龄化社会的新需求。同时，综合医院和社区医院之间“围墙”林立，缺乏联动，老年人在大医院看完病后，无法在社区得到连续性的治疗和照护。因此，构建整合型医疗卫生服务体系，打通老年人就医“梗阻”，完善老年健康服务体系，是应对人口老龄化的重要举措。

打通老年人就医“梗阻”，需要加快推进老年医学发展，让老年医学科成为综合医院的“标配”。老年医学是一门研究人类衰老机制和变化规律以及老年疾病防治的学科。一名合格的老年医学科医生，既要具备某一学科的专长，又要具备老年病的综合判断和处理能力。目前，我国老年医学发展严重滞后，人才青黄不接，难以满足老年人的需求。今后，我国应着力建立完整的老年医学体系，包括老年基础医学、老年临床医学、老年预防医学、老年康复护理医学、老年心理医学、老年社会医学等，为老年健康服务提供有力支撑。2021 年，《中共中央国务院关于加强新时代老龄工作的意见》提出，加强综合性医院老年医学科建设，到 2025 年，二级及以上综合性医院设立老年医学科的比例达 50% 以上。这就要求医院打破传统的科室设置模式，变单一诊疗模式为综合诊疗模式，让老年人看病更便捷。尤其是中医医院更应发挥自身优势，开设老年病科，增加老年病床位数量，开展老年诊治和康复服务，满足老年人多样化的健康需求。

打通老年人就医“梗阻”，需要完善社区医院老年服务功能，为老年人提供综合性、连续性的健康服务。目前，我国老年医疗卫生服务体系尚不完善，尤其是社区医院存在不少薄弱环节，医疗服务体系呈现碎片化特点。国家卫健委要求，社区医院要加强住院病房建设，合理设置床位，主要以老年、康复、护理、安宁疗护床位为主，鼓励有条件的设置内科、外科、妇科、儿科等床位，并结合实际开设家庭病床。今后，我国应加快完善老年医疗资源布局，建立健全以基层卫生机构为基础、老年医院和综合性医院老年医学科为核心、相关科研机构为支撑的老年医疗服务网络，发挥家庭医生“健康守门人”作用，形成上下畅通、科学合理的转诊制度，为老年人提供全方位的健康服务。尤其是推进家庭病床服务，将医疗服务延伸至老人家中，让失能老人享受长期护理服务。同时，提高中医药服务和医疗康复能力，推广中医药综合服务模式，运用中医药适宜技术，发挥中医药“治未病”和“整体观”的优势，改善和提高老年人的生活质量。

打通老年人就医“梗阻”，需要建立老年病大数据平台，为推进健康老龄化提供科学依据。目前，我国尚缺乏全国老年人口健康状况、生理指标、慢性疾病等信息的大数据库。在临床上，不少健康指标的“正常值”是针对整体人群的，没有考虑到老年人的特殊性，缺乏针对不同年龄段老年人口的细分化健康指标。例如，正常人的标准血压值是 120/80 毫米汞柱，但国际上认为老年人的血压值控制在 140/90 毫米汞柱即可。因此，建立老年病大数据平台，不仅有利于掌握老年人群的整体健康状况、生理指标、慢性疾病谱等信息，而且有利于制定和完善老年病临床诊治标准，从而实现对所有影响老年健康的因素进行综合、系统的干预，改善老年人生活质量，提高老年人健康水平，延长健康预期寿命。

人人都会老，家家有老人。实现健康老龄化，是健康中国行动的重要任务。面对人口老龄化的严峻挑战，必须加快推动老年医学发展，健全老年医疗服务体系，打通“堵点”，消除“痛点”，更好满足老年人多样化、多层次的健康需求，让老年人更有获得感、幸福感、安全感。

徐鹏飞 画

为老年人留一扇温暖的窗

在北京很多三甲医院的门诊大厅，都能看到醒目的“老年人窗口”。这些窗口主要为不熟悉网上预约挂号的老年人提供现场挂号等服务，帮助老年人解决看病难题。

近年来，我国互联网、大数据等信息技术快速发展，智能化服务得到广泛应用，深刻改变了人们的生活方式。但是，我国老龄人口数量快速增长，不少老年人不会上网、不会使用智能手机，在就医、消费、出行等日常生活中遇到不便，无法充分享受智能化服务带来的便利，老年人面临的“数字鸿沟”问题日益凸显。对于老年人来说，看病就医是刚性需求。如果医院里“只见机器不见人”，网上挂号完全替代窗口挂号，很多老年人就会无所适从，举步维艰。

人口老龄化是社会发展的必然趋势，也是今后较长一段时期我国的基本国情。尊老敬老是中华民族的优良传统，构建尊老敬老的政策体系和社会环境，是坚持以人民为中心发展思想的具体体现，也是满足人民日益增长的美好生活需要的必然要求。数字时代属于全民，不是某个特定群体的“专利”。对每一位公民都怀有温情和善意，是一个社会文明进步的标志。假如老年人成为智能化服务的“短板”，不仅会影响整个社会的“幸福指数”，也会让数字技术带来的“福利”大打折扣。因此，我们必须精准对接老年人的数字需求，采取更为人性化、人文化、精准化的技术供给，让老年人自由穿行在数字时代，共享智能生活。同时，在公共政策和公共服务方面，也要给老年人提供多元选择和替代方案，纾解老年人的“数字焦虑”，帮助老年人跨越“数字鸿沟”，从而构建更具包容性的智慧老龄社会，让每一个人都能顺畅地拥抱数字时代。

近年来，我国出台了一系列政策措施，切实解决老年人在运用智能技术方面遇到的突出困难。2020 年 11 月，国务院办公厅印发《关于切实解决老年人运用智能技术困难的实施方案》要求，坚持传统服务与智能创新相结合。在各类日常生活场景中，必须保留老年人熟悉的传统服务方式，充分保障在运用智能技术方面遇到困难的老年人的基本需求。全国老龄办开展“智慧助老”行动，计划用三年的时间，动员社会各方力量共同努力，推动老龄社会信息无障碍建设，促进全社会推进适老化的改造和升级，提升老年人运用智能技术方面的获得感、幸福感、安全感。2021 年 6 月，国家卫健委发布《关于实施进一步便利老年人就医举措的通知》，聚焦老年人反映突出的就医问题，推出了便利老年人就医的 10 项举措，包括设立老年人快速预检通道、提供多渠道预约挂号服务、优化线上线下服务流程等。这些政策措施的出台，对于保障老年人的合法权益、建设老年友好型社会具有积极意义。

数字时代是一个包容开放的时代。让高科技多些人文关怀，是智能化服务的应有之义。传统与现代、线上与线下、快节奏与慢生活之间，不是单选项，而是多选项。时代飞速发展，我们绝不能落下那些年迈的背影。为老年人多保留一些有温度的窗口，让每一位老年人都能生活得安心舒心，必将成为全面小康社会的生动注脚!

“窗帘之约”凝聚“敬老之力”

据报道，山西省红十字情缘志愿服务队开展了一项“窗帘行动”，志愿者与空巢老人约定：每天早晨，如果窗帘拉开，表明老人起居正常；如果窗帘没有拉开，他们就会立即前往老人家中查看。每当夜幕降临，志愿者还会观察老人家里的窗帘是否拉上。志愿者的服务对象主要是年龄偏大、行动力差、体弱多病的空巢老人，这些老人家里的窗户上都有醒目标识，方便志愿者每日巡查。一个小小“窗帘之约”，成为邻里互助的生动样本，凝聚起强大的“敬老之力”。

“出门一把锁，进门一盏灯”，这是很多空巢老人日常生活的真实写照。我国自 1999 年进入老龄化社会，老年人口规模日益庞大、老龄化程度日益加深。随着空巢老人等特殊人群的数量日益增长，如何纾解“空巢之痛”，成为一个紧迫的社会课题。

守护空巢老人，需要健全养老服务体系，创新居家社区养老服务模式。据调查，绝大多数老年人都希望在家里养老，不愿意去养老院。居家养老既符合中国人的文化传统，也符合我国的基本国情。但是，很多空巢老人由于生活自理能力差，衣食住行都需要有人帮助，独自居家面临诸多风险。近年来，各地在居家社区养老服务方面推出不少创新服务。例如，设立家庭养老床位，鼓励养老机构打通“围墙”，主动为社区老年人提供上门服务；社区提供老年餐桌、日间照料、短期托养等服务，让老年人在小区里就能够衣食无忧；对有经济能力的老年人，通过市场化方式开展有偿服务，精准对接个性化需求。未来，我国要建立和完善以居家为基础、社区为依托、机构为支撑的社会养老服务体系，提升社区养老服务能力，发展多样化养老服务，让空巢老人独自在家也能安享幸福晚年。

守护空巢老人，需要依靠科技创新，实施“智慧助老”行动。近年来，各地积极建设居家养老服务信息平台，利用数字化技术，重点为空巢老人提供紧急呼叫、家政预约、健康咨询、物品代购、服务缴费、服药提醒等服务。上海一些地区通过安装智能水表监测空巢老人日常起居，如果超过 12 小时用水量不足最低限度，水表就会自动报警，提醒社区工作人员上门看望。今后，各地要加快推进居家养老家庭智慧化改造，通过传感器、大数据、人工智能等新技术构建“虚拟养老院”，借助烟感报警、红外检测、智能手环等科技产品，及时监测用电用火、燃气泄漏、意外伤害等情况，为空巢老人减少居家风险和隐患。

守护空巢老人，需要完善志愿服务体系，营造养老、孝老、敬老的社会氛围。目前，我国已初步建立关爱老年人志愿服务体系。各地普遍开展空巢老人关爱行动，通过政府购买服务等形式，定期巡视探访空巢老人，提供紧急援助等服务，预防心理健康问题发生，并对存在心理问题的老人进行疏导。各地充分发挥低龄老年人作用，通过“时间银行”等互助养老服务模式，为空巢老人提供各类“量身定制”服务，让低龄老年人帮助高龄老年人形成良性循环。今后，在不断完善志愿服务体系的同时，还要巩固家庭养老基础地位，弘扬孝亲敬老的传统美德，鼓励子女陪伴父母共同生活。《中共中央国务院关于加强新时代老龄工作的意见》提出，研究制定住房等支持政策，完善阶梯电价、水价、气价政策，鼓励成年子女与老年父母就近居住或共同生活，履行赡养义务、承担照料责任。

一位英国诗人说：“谁都不是一座岛屿，自成一体；每个人都是那广袤大陆的一部分。”每个人都有衰老的一天，都有可能成为空巢老人群体中的一员。关爱空巢老人，是一个社会文明进步的重要标志。希望各地借鉴“窗帘行动”的做法，推出更多关爱空巢老人的善举，让每一位老人都能度过幸福美满的晚年。

让老年人长寿更健康

太极拳、八段锦、扇子舞……如今，越来越多的老年人加入全民健身的队伍。2021 年 8 月，国务院印发的《全民健身计划（2021—2025 年）》指出，提高健身设施适老化程度，研究推广适合老年人的体育健身休闲项目，组织开展适合老年人的赛事活动。这一举措为促进健康老龄化、更好满足老年人的健身需求提供了有力支撑。

老人安则家庭安，家庭安则社会安。人口老龄化是社会发展的必然趋势，是人类文明进步的体现，也是今后较长一段时期我国的基本国情。我国是世界上老年人口最多的国家，预计“十四五”时期，我国 60 岁及以上老年人口总量将突破 3 亿，占比将超过 20%。我国将从轻度老龄化进入到中度老龄化阶段。

当前，我国老年人“长寿不健康”问题较为突出，带病生存、多病共存的情况十分普遍。目前，我国超过 1.8 亿的老年人患有慢性病，失能、部分失能老年人约 4000 万，失智老人约 1500 万，每年约有 4000 万老人发生跌倒。这些都凸显了促进健康老龄化的现实性、紧迫性和重要性。

“十四五”规划纲要明确提出“实施积极应对人口老龄化国家战略”。倡导积极老龄观，推进健康老龄化，是我国应对老龄化高速发展态势的必由之路。只有全面提高老年人健康水平，延长健康预期寿命，才能为经济社会发展奠定良好基础。

坚持大健康理念，大力促进从“以治病为中心”向“以健康为中心”转变。老年期是生命周期的最后阶段。老年人的健康，需要从未老未病之时就开始“储备”。我们把健康教育和治疗疾病摆在同样重要的位置，倡导“每个人是自己健康第一责任人”的理念，激发老年人热爱健康、追求健康的热情，养成符合自身和家庭特点的健康生活方式，合理膳食、科学运动、戒烟限酒、心理平衡，争取实现“不生病、少生病、晚生病”的目标。要鼓励和引导单位、社区、家庭、居民个人行动起来，对主要健康问题及影响因素采取有效干预，形成政府积极主导、社会广泛参与、个人自主自律的良好局面，持续提高健康预期寿命。

提供全方位服务，做好预防、诊断、治疗、康复、护理全链条式老年健康服务。重点关注慢性病的预防和管理，加强健康管理、康复护理、长期照护和精神慰藉等方面的专业服务，全面提高老年人健康水平。实施老年人失能预防与干预项目、老年人心理关爱项目，通过提前介入和预防，避免或延迟老年人罹患失能、失智等严重疾病，缩短带病生存期。同时，加快老年健康服务体系建设，推动国家老年医学中心、国家老年疾病临床医学研究中心发展，加快二级及以上综合性医院老年医学科建设，推进老年医院、康复医院、护理院和安宁疗护机构建设。

将健康融入所有政策，大力建设老年友好型社会。世界卫生组织将“老年友好”的内容分为八个方面，包括交通、住房、户外空间与建筑、社区支持与健康服务、交流与信息、社会参与、尊重与社会包容、公众参与与就业。我们要推动各领域各行业在管理、服务等方面适老化转型升级，逐步健全老年人社会优待制度体系；切实解决老年人运用智能技术面临的困难，努力消除老年人在出行、就医、消费、文娱、办事等方面的“数字鸿沟”，让广大老年人更好地适应并融入智慧社会，提升老年人社会参与水平，切实增强老年人获得感、幸福感、安全感。

健康长寿，是人类永恒的追求，也是每个人的梦想。实现健康老龄化，关乎国家长远发展，涉及千家万户利益。希望全社会共同关心老年人的健康问题，将健康老龄化理念融入经济社会发展各方面，不断增进老年人的健康福祉，让“银发浪潮”变成“长寿红利”。

健康老龄化是长远大计

2023年春节前夕，习近平总书记通过视频连线看望慰问基层干部群众时指出："尊老爱老是中华民族的优良传统和美德。一个社会幸福不幸福，很重要的是看老年人幸福不幸福。"

人口老龄化是社会发展的重要趋势，是人类文明进步的重要体现，也是我国今后较长一个时期的基本国情。让老年人有一个幸福的晚年，必须把健康老龄化摆在突出位置。调查显示，我国老年人整体健康状况不容乐观，存在"长寿不健康"的问题，给家庭和社会带来沉重的照护负担。健康是保障老年人独立自主和参与社会的基础，健康状况是衡量老年人晚年生活是否幸福的重要指标。因此，实现健康老龄化，是积极应对人口老龄化最核心的问题，也是积极应对人口老龄化的长久之计。

促进健康老龄化，需要完善老年健康服务体系。要以满足老年人的健康需求为导向，大力发展老年健康事业，着力构建包括健康教育、预防保健、疾病诊治、康复护理、长期照护、安宁疗护在内的老年健康服务体系，为老年人提供优质高效的整合型医疗卫生服务。推进二级及以上综合性医院设立老年医学科，鼓励支持通过新建改扩建、转型发展，加强老年医院、康复医院、护理院建设。提高老年人家庭医生签约服务覆盖率，扩大医联体提供家庭病床、上门巡诊等居家医疗服务，推动医疗服务向居家社区延伸，发展"互联网＋照护服务"，完善从专业机构到社区、家庭的长期照护服务模式。发挥中医药在健康管理、疾病预防和治疗康复方面的作用，让更多老年人方便看中医、看上好中医。

促进健康老龄化，需要优化老年人的居住环境。一项调查显示，跌倒成为我国65岁以上老年人因伤致死的首位原因。平均每10位老人，就有3至4人发生过跌倒，其中一半以上跌倒事件发生在家里，最常见的场景是在浴室、上厕所和起身下蹲。因此，要加快社区和居家的适老化改造，为老年人提供舒适安全的居住环境。尤其是要化解独居、空巢、留守、失能、重残等特殊困难老年人的居家养老安全风险，加快居家环境的适老化改造。例如，地面进行防滑处理、床边加装护栏把手、厕所和浴室安装扶手……这些防护措施，可以有效降低老年人跌倒风险。

促进健康老龄化，需要加快老龄产业发展。在老龄健康领域，现有服务和产品单一，难以满足老年人多层次、多样化需求。要推动老龄事业和产业高质量发展，激活老年用品和服务市场。深入挖掘老年人的真实需求，积极开发相适应的产业、产品和服务，不断提升产品和服务的适老化水平，让老年人的需求得到充分满足。引导和支持社会力量和民间资本进入老龄产业，促进养老服务与教育培训、健康、体育、文化、旅游等产业融合发展。鼓励发展具有比较优势的老龄特色产业，打造具有示范带动效应的老龄产业品牌。调动社会力量的积极性和创造性，有效扩大医养结合服务供给，推动医养结合服务多元化发展。

健康是人民幸福生活最重要的指标。实践证明，健康老龄化，是积极应对人口老龄化成本最低、效益最好的手段和途径。做好新时代老龄工作，必须把积极老龄观、健康老龄化理念融入经济社会发展全过程，营造有利于老年健康的社会支持和生活环境，延长健康预期寿命，维护健康功能，提高健康水平，全方位改善老年人生活品质，让老年人安享健康幸福的晚年。

激活银发浪潮的发展潜力

退休之后做什么？是居家休闲娱乐、颐养天年，还是投身社会发挥余热、老有所为？这是每个老年人都将面临的选择题。

如今，一些老人的退休选择给人启示：或积极投身老年志愿组织，为基层治理贡献力量；或发挥经验和专业之长，在企业、社会组织中兼职；或作为新乡贤回归故园，将技术、资金、人脉等资源带回农村，积极推动乡村振兴。他们用实际行动证明，老年人是社会的财富。

党的十九届五中全会将积极应对人口老龄化确定为国家战略。努力挖掘人口老龄化给国家发展带来的活力和机遇，既要注重发挥老年人作为劳动力、人力资本和创新主体的作用，也不应忽视老年人作为消费者群体产生的需求拉动作用。从这个角度看，老龄化会带来各方面挑战，但应对得当，也可以把挑战变为机遇，激活隐藏在老龄化中的发展潜力。

开发和利用处于活力期的老年人力资源和人力资本，能为经济社会发展提供新动力。低龄老人占比较大，是当前一个阶段我国老龄化的重要特征。2030年前，老年人口增长仍以70岁以下的低龄老人为主。研究显示，在老年人力资源构成中，低龄、健康的老年人是主体。如果这部分老年人能够发挥余热，无疑将对经济社会发展产生积极影响。《中共中央国务院关于加强新时代老龄工作的意见》提出，把老有所为同老有所养结合起来，完善就业、志愿服务、社区治理等政策措施，充分发挥低龄老年人作用。今后，我们应充分发挥老年人积极作用，不断促进老年人社会参与，深入挖掘老龄社会潜能，激发老龄社会活力，把积极老龄观、健康老龄化理念融入经济社会发展全过程。

壮大“银发经济”，还要促进老龄产业发展。随着老年人口基数不断增长，老年人经济需求和潜在购买能力将带动可观的市场消费。据预测，未来10至

15 年是养老产业快速发展的黄金时期。医疗健康、生活照料、老年用品、休闲旅游产业将会迎来规模庞大的消费需求，进而拉动经济增长。与此同时，仅依靠家庭对老年成员提供养老照料已显不足，需要大力发展社会化和专业化的养老服务。从这个意义上讲，人口老龄化也意味着消费市场的提档升级，这是前所未有的新机遇。促进养老、健康、体育、文化、旅游等产业融合发展，鼓励各地发展具有比较优势的特色老龄产业，更好满足老年人多样化、个性化需求，老龄产业将发展成一片风光无限的新蓝海。

莫道桑榆晚，为霞尚满天。我们要主动作为、积极谋划，走出一条中国特色积极应对人口老龄化道路。应倡导积极老龄观、促进健康老龄化，在老有所养、老有所医、老有所为、老有所学、老有所乐上不断取得新进展，让老龄人口成为经济社会发展的新资源、新财富、新动力。

第五章 医道

坚持中西医并重不动摇

2022 年 4 月,《世界卫生组织中医药救治新冠专家评估会报告》发布，认可中医药救治新冠的有效性和安全性，鼓励世卫组织会员国在其卫生保健系统和监管框架内考虑使用中医药治疗新冠的可能性。

这份报告充分肯定了中医药抗击新冠的贡献，体现了世卫组织对中医药等传统医学的高度重视，也表明未来中医药在抗击疫情中仍大有可为。

中西医并重是我国新时代卫生与健康工作方针之一，也是我国医疗卫生事业的显著特征和独特优势。新冠疫情发生以来，我国坚持中西医结合、中西药并用，中医药全面、深度参与疫情防控救治，为保障人民健康作出了突出贡献。2022 年 3 月，国务院办公厅印发《“十四五”中医药发展规划》，强调“提高中西医结合水平”。

随着新发传染病不断出现。有效应对多种健康挑战、更好满足人民群众健康需求，迫切需要加快推进中医药事业发展，更好发挥其在健康中国建设中的独特优势。百年变局和世纪疫情交织，中医药正处于重要历史机遇期。我们必须坚持中西医并重，传承精华、守正创新，实施中医药振兴发展重大工程，补短板、强弱项、扬优势、激活力，推进中医药和现代科学相结合，推动中医药和西医药相互补充、协调发展。

坚持中西医并重，必须推动综合医院中西医协同发展。在综合医院推广“有机制、有团队、有措施、有成效”的中西医结合医疗模式，将中医纳入多学科会诊体系，加强中西医协作和协同攻关，制定实施“宜中则中、宜西则西”的中西医结合诊疗方案。推动三级综合医院全部设置中医临床科室，设立中医门诊和中医病床。打造一批中西医协同“旗舰”医院、“旗舰”科室，开展重大疑难疾病、传染病、慢性病等中西医联合攻关。同时，提升相关医疗机构中医药服务水平。引导专科医院、传染病医院、妇幼保健机构规范建设中医临床科室、中药房，普遍开展中医药服务，创新中医药服务模式，加强相关领域中医优势专科建设。

坚持中西医并重，必须提升中医药参与新发突发传染病防治和公共卫生事件应急处置能力。加强中医药应急救治能力建设。依托高水平三级甲等中医医院，建设覆盖所有省份的国家中医疫病防治基地，依托基地组建中医疫病防治队伍，提升中医紧急医学救援能力。三级公立中医医院和中西医结合医院全部设置发热门诊，加强感染性疾病、急诊、重症、呼吸、检验等相关科室建设，提升服务能力。同时，加大国家中医药应对重大公共卫生事件和疫病防治骨干人才培养力度，形成人员充足、结构合理、动态调整的人才库，提高中医药公共卫生应急和重症救治能力。

坚持中西医并重，必须建设高素质中医药人才队伍。深化医教协同，进一步推动中医药教育改革与高质量发展。建立以中医药课程为主线、先中后西的中医药类专业课程体系，优化专业设置、课程设置和教材组织，增设中医疫病课程，增加经典课程内容，开展中医药经典能力等级考试。同时，完善落实西医学习中医制度。增加临床医学类专业中医药课程学时，将中医药课程列为本科临床医学类专业必修课和毕业实习内容，在临床类别医师资格考试中增加中医知识。加强中西医结合学科建设，培育一批中西医结合多学科交叉创新团队。

中医和西医，都是人类与疾病斗争的有力武器。二者各有所长，没有高低之分。中西医完全可以优势互补，携手共进。我们要坚定文化自信，以开放包容的心态促进传统医学和现代医学更好结合，坚持中西医并重，为全面推进健康中国建设、更好保障人民健康提供有力支撑。

让中医古籍“活”起来

2022 年 4 月，中共中央办公厅、国务院办公厅印发《关于推进新时代古籍工作的意见》指出：“梳理挖掘古典医籍精华，推动中医药传承创新发展，增进人民健康福祉。”

中医药是中华民族原创的医学科学，是中华文明的杰出代表，数千年来为中华民族的繁衍昌盛作出了重要贡献。中医古籍是中医药传承精华的源头活水，也是中医药守正创新的核心资源。目前，我国中医古籍“家底”尚不明晰，有的保存不善，有的散落民间，有的流失海外。这些稀世珍品若有损毁，不仅是祖国医学的损失，也是中华文化的损失。因此，推进中医古籍工作，把祖国宝贵的文化遗产保护好、传承好、发展好，对于赓续中华文脉、弘扬民族精神、增强国家文化软实力具有重要意义。

中医古籍承载着中华文化的基因，流淌着中华文化的血液，蕴藏着中华民族的哲学思想和生存智慧。我国现存中医古籍在全部古籍中占有很大比重，是打开中华文明宝库的钥匙。例如，中医药学不仅在理论上继承了“天人合一”的思想，而且在实践中发展了“天人合一”的思想，将顺应自然、和合共生等理念运用到具体诊疗中，提倡因时制宜、因地制宜、因人制宜，坚持同病异治、异病同治。同时，中医药学提出“医乃仁术”“大医精诚”“人命至重”等观念，体现了中华民族厚德载物、以人为本的人文精神。因此，加强中医古籍保护和利用，有利于弘扬中华优秀传统文化，也有利于坚定中国人的文化自信。

中医古籍是中医学术体系和原创思维的重要载体，是中华民族防病治病经验的宝库，也是中医药传承创新发展的根基。例如，青蒿素的问世，就是从中医古籍中得到的启示。屠呦呦在翻阅古籍《肘后备急方》时，看到“青蒿一握，以水二升渍，绞取汁，尽服之”的记述获得灵感，成功提取出青蒿素，挽救了数百万人的生命。又如,《黄帝内经》《伤寒杂病论》《温病论》等古籍中，蕴藏着大量防治疫病的经典方剂。在抗击新冠疫情过程中，我国通过临床筛选出的“三方三药”发挥了重要作用。因此，加强中医古籍保护和利用，有利于充分发挥中医药防病治病的独特优势和作用，也有利于推动传统医学与现代医学更好结合。

中医药作为我国独特的卫生资源、潜力巨大的经济资源、具有原创优势的科技资源、优秀的文化资源和重要的生态资源，在经济社会发展中发挥着重要作用。当前，中医药振兴发展迎来天时、地利、人和的大好时机，中医古籍工作面临新要求、迎来新机遇。国务院办公厅印发的《“十四五”中医药发展规划》提出:“实施中医药古籍文献和特色技术传承专项，编纂出版《中华医藏》,建立国家中医药古籍和传统知识数字图书馆。”我们要以此为契机，遵循中医药发展规律，传承精华，守正创新，深入发掘中医药宝库中的精华，充分发挥中医药的独特优势，切实把祖先留给我们的宝贵财富继承好、发展好、利用好，让中医古籍薪火相传，焕发新的光彩。

中医药学包含着中华民族几千年的健康养生理念及其实践经验，是中华文明的一个瑰宝，凝聚着中国人民和中华民族的博大智慧。我们要坚持古为今用，加强古典医籍精华的梳理和挖掘，让中医古籍“活”起来，使之与现代健康理念相融相通，更好地护佑人民健康，为建设健康中国、实现中华民族伟大复兴的中国梦贡献力量。

莫让针灸成“古董”

一位中国医生去美国某著名医院进修，偶然参加了一场外科医生的学术沙龙。令他震惊的是，沙龙的主题竟然是如何运用针灸缓解术后病人疼痛。而这样的讨论，在中国的医院里极为罕见。

2017 年，中国向世界卫生组织赠送了一尊针灸铜人雕塑，标志着针灸已经成为一张“国家名片”。针灸是中医药的瑰宝，如今却是“墙内开花墙外香”。美国在多种疾病的治疗指南中推荐使用针灸，甚至连综合医院的急诊也引入针灸。实践证明，针灸可以降低患者对成瘾性镇痛药物的依赖，减少因过量使用镇痛药导致的死亡。中医针灸以其无可替代的作用，赢得了西方主流医学的认可。

中国针灸走向世界，与中日友好医院首任院长辛育龄密不可分。20 世纪 70 年代，辛育龄把针灸疗法作为中西医结合的突破点。起初，因胸部手术切口较长，麻醉需要扎 16 针，并由 4 个大夫在术中不停地捻动，如此复杂的操作很难推广。经过层层筛选、反复试验后，1970 年 6 月 25 日，辛育龄主刀的首例运用一根针、针刺三阳络透郄门穴行肺切除手术获得成功。辛育龄先后用针刺麻醉做过 1400 多例肺切除手术，成功率高达 98%。

那么，如何才能让针灸重振雄风?

一是提高针灸诊疗价格，让技术价值得到充分体现和尊重。针灸是中医的精华，是技术含量很高的“绿色疗法”，具有低成本、高效益的特点，理应获得合理的定价。如果针灸医生能够靠技术赚钱，学针灸、用针灸的人就会越来越多，针灸就不会衰落。

二是改革医保支付制度，将更多病种纳入“打包付费”。所谓“打包付费”，就是按照病种付费，不再计算单项成本。例如，做一个阑尾炎手术，医保部门统一支付 5000 元，医院超支自付、结余归己。医生为了多盈利、少赔本，就会想方设法减少消耗、节约成本。能用针灸解决疼痛问题，就不会用昂贵的镇痛药；能用低级抗生素，就不会用高级抗生素。这就好像餐馆里卖的宫保鸡丁，老板不是按照鸡肉、黄瓜、花生的价格分别收费，而是按照一道菜来收费。为了降低成本，厨师在选择配料上有一定的自主权。例如，当黄瓜成本较高时，厨师可以用土豆、青椒来代替黄瓜，但底线是不能偏离菜谱，尤其是不能没有鸡丁，否则消费者就不认账了。这说明，医保支付制度可以决定一项技术的命运。

目前，中医院普遍存在西化问题。医生不愿意用中医方法治病，主要原因是医保按项目付费制度。由于中医服务项目少、收费低，中医院必须靠西医才能维持生存。如果实行按病种付费制度，与西医相比，中医治疗成本更低，中医院将会获得更多的节余，可以从根本上改变“西医养活中医”的局面，从而节约医疗费用。

习近平总书记在出席中国向世界卫生组织赠送针灸铜人雕塑仪式时指出：“要继承好、发展好、利用好传统医学，用开放包容的心态促进传统医学和现代医学更好融合。”中国是针灸的故乡，当针灸铜人走向世界时，针灸技术也应被国内主流医学认可和接纳，为促进全民健康做出更大贡献。愿针灸永远成为“活着”的中华绝技，不要沦为历史博物馆里的“古董”。

让道地药材不负绿水青山

2020年“十一”期间，中国工程院院士、中国中医科学院院长黄璐琦深入云南、湖南、广西等贫困山区的中药材种植基地，在田间地头、深山老林进行网络直播，普及中药材生态种植知识，为云木香、云当归、黄精等道地药材“把脉会诊”。近年来，他带领团队通过实地调查，完成了100多种道地药材优质产区分布区划，推荐了265种贫困地区适宜种植的中药材，发布了我国第一部《道地药材标准汇编》，探索出一条脱贫攻坚与绿色发展相结合的道路。

深度贫困地区，往往也是生态脆弱地区。根据全国中药资源普查结果，深度贫困地区是中药资源种类丰富的地区，中药材是农村贫困人口种植业收入的重要来源。然而，由于多数中药材栽培历史较短，农民没有种植中药材的经验，往往用种粮食、种蔬菜、种瓜果的方式种中药，过分追求产量，造成高产低质。

“不向农田抢地，不与草虫为敌，不惧山高林密，不负山青水绿”，这是中药材生态种植的核心。2019年《中共中央国务院关于促进中医药传承创新发展的意见》强调，推行中药材生态种植、野生抚育和仿生栽培。开展中药材生态种植，对于提升中药材质量、保障生态环境具有重要意义。

不向农田抢地。我国贫困地区多是中西部丘陵山地，地质状况复杂，土壤肥力不高，而大部分中药材对种植地的土壤肥力等要求不高。由于中药材通常是多年生植物，即使在丘陵或平原地带，也多栽培在山坡或贫瘠的土地上，可以有效避免“与粮争地”。我国贫困地区农业基础设施薄弱，在以现代化、规模化、机械化为特征的大农业生产中不具备优势。而中药材种植通常规模较小，宜于开展精细耕作，尤其在野生抚育、仿野生栽培等方面独具优势。

不与草虫为敌。有人担心，种植中药材不除杂草，草就会抢走土壤里的养分。其实，杂草可以保温保墒，为中药材的幼苗生长提供小环境，增加土壤微生物的多样性，活化土壤的矿质元素。中药材遇到杂草，就会使劲往地下长，与杂草争抢养分，其根部反而会长得更好。对于大量以根或根茎入药的中药材来说，杂草的竞争可能会造成中药材品质和产量的双提高。中药材生态种植强调“拟境栽培”，即一种野生药材在哪种环境长得好，就模拟哪种环境使其生长，遵循自然本来面目，不采用化肥农药，不刻意除虫除草，实现“天地人药合一”的目标。

不惧山高林密。自古以来，民间素有“非道地药材不处方，非道地药材不经营”的说法。道地药材生长具有“逆境效应”。越是环境恶劣的地方，中药材品质往往越好。很多中药材都生长在山高路远、气候极端的地区，或林草密布，或土壤贫瘠，或干旱少雨，或阴暗潮湿。一定的环境预胁迫，会提高植物次生代谢产物的积累，从而提高植物对逆境的适应性。中药所含有效成分通常为次生代谢产物，而对于植物而言，次生代谢产物是植物保护素。在环境胁迫下，植物通过释放次生代谢产物来抑制其他植物的生长，以提高自身的竞争能力。因此，恶劣环境反而能刺激植物次生代谢产物的积累，更有助于中药材道地性的形成。这就是“顺境出产量，逆境出品质”的道理。

“人不负青山，青山定不负人。”生态环境保护和经济发展不是矛盾对立的关系，而是辩证统一的关系。产业发展和生态环境保护良性互动，一个重要前提是尊重自然规律。生态脆弱的贫困地区，充分利用自然条件，通过推广生态种植技术，因地制宜发展中药材产业，不仅不会破坏生态环境，还能种出优质道地药材。不少地方通过推广中药材间套作栽培、轮作栽培、林下栽培、仿野生栽培等系列生态种植模式，构建中药材资源节约、环境友好的生态栽培方式，促进了中药材生产与生态协调发展。

中药材是中医药的物质基础，中药材质量是保障中医临床疗效的关键。希望更多地区推广中药材生态种植，让道地药材与绿水青山同在，实现脱贫攻坚和绿色发展的双赢。

遵循规律，让中医药永远姓“中”

一株小草改变世界，一枚银针联通中西，一缕药香穿越古今……中医药学包含着中华民族几千年的健康养生理念及其实践经验，是中华文明的瑰宝，凝聚着中华民族的博大智慧。

近百年来，随着西风东渐，西医成为主流医学，中医药呈边缘化趋势。事实证明，中医药一旦背离了自身发展规律，中医西化，特色弱化，必将丧失自我。因此，无论看待中医、研究中医，还是运用中医、推广中医，必须遵循中医药自身发展规律。过去如此，现在如此，将来也是如此。

遵循中医药发展规律，必须保持中医药的本色。道法自然、天人合一、阴阳平衡、调和致中、辨证论治等中医基本理论，蕴含中华民族的文化基因，是中华民族智慧的结晶。在几千年的发展进程中，中医药形成了独特的宇宙观、生命观、健康观、疾病观、防治观。这些理论是长期积淀形成的，是中医药生存发展的根基。眼下，不少中医秘方、验方和诊疗技术面临失传的风险。我们应该把藏在古籍、散在民间、融入生活的中医药技术充分发掘出来，整理收集保护起来，更好地传承下来，为人类健康造福。

遵循中医药发展规律，必须改革中医药管理体制。中医和西医虽有共通之处，但诊治思维不同、防治手段各异，在管理上必然有所区别。我们应把遵循中医药发展规律作为政策制定的出发点和落脚点，坚持有利于发挥中医药的特色优势、有利于提升中医药疗效、有利于满足人民群众需求的原则，建立符合中医药特点的管理体制。如果简单套用西医管理模式，很可能会事与愿违，阻碍中医药的发展。因此，我们要突出中医药的系统性和整体性，把中医药特色优势用制度、标准、规范固定下来，把中医药的根脉保存好。

遵循中医药发展规律，并不意味着自我封闭，更不是墨守成规。中医药发展需要兼容并蓄，借鉴吸收现代科技成果。但是，如果离开中医药的主体地位，丢掉中医药原创思维，哪怕融合再多的高科技，也是徒具其表。我们既要遵循自身发展规律，更要借助现代科技手段，推动中医药创造性转化、创新性发展。

中医药发祥于中华大地，植根于中华文化。中医既是古代的，也是现代的，更是未来的。只有遵循中医药发展规律，立足根基，挖掘精华，保持特色，中医药才能根深叶茂，岐黄之术方可生生不息。让中医药永远姓“中”，是中国人义不容辞的责任和使命。

守正创新，为中医药注入源头活水

传承精华，守正创新，正确处理传承与创新的辩证关系，关系到中医药的前途和命运。

当前，中医药面临着传承不足、创新不够的局面，严重制约着中医药的发展。传承是为了保根，没有传承就不能正本清源；创新是为了提升，没有创新就不能与时俱进。唯有秉持“传承不泥古，创新不离宗”的原则，在传承中创新，在创新中传承，才能推动中医药高质量发展。

传承精华，就是要让中医药发展绵延不绝。传承是中医药发展的根基，离开传承谈创新，就是无源之水、无本之木。中医药的精华，沉淀在汗牛充栋的中医古籍中，流传在历代中医大家的临床实践中，散落在疗效显著的民间奇方中，这是中医药学深厚的根基，也是中医药事业发展的命脉。传承不足，使多种中医技艺面临失传，让中医医道艰难延续。深入挖掘中医药宝库中的精华，必须培养大批中医药“专才”，这样才能使“国宝”代代相传。院校教育是中医药人才的主阵地。当前，院校教育不同程度地存在中医教育西化、中医思维薄弱、中医技能缺失等问题。师带徒，出名医，中医独具特色的技艺需要活态传承。中医临床功夫、中药炮制工艺，主要靠师徒一代一代口传心授。师承教育能为“草根”中医打开一扇门，让岐黄之术薪火相传。我们应将以“个性化”为特征的师承教育与以“标准化”为特征的院校教育相结合，将传统教育的精粹融入现代教育体系之中，构建适应新时代的中医教育体系，为中医药发展打下最坚实的人才之基。

守正创新，就是要让中医药发展清流激荡。只传承，不创新，捧着金饭碗也只会越吃越穷。让中医药老树发新芽，唯一的出路就是创新。中医药的发展史，就是一部创新史。从《黄帝内经》奠定中医理论体系，到明清时期瘟病学的产生，再到现代青蒿素的诞生……创新，始终是推动中医药发展的根本动力。随着人类疾病谱的变化，中医药需要源源不断地注入创新的“源头活水”，在更多领域取得新突破。当前，大数据、人工智能等先进技术为中医药研究突破提供了有力支撑，多学科、跨行业合作为加快中医药现代化发展带来广阔空间。我们不能因为创新而忘记“守正”，也不能因为“守正”而不去创新，必须把“守正”与“创新”有机结合起来。

没有传承，创新就失去根基；没有创新，传承就失去未来。传承精华，守正创新，必将让中医药获得无限生机，为健康中国建设提供新动力！

中西医并重，让古老瑰宝重焕光彩

“坚持中西医并重，推动中医药和西医药相互补充、协调发展”，习近平总书记对中医药工作做出的重要指示，深刻阐述了中国特色卫生健康模式，为做好新时代中医药工作指明方向。

坚持中西医并重，需要中西医“一碗水端平”。近百年来，“中医太落后”“中医不科学”等质疑之声不绝于耳。中医与西医治疗理念不同，分属不同的医学体系。中医重整体，善用“坚盾”，更关注“病的人”；西医重局部，善用“利矛”，更关注“人的病”。其实，中医西医各有所长，各有侧重，没有必要分高低、论长短。二者不是对手，而是战友，其共同的敌人是疾病。治疗某种疾病，因人而宜，一种医疗手段也好，两种医疗手段也好，一切以病人受益最大化为原则。无论中医西医，都不能包治百病。特别是在治疗疑难杂症上，“单打独斗”很难取得令人满意的效果。人类健康的星空，需要中西医联手点亮。

坚持中西医并重，需要中西医协调发展。中医与西医相互借鉴，成为中国特色医药卫生与健康事业的重要特征和显著优势。当前，中医无论是执业医生数量，还是医疗机构数量，都无法与西医相提并论，医疗服务的天平在向西医倾斜。“冰冻三尺，非一日之寒”，中西医的差距不是一天造成的，也不是一天就能拉平的。应加大对中医的扶持力度，重点落实对中医事业的投入政策，建立持续稳定的中医发展多元投入机制，完善中医药价格和医保政策，构建覆盖全民和全生命周期的中医药服务体系，实现中医西医“齐步走”。

坚持中西医并重，需要改变“中医西管”的局面。中医药法规定：“国家大力发展中医药事业，实行中西医并重的方针，建立符合中医药特点的管理制度，充分发挥中医药在我国医药卫生事业中的作用。”然而，一些地方中医服务体系不够完善，基层服务能力相对薄弱；一些部门简单套用西医药标准评价中医药，中医机构发展缓慢……凡此种种，皆因管理体制机制不完善不健全，特别是中医药管理机构管理职能薄弱。实现中西医并重，需要制定体现中医药自身特点的政策和法规体系，实现分类管理、分业运营。同时，加强国家中医药综合改革试验区建设。综合改革强调的不是一招一式，而是系统性、集成式改革，以“一马当先”带动“万马奔腾”，以一域服务全局，形成更多可复制、可推广的经验和制度。

全面落实中西医并重的方针，关键是坚定文化自信，用开放包容的心态促进传统医学和现代医学更好融合，把发展中医药摆在更加突出的位置，打造中国特色医药卫生与健康事业，让中医药这块古老的瑰宝重焕光彩。

发挥优势，为健康中国贡献力量

习近平总书记指出："充分发挥中医药防病治病的独特优势和作用，为建设健康中国、实现中华民族伟大复兴的中国梦贡献力量。"站在新的历史起点上，如何彰显中医药的独特优势和作用，这是必须回答的发展之问。

中医药的独特优势和作用，体现在未病先防的理念上。健康是生活美好的重要基础，也是改善民生的重要内容。然而，我国现有医疗服务供给不平衡不充分，难以满足人民日益增长的健康需求。实施健康中国战略，让人人享有健康，离不开中医药。"治未病"是中医的优势和特色。中医药学是整体医学，融预防保健、疾病治疗和康复养生为一体，完全契合健康中国行动的理念。中医提倡预防为主，能够为百姓提供覆盖全生命周期的健康服务，满足全方位、多层次、多样化的健康需求。发挥中医药的独特优势和作用，就是要让中医药进入健康中国的主战场，无论是临床实践，还是公共卫生，都应有中医药的身影。突破体制障碍，打通观念梗阻，中医药必将大有作为。

中医药的独特优势和作用，体现在绿色天然的药材上。俗话说："药对方，一碗汤。"若药不灵，纵然切脉准、方子好，中医药的疗效也会大打折扣。同仁堂有一副对联："炮制虽繁必不敢省人工，品味虽贵必不敢减物力。"当前，我国中药材质量总体上是好的，但也存在良莠不齐的现象。药材好，药才好。发挥中医药的独特优势和作用，就是要从源头抓起，全过程保障中药质量。中药材具有农产品和药品的双重属性。种植是中药产业的"第一车间"，推进规模化、规范化种植，是中药产业转型升级的必由之路。既要建立来源可查、去向可追、责任可究的监管制度，更要健全中药饮片标准体系，制定中药饮片炮制规范，让道地药材更道地，确保人民群众用药安全。

中医药独特优势和作用，体现在疗效确切的经典验方上。中医在几千年的发展中积累了大量临床经验。我国历史上有文字记载的经典方剂浩如烟海，疗效确切，安全可靠，但大多数方子还在古籍中沉睡。发挥中医药独特优势和作用，就是要加快推进中医药现代化、产业化。中医药是我国具有原创优势的科技资源，是提升我国原始创新能力的宝库之一。但中医药宝库不是拿来就能用的，必须与现代科技相结合。当年屠呦呦面临研究困境时，重新温习中医古籍，传统的中医药给了她创新的灵感。青蒿与青蒿素只有一字之差，却是破茧成蝶之变。坚持以创新驱动为核心，既要善于从古代经典医籍中寻找创新灵感，也要善于利用先进科学技术提高创新能力，二者相结合才能产出原创性成果。

中国医药学是一个伟大宝库。我们应挖掘中医药宝库中蕴藏的精华，努力实现其创造性转化、创新性发展，使之与现代健康理念相融相通，为健康中国贡献力量！

徐鹏飞 画

走向世界，让“中国处方”造福人类

一株小草，改变世界。青蒿素是中医药送给世界的礼物，也是中医药为人类健康作出的贡献。

习近平总书记指出，“推动中医药走向世界”。这一要求对于弘扬中华优秀传统文化、增强民族自信和文化自信、促进文明互鉴和民心相通、推动构建人类命运共同体具有重要意义。

中医药走向世界，必须增强国际话语权。作为最能体现中国文化的代表性元素，中医药只有成为国际“通用语言”，才能更好地走向世界。目前，中医药传播到世界上180多个国家和地区，但在不少地方，中药不能以药品的身份进口，只能以保健品食品的名义销售。可以说，走向世界，面临的不只是文化的差异，还有难以逾越的标准壁垒。但是，如果中医药不去拥抱世界，不去迎接国际化的挑战，不仅会丧失广阔的市场，甚至会丧失国际评审、行业标准制定的参与权、话语权。因此，中医药必须主动出击，迎接挑战，参与国际标准制定，这样才能掌握主动权。走向世界，凭的是实力，靠的是疗效。唯其如此，中医药才能行稳致远。

中医药走向世界，必须立足解决人类健康难题。中医药独特的整体观、辩证观、系统观等，是中华民族在数千年治病防病实践中积累的宝贵经验。中医药走出去，不是为了炫耀，而是为了解决人类面临的共同健康难题。中医药不仅是中国的，更是世界的。只有为更多人解除病痛，才能更好地彰显“中国智慧”，赢得世界各国人民的信赖。世界卫生组织将起源于中医药的传统医学纳入国际疾病分类，标志着国际公共卫生系统对中医药等传统医学价值的认可，此举对中医药发展具有里程碑意义。目前，中医药正快步融入国际医药体系，在全球卫生治理中扮演着日益重要的角色。

中医药走向世界，必须做好民心相通的大文章。中医药学是打开中华文明宝库的钥匙，是中华优秀传统文化的重要载体，有利于促进文明互鉴，为加强各国人民心灵沟通、增进传统友好搭起一座新的桥梁。近年来，通过共建“一带一路”，我国在许多国家和地区建立了中医药海外中心，成为讲好中医药故事、展示中医药魅力的窗口。中医药走向世界，必将促进中华文明的传播和世界文明的交流，让不同的文明交流融合，共同发展。

当前，中医药发展迎来天时地利人和的大好时机。我们不能“孤芳自赏”，而要“美美与共”。让我们共同擦亮中医药这张亮丽的中华文化金名片，让“中国处方”为人类健康做出更大的贡献。

让中医儿科大显身手

2021 年 10 月，国家卫生健康委员会印发的《健康儿童行动提升计划（2021—2025 年）》提出，在全国县级以上公立中医院普遍设立儿科，有条件的地市级以上中医院应当开设儿科病房。儿童医院能够提供儿科中医药服务，三级儿童医院和有条件的二级儿童医院应当设置中医儿科。在基层医疗卫生机构运用中医药技术方法开展儿童基本医疗和预防保健。这一系列措施的出台，标志着中医儿科将迎来更大的发展机遇。

儿科历来被称为“哑科”。由于患儿表达能力差且病情复杂，其诊疗难度、医疗风险均超过成人。儿科是一门综合性基础学科，包括内科、外科、五官、影像、麻醉、病理等，与成人有所不同，需要进行专门研究。我国儿童人口基数大，但儿科医师仅有 15.9 万人，儿科医疗资源供给与需求存在较大差距，儿童看病难的呼声强烈。同时，儿科医疗资源分布不均衡，绝大多数儿科医生在大城市，基层儿科医疗资源相对薄弱，儿科医疗服务整体质量有待提升。解决儿童看病难的办法之一，就是大力发展中医儿科。我国开展儿童中医药保健提升行动，体现了中西医并重的卫生健康方针，有利于推进中医优质资源下沉。这不仅可以凸显中医儿科的特色和优势，而且可以缓解儿科医疗资源紧张现状，从整体上提升儿童医疗服务能力。

中医儿科学以中医学理论体系为指导，以中药、针灸、推拿等治疗方法为手段，荟萃了中华民族数千年小儿养育和疾病防治的丰富经验。在《黄帝内经》中，有很多关于儿科的经典论述，如儿童生长规律、体质特点、致病机理等。唐代孙思邈的《备急千金要方》首列妇孺科，从小儿孕育到生理病理，论述详尽独到。在中华民族数千年的历史上，很多名医都擅长儿科。据《史记·扁鹊仓公列传》记载，扁鹊名闻天下，“来入咸阳，闻秦人爱小儿，即为小儿医，随俗为变”。事实上，扁鹊精于内、外、妇、儿、五官等科，被誉为“神医”。

宋代名医钱乙将小儿的生理病理特点归纳为“脏腑柔弱，易虚易实，易寒易热”，建立了儿科五脏辨证体系，提出了儿科治则治法，被誉为“中医儿科鼻祖”。中华人民共和国成立后，中医儿科学进入了快速发展的新时期。我国整理出版了历代儿科名著，培养了一大批优秀中医儿科专家，不少人被民间称为“小儿王”。可见，中医儿科具有悠久的历史传承，是一个值得挖掘的医学宝库。

有人担心，中医是“慢郎中”，儿科急症多，看中医会不会延误病情？其实，这是对中医的误解。中医讲究辨证施治，急则治标，缓则治本，无论急症慢病都有办法。只要判明病因、把握病机、用药得当，效如桴鼓，立竿见影。事实上，中医凭借“简、验、便、廉”的特色优势，在民间具有深厚而广泛的基础。很多老百姓几代人信中医、用中医，既是中医的受益者，也是中医的“铁杆粉”。家人有个头疼脑热，往往首选中医药，几副小药、几次推拿、几个火罐就能解决问题。例如，对于小儿积食等病症，中医捏脊疗法可谓手到病除，花钱少、见效快、痛苦小，深受百姓青睐。因此，我们要积极推广应用中医药适宜技术，发挥中医药在儿童医疗保健中的作用，更好地体现中医药“治未病”的理念，让中医药发展成果惠及更多儿童。

儿童是国家的未来、民族的希望，儿童健康是经济社会可持续发展的重要保障。各地要重视中医儿科发展，传承精华，守正创新，为中医儿科提供更广阔的舞台，使其大显身手，走出一条具有中国特色的儿童健康事业发展道路，为护佑儿童健康贡献更大力量！

用疗效证明中医实力

2020 年初，广东省中医院援鄂医疗队遇到这样一件事：一位本来排斥中医的重症患者，第一天服用中药后就觉得有精神了，到了第五天血氧饱和度达到 100%。当医生来查房时，这位患者说：“你们可千万别减我的中药！”

“中医药真是太神奇了”“中医药救了我们全家的命”……这是很多治愈患者的评价。在这次战“疫”中，中医药用疗效证明了实力。疫情初期，患者对中医药的反应不一。有的满心欢喜，有的半信半疑，有的直接拒绝。但是，随着时间的推移，一些重症、危重症患者经过中医药治疗后，病情迅速改善。凡是中医药介入早、参与度高的地方，患者的病死率都相对较低。实践证明，中医药成为打赢疫情防控阻击战的“重器”。中西医结合、中西药并用进行疫情防控，正是中医药传承精华、守正创新的生动实践。

有人质疑，面对一个新发疾病，西医没有特效药，中医为啥有方子？其实，中西医是两种不同的医学体系，二者看待人体和疾病的角度不同，治病方法也不相同。例如，面对新冠病毒，西医的重点是寻找有效药物，直接消灭病原体；而中医则着眼于发现病因和病机，通过整体调节，清除病原体的生存环境，调动人体的自我痊愈机能，所谓“正气存内，邪不可干”。在本次疫情初期，我国中医专家对患者进行诊察分析以后，结合武汉气候特点，得出一个基本判断：新冠病毒感染属于“寒湿疫”，在治疗上应主要针对寒和湿，用辛温解表之法。为此，国家卫健委、国家中医药管理局联合推荐“清肺排毒汤”。此方是对张仲景相关经方的融合创新运用，既祛寒闭，又利小便祛湿，既防疫邪入里，又调肝和胃。“清肺排毒汤”是一个通用方，相当于古代抗疫的“大锅汤”。在此方的基础上，临床中医根据病情加减调整，以求最佳疗效。

回望中华民族历史，中国人和疫病的斗争从来没有停止过。《说文解字》云：“疫，民皆疾也。”早在商代的甲骨文中就有“疫”的记载。东汉中后期，张仲景著成《伤寒杂病论》，创立六经辨证体系，不仅奠定了中医辨证施治的基础，而且也是我国历史上第一部治疗传染病的专著。明代医学家吴又可写出了我国温病学第一部专论疫病的著作《瘟疫论》。中华人民共和国成立后，中医在传染病防治中屡建奇功。凭借浩如烟海的中医经典和针、灸、砭、药、按跷、导引等医术，中华民族维持了五千年的繁衍生息，战胜了一次又一次的凶险疫情。尽管疫病不同、治法不同，但都是在中医整体观念的指导下，根据病因、病机等因素辨证施治。中医药学组方的关键，在于精准找到病因病机，明确治则治法。无论什么疾病，中医只要找到致病原因，就能从古代经典中得到答案，从而制订出诊疗方案。

还有人质疑，中药方剂没有经过随机双盲对照实验，缺乏科学性，可信度不高。所谓双盲对照实验，其实是根据西药研发而设计的。患同一种病的人随机分为两组，一组吃西药，一组吃安慰剂，最后揭盲验证药物是否有效。但是，中医关注的不是“病”而是“证”，其核心理念是辨证施治、一人一方、同病异治、异病同治。中医理论有一个重要原则叫“三因制宜”，即因人制宜、因时制宜、因地制宜。因人制宜，就是根据不同的个体、不同的体质，进行有区别的治疗；因地制宜，就是根据不同的气候、地理、环境等，制订不同的治疗方案；因时制宜，就是根据不同的时间、节气、季节，提供不同的治疗方法。所以，西医强调标准化，中医强调个性化，各有各的特点和优势。我们应该求同存异，尊重不同医学的价值和贡献，绝不能“以西律中”，让中医的“脚”去适应西医的“鞋”。中医药到底行不行，疗效才是“金标准”。

中医药是中华民族的瑰宝，我们一定要保护好、发掘好、发展好、传承好。坚持中西医并重，是战胜新冠疫情的“法宝”。在抗击疫情的战场上，中医和西医是战友，而非对手。只有相互欣赏、取长补短、携手共进，才能降服病魔、造福患者。因此，我们应以更加开放包容的态度看待中西医的差异，不可厚此薄彼，更不可否定中医。作为中国人，我们能够同时拥有中医和西医两种治疗手段，共同对付一种疾病，这是何等幸运的事情！无论何时，我们都要珍惜中医这块古老的瑰宝，把中医药的“接力棒”传承好，为人类健康贡献“中国智慧”。

提升中医药的话语权

在抗击新冠斗争中，中医药用疗效赢得了广泛赞誉。但是，在疫情暴发初期，武汉等地中医药介入晚、参与度低、无法发挥独立作用，成为影响疫情防控的重要因素，使中医药的优势无法充分发挥出来。很多地方首选西医治疗新冠病毒感染，但效果并不理想。直到大规模使用中医药后，治愈率才大幅提高。

长期以来，很多西医对中医存在偏见，既不相信中医，也不愿意用中医，导致中医药在救治患者中阻力重重。在本次疫情防控阻击战中，中医不仅是后进场者，而且即使进场也是以“中西医结合”的名义。中医作为一个独立医疗体系，不能第一时间全面、全程、独立自主地参入疫病防治，失去了话语权和自主权。

很多人都喜欢讲“中西医结合”，其实更准确的说法是“中西医并重”。因为中西医固然可以在临床上相互配合，但不是简单的“1+1=2”。人们常常有一种错觉，认为两种医疗手段协同治疗，肯定比单纯的一种医疗手段效果更好。其实，中西医结合是有具体条件的，不能泛泛而论。如果中医和西医对同一个疾病都有效，二者相加就是“正效应”；如果其中一方无效且有不良反应，二者相加就是“零效应”或者“负效应”。因此，“中西医结合”不是对所有疾病治疗都适用。例如，对于新冠病毒，西医没有抗病毒的特效药，只能采用抗生素、抗病毒和激素类药物，不仅缺乏确切的疗效，还容易引起严重的不良反应，导致病情突然加重。对此，西医解释为“炎症因子风暴”，而中医则认为是滥用抗生素和抗病毒药物使得病邪深陷所致，并不是本病固有的特征。一位参与武汉抗疫的中医说：“有的患者前一天还是轻症，第二天突然加重。但是，患者采用中医治疗后，类似的情况一例都没发生过。”既然西医没有特效药物，为何还要采用“中西医结合”治疗呢？因为“中西医结合”治疗的效果必然优于西医，却有可能不及中医的单独治疗。事实证明，轻症患者完全可以不用西医；

而轻症患者采用中医治疗，也不会转为重症。

其实，中医西医是很难“结合”的，因为完全不在一个频道，一个重“感”，一个重“看”；一个讲“气”，一个讲“形”。中医看的是“气血”，西医看的是“数据”，风马牛不相及。一些西医认为，中医没有循证医学依据，也没有“大数据”支持，完全是靠“望闻问切”之类的主观感受，治好了是不足为奇，治不好不足为怪。从统计学上看，“小数据”或许不如“大数据”可靠，但具体到个人，这个“小数据”就是百分百的真实与客观。中医看病，永远是“一人一方”，这样的“小数据”，当然不具备普遍性。但是，“当下的个体”就是唯一的，“一人一方”虽然没有普遍性，却具有针对性，其疗效却真实不虚。

因此，发挥中医药防治疫病的优势，必须提升中医药的话语权，让中医药部门拥有更大的自主权。首先，要建立健全中医药组织机构。目前，国家中医药管理局有名无实，既管不了人，也管不了药，县以下还没有“腿”，被称为“高位截瘫”。只有建立纵向到底的中医药管理体系，才有可能在今后的抗疫中独当一面。其次，应建立中医独立首诊制度，让中医在第一时间介入疾病防治工作，鼓励中医组建队伍独立作战，使中医药深度介入临床救治。同时，设立中医传染病定点医院，充实中医传染病防治队伍，让中医介入传染病防控成为常态。如果等西医无法救治了，再让中医介入，就会贻误时机，付出更大代价。

让中医药文化更有魅力

枸杞拿铁、罗汉果美式咖啡、陈皮薄饼……浙江省衢州市中医医院推出几款添加了中草药的咖啡和甜点，迅速成为“网红”产品。院方表示，此举既让顾客体验了美食，又传播了中医药文化。

中医药文化包括天人合一、顺应四时、形神兼顾、阴阳平衡等理念，是中华优秀传统文化的重要组成部分。可以说，中医药文化早已融入中国人的血脉，融入百姓的饮食起居，凝聚着中国人民和中华民族的博大智慧。

近百年来，随着西医日益发展壮大并逐渐占据主导地位，中医药面临着诸多困难和挑战。质疑中医、否定中医的声音也随之而来，不仅损害了中医声誉，而且误导了社会舆论。因此，振兴和发展中医药，必须正本清源、澄清事实，讲好中医药故事，传播中医药文化，展示中医药文化魅力，引导人们正确认识中医药的价值和贡献。

加强中医药文化传播，需要把握受众心理和传播规律，用群众喜闻乐见的形式解读中医药，增加中医药文化的趣味性，让中医药文化深入人心。例如，唐代诗人王维在《九月九日忆山东兄弟》一诗中写道：“遥知兄弟登高处，遍插茱萸少一人。”茱萸是一味中药，到底是山茱萸还是吴茱萸呢？根据诗中描述，九月已经立秋，天气寒凉。吴茱萸是一味温里药，用于胃寒、脾胃虚寒等病症。而山茱萸是一味补虚药，主要是补肝肾、精血，用于精血不足等病症。由此推断，此处的茱萸是指吴茱萸。如果把这样的内容植入电视节目、网络游戏、知识竞赛之中，寓教于乐，很容易激发人们学习中医药的热情。

加强中医药文化传播，需要挖掘中医文化经典的“宝库”，把中医文化应用于日常生活。中医不是抽象的理论和概念，它来源于丰富的临床和生活实践。例如，《黄帝内经》云：“食饮有节，起居有常，不妄作劳，故能形与神俱，而尽终其天年，度百岁乃去。”古人的健康长寿之道，包括天人合一、顺应自然、心态平和等理念，这与现代医学倡导的“合理膳食、适量运动、戒烟限酒、心理平衡”互为印证。由此可见，中医药文化博大精深，蕴藏着极高的生命智慧，是中华民族祖先留给子孙后代的珍贵遗产。学好用好中医药文化经典，对于提升全民健康水平意义重大。

加强中医药文化传播，需要从娃娃抓起，持续开展中小学中医药文化教育，推动中医药文化进校园，让中医药文化在青少年的心中生根发芽。例如，教育部门组织编写了《中医药文化中小学生读本》，旨在让中小学生在整体观念、君臣佐使、辨证施治、阴阳五行、药食同源等中医思维的影响下，形成正确、客观、科学的中医药文化认知，养成良好生活习惯，增强民族文化自信，肩负起传承发展中医药文化的责任，使中医药文化薪火相传、生生不息。

2021 年 6 月，国家中医药管理局等五部门联合印发的《中医药文化传播行动实施方案（2021—2025 年）》提出，到 2025 年，中医药对中华文化传承发展的贡献度明显提高，作为中华文明瑰宝和钥匙的代表意义和传导功能不断彰显，成为引导群众增强民族自信与文化自信的重要支撑。中医药文化源流更加清晰、内涵更加丰富，研究成果丰硕，精神标识基本确立，对中医药事业发展的推动促进作用进一步发挥。中医药文化供给和群众性活动更加多样，中医药文化更广泛融入群众生产生活，中医药养生保健知识和方法更便捷服务群众健康需要。中医药文化进校园的机制初步建立，基础进一步夯实，中小学中医药文化教育不断加强，推动实现中医药文化贯穿国民教育始终。

中医药学是中华民族的伟大创造，是中国古代科学的瑰宝，也是打开中华文明宝库的钥匙，为中华民族繁衍生息做出了巨大贡献，对世界文明进步产生了积极影响。我们要自觉地传播中医药文化，增强民族自信和文化自信，为促进中医药传承创新发展创造良好的环境。

唤醒更多沉睡的经典名方

在抗击新冠斗争中，以“三方三药”为代表的中医药发挥了重要作用。目前，昔日的“三方”（清肺排毒汤、化湿败毒方、宣肺败毒方）已经全部被批准为新的“三药”（清肺排毒颗粒、化湿败毒颗粒、宣肺败毒颗粒）上市，并被纳入医保，成为中医药抗疫的标志性成果。

中医药是中华民族的瑰宝。在浩如烟海的中医古籍中，经典名方数不胜数，是一个有待挖掘的巨大宝库。例如，清肺排毒颗粒、化湿败毒颗粒、宣肺败毒颗粒均来源于古代经典名方。

所谓古代经典名方，是指至今仍广泛应用、疗效确切、具有明显特色与优势的古代中医典籍所记载的方剂。近年来，我国出台一系列法律法规，积极鼓励开发经典名方。2017 年 7 月 1 日实施的《中医药法》规定：“生产符合国家规定条件的来源于古代经典名方的中药复方制剂，在申请药品批准文号时，可以仅提供非临床安全性研究资料。”2019 年 10 月出台的《中共中央国务院关于促进中医药传承创新发展的意见》提出：“加快构建中医药理论、人用经验和临床试验相结合的中药注册审评证据体系，优化基于古代经典名方、名老中医方、医疗机构制剂等具有人用经验的中药新药审评技术要求，加快中药新药审批。”2018 年国家中医药管理局发布的《古代经典名方目录（第一批）》中，囊括了从 103 种医籍记载的 10 万余首方剂中遴选出的 100 首古代经典名方。2020 年，国家中医药管理局和国家药监局发布了《古代经典名方关键信息考证原则》，苓桂术甘汤等 7 首方剂关键信息研究形成专家共识，为经典名方中药新药注册审批奠定基础。2022 年，国家中医药管理局和国家药监局联合印发《古代经典名方关键信息表（25 首方剂）》，旨在加快推动古代经典名方中药复方制剂简化注册审批。此次发布的 25 首方剂包括桃核承气汤、芍药甘草汤、半夏泻心汤等。

中医药植根于数千年中国传统文化，其独特理论和确切疗效已被大量临床实践证实。经典名方是历代名医的临床经验总结，其安全性和有效性是公认的。20 世纪 70 年代，日本从《伤寒杂病论》《金匮要略》等中医古籍中选出 210 个经方作为非处方药使用，实行简易审批注册，使“汉方药”畅销全球，中国古方成为外国人的“摇钱树”。相比之下，我国经典名方的开发明显滞后。其主要原因是，经典名方历史久远，药材基原、产地变迁、炮制工艺、剂量换算等关键信息模糊。按照一般新药的注册审批程序，从“方”到“药”需要经过漫长的临床试验过程，投资大、周期长、风险高、回报低，严重影响了企业的积极性，致使大量经典名方躺在古籍里“沉睡”。

将古代经典名方发扬光大，是新时期中医药传承精华、守正创新的突破口。离开古代医学经典，中医药传承创新就是无源之水、无本之木。然而，要想让更多的“好方”变成“好药”，关键是解放思想、实事求是，尊重中医药发展规律，打破“以西律中”的思维模式，不能用西医的“绳子”捆住中医的“手脚”。以经典名方为例，中国人吃了几千年的方剂，如果想开发成新药，必须从头做动物试验，让“小白鼠点头”才算数，这无异于作茧自缚。如果墨守成规、思想僵化，用管西医的方法管中医，让中医的“脚”穿西医的“鞋”，必然会阻碍中医药创新的步伐。只有为中医量身打造合脚的“鞋”，中医的步伐才能跟得上时代。

习近平总书记强调：“要加强古典医籍精华的梳理和挖掘，建设一批科研支撑平台，改革完善中药审评审批机制，促进中药新药研发和产业发展。”传承不泥古，创新不离宗。开发古代经典名方，既要尊古，又要崇今；既要确保临床疗效，又要适应时代要求。希望更多经典名方“老树发新芽”，为护佑人类健康贡献更大力量。

让中医代代薪火相传

党的二十大报告提出："促进中医药传承创新发展。"中医药是中华民族的瑰宝，而人才是中医药发展的第一资源。近年来，我国已评选表彰120名国医大师和200多名全国名中医。他们既是"承者"又是"传者"，为中医药事业传承精华、守正创新作出重要贡献。

"学我、像我、超我"，这是一位国医大师对弟子的期望。几千年来，中医药生生不息，离不开承前启后、代代相传。"传承不泥古，创新不离宗"，是中医药长盛不衰的秘诀。所谓"传承不泥古"，就是要领悟和把握中医药的精髓，不拘泥于经典，不死记方药，而是举一反三、灵活应用，不断超越古人的局限。所谓"创新不离宗"，就是在守住中医根本的基础上，与时俱进，大胆创新，正确处理变与不变的关系，因时制宜、因地制宜、因人制宜，使古老的中医药焕发新光彩。

让中医代代薪火相传，需要深化中医药院校教育改革。要遵循人才成长规律，加快建立符合中医药特点的人才培养模式，注重"读经典、跟名师、重实践、强素养"。要进一步提高中医类专业经典课程的比重，把经典教学贯穿于中医人才培养的全过程。建立以中医药课程为主线、先中后西的中医药类专业课程体系，优化专业设置、课程设置和教材组织，增设中医疫病课程，增加经典课程内容，开展中医药经典能力等级考试。强化中医思维培养，建立早跟师、早临床学习制度，将师承教育贯穿临床实践教学全过程。

让中医代代薪火相传，需要完善中医人才评价体系。以创新价值、能力、贡献为导向，分类建立中医临床、基础、科研人才评价标准。临床人才重点评价其临床疗效，把诊断准确率、治疗方案、病例分析、合理用药、诊疗质量、患者满意度、带徒情况等作为评价要素；基础人才重点评价其中医药基础理论研究和原创能力，把重大理论创新、重要学术专著、古典医籍挖掘成果等作为评价要素；科研人才重点评价其探索疾病规律、解决临床问题、用现代科学解读中医药学原理等的能力，将主持重大科研项目、创新性代表作、科研成果产出及转化等作为重要评价要素。着力破除中医药人才培养、引进、使用、评价、激励、流动、保障等方面的体制机制障碍，努力营造人才发展的良好环境，激发人才积极性和创新创造活力。

让中医代代薪火相传，需要落实西医学习中医制度。西医学中医，主要是学习辨证施治等中医临床思维，融合中西医优势，取长补短，培训一批“能中会西”的医生。国务院办公厅印发的《“十四五”中医药发展规划》要求，增加临床医学类专业中医药课程学时，将中医药课程列为本科临床医学类专业必修课和毕业实习内容，在临床类别医师资格考试中增加中医知识。综合医院对临床医师开展中医药专业知识轮训，使其具备本科室专业领域的常规中医诊疗能力。国家中医药管理局等四部门联合印发的《关于加强新时代中医药人才工作的意见》提出，举办西医学习中医领军人才、骨干人才培训班，以中西医协同“旗舰”医院、“旗舰”科室为重点，面向综合医院、专科医院等医疗机构培养一批西学中领军人才和青年拔尖人才。实践证明，落实西医学习中医制度，有利于加强中西医临床协作，最大限度发挥中西医各自优势，从而更好地维护人民健康。

当前，中医药振兴发展迎来天时、地利、人和的大好时机。期待更多名老中医发挥“头雁效应”，培养造就一大批优秀的年轻中医，让中医药领域人才辈出，促进中医药传承创新发展，为推进健康中国建设作出更大贡献。

中医的底气来自哪里

2023年初，四川省一些中医医院陆续开通线上、线下新冠预防中药“大锅汤”处方开具、熬制及配送服务，发挥中医药对新冠病毒感染预防的独特作用，让广大群众不出家门就能享受中药服务。

三年多来，面对新冠这种未知新发传染病，我国有效处置了百余起聚集性疫情，有效应对了全球疫情的冲击，感染率和死亡人数保持在全球最低水平。其中，中医药全方位、全链条深度融入疫情防控，发挥了独特作用，作出了巨大贡献。中西医结合、中西药并用成为我国疫情防控的一大特点，中医药成为疫情防控不可或缺、不可替代的重要组成部分。

几千年来，中华民族能一次次转危为安，靠的就是中医药，并在同疫病斗争中产生了《伤寒杂病论》《温病条辨》《温热论》等经典著作。因此，发挥中医药在重大疫病防治中的作用，是维护人民健康的重要手段和独特优势，也是最终战胜疫情的“法宝”之一。

大疫出良方。据记载，自西汉以来的两千多年里，中国至少发生过数百次大型瘟疫，也累积了数量巨大的中医经典名方。每一个经典良方的出现，都是中华民族同疾病做斗争的实践与经验的总结。抗击新冠疫情以来，在没有特效药的情况下，我国通过临床筛选出“三药三方”，拓展了中医药的治疗领域。此外，各地也在临床救治中筛选出一批适合当地人群、气候特点的有效方药，如甘肃的岐黄避瘟颗粒、山西的益气除瘟颗粒、河南的金蒡清疫颗粒、广东的透解祛瘟颗粒等。这些中药和方剂“简、便、验、廉”，构筑起一道道坚实的防疫屏障。实践证明，中医药历久弥新，“好使、管用”是百姓对中医药最朴素的评价。

在中医学上，传染病属于“疫病”范畴。戾气是中医界公认的疫病病因。

中医认为，消灭戾气是治疗疫病的根本。中医治疗疫病，主要是通过调态，即通过修复机体的内环境而使戾气失去活性，进而靠人体的正气战胜邪气。目前，对于所有病毒性感染，西医都没有理想的“特效药”。而中医根据其长期的理论和实践，坚持扶正祛邪、辨证施治，在病毒性感染治疗方面展现了独特的优势。虽然新冠病毒不断变异，但病毒的特性并未发生根本性变化。只要掌握了核心病机和核心方药，就可以运用中医药有效防治新冠病毒感染。实践证明，从预防、治疗到康复，中医药都有显著的效果。因此，面对病毒变异的不确定性，中医药“以不变应万变”，可以大大减轻病毒的危害，具有不可低估的战略价值和实际作用。

三年多的抗疫实践，让我们对祖国传统医学有了前所未有的深刻认识。中国人能够得到中医和西医两种医学的护佑，何其幸运。在未来的抗疫斗争中，我们要增强中国人的志气、骨气、底气，坚持中西医结合、中西药并用，更好地发挥中医药的特色和优势，构筑起中国特色的疫情防控体系。

给你一个相信中医的理由

2020 年，面对突如其来的新冠疫情，中医全程参与、全程发挥作用，彰显了中医的特色和优势，成为我国打赢疫情防控阻击战的“利器”，也为全球抗疫贡献了中国智慧和中国力量。据统计，新冠病毒感染患者确诊病例中，超九成使用了中医药。临床疗效观察，中医药总有效率达 90% 以上。

中医行不行？中药灵不灵？事实胜于雄辩，疗效才是硬杠杠。请听几位亲历者讲述中医抗疫故事。

“中医不是慢郎中”

“终于要回家了！”离开湖北省武汉市汉口医院前，看着空荡荡的隔离病区，广东省中医院中医经典科主任颜芳十分感慨。

2020 年 2 月 9 日，作为广东省中医院第三批援鄂医疗队队员，颜芳抵达武汉。10 年前，他奉命组建了一个中医特色型科室，即全部运用中医经典理论、名老中医经验救治各种急危重症。临行前，颜芳心里忐忑不安。他说：“如果经典方不管用，或者失败了，对我们肯定是一个沉重打击。”

汉口医院病区由多支西医医疗队负责，中医主要是和西医专家协同查房。在防护服上，颜芳特意写了两个大字——中医。

“刚开始，我们穿着防护服走进病房，病人以为是西医查房，眼神里充满了期待。然而，当我们说是来自广东省中医院时，病人们好像有点失望。听说我们要给病人开中药，有位患者直接拒绝了：‘我们不吃中药！’”颜芳说，那场面尴尬极了！

突然，46 床的患者周女士挣扎了一下，用微弱的声音说:“我愿意喝中药！”这句话，给了颜芳莫大的安慰。

原来，周女士是这家医院的一名退休医生，一个月前感染新冠病毒。刚入院时，呼吸困难，床边竖着两个“大炮筒”（氧气筒）。床头的监护仪显示，即便在吸氧情况下，血氧饱和度也仅有 85%。

第二天，当颜芳再次查房时，周女士欣喜地说:“吃了一服中药后，我感觉身体暖和了，气也顺了，舒服多了。”第三天，周女士排痰量增多，胃口改善；第四天，连续五天没有解大便的她开始排便；第五天，血氧饱和度达到 100%，床边的“大炮筒”从两个减为一个。

当周女士终于能够坐起来时，她握着颜芳的手不停地说:“千万别减我的中药！”原来，由于病人看到中药效果这么神奇，纷纷要求喝中药，导致中药需求量增大。有的患者担心“断药”，竟然开始“抢中药”。直到医生承诺不断药后，“抢药”风波才逐渐平息。

2 月 14 日，颜芳在查房时发现，37 床的田阿姨竟然悄悄地将药“藏”了起来。在医生的追问下，田阿姨才说了实话:“我以前不太相信中药，但是喝了两服之后，感觉效果很好。我担心喝完就没有了，所以才私自藏药。”颜芳一听，心中暗喜。于是，他让队员们为田阿姨录制了一个小视频。没想到，这段视频当天就在网上疯传，田阿姨瞬间成了“网红”。

第二天，当颜芳再次查房时，一度卧床不起的田阿姨已经靠墙而坐了，精神明显恢复。还没等颜芳开口，田阿姨就喊上了:“你让我成网红啦！”颜芳赶紧接过话茬:“是啊，我们都沾了您这个网红的光！”

查完房，颜芳提出要和“网红”合个影，田阿姨马上说:“等等，我得先梳个头，形象很重要！”一边说着，一边从抽屉里摸出一把梳子，认真地梳理了头发，才和医生们合影。

那段日子，医生们拎着中药袋查房成为一道独特的风景。每当他们进入病区，躺在病床上的患者就会亲切地说:“咱们的中医来了！”如此亲切的称呼，让颜芳百感交集。

“中医不是慢郎中。只要对症下药，效如桴鼓！”颜芳说。

“呼吸机没派上用场”

援鄂结束后，成都中医药大学附属医院感染科主任扈晓宇将没有拆封的呼吸机送还医院。

这么稀缺的医疗设备，怎么会“完璧归赵”？有人问:“抢救危重症患者，你们用呼吸机了吗?”

“呼吸机没派上用场，我们只是呼吸机的搬运工。”扈晓宇笑着说。

2020 年 2 月 15 日，扈晓宇所在的医疗队被混编成四川援鄂第七、八批重症医疗队，包括中医 10 名、西医 65 名，其中 ICU 医生 36 名。他们成建制接管华中科技大学同济医学院附属协和医院肿瘤中心两个病区，共 128 张床位。

“我们原本打算苦战一场，随队携带了 20 台呼吸机、两台 ECMO（体外膜肺氧合），还有若干心电监护、除颤仪等 ICU 设备。”扈晓宇说。编队中的 ICU 医生摩拳擦掌，跃跃欲试。在他们看来，救治重症患者非上呼吸机不可。

医疗队管理的病区分布在两个楼层，一层是中西医混合编队，一层是纯西医编队。当时，混合编队里的中医面临两大困难：一是如何与西医磨合，二是如何让患者信任。

很快，患者就挤满了病房。八九十岁的老人占大多数，几乎都有基础疾病，病情发展很快。那段日子，扈晓宇很是揪心。

病区开设第四天，扈晓宇被任命为肿瘤中心院区中西医结合诊疗专家组副组长。由他牵头，医疗队成立了中医突击队。对于重症、危重症患者，他们以四川省特色处方“川方 1 号”灵活化裁，一人一策。

中医究竟行不行，治愈率是硬杠杠。数据表明，以 10 天为一个疗程，吃中药的患者，胸部 CT 改善率为 79.6%，危重患者转为普通型或轻症的转换率为 80%，核酸转阴率为 50%，发热、咳嗽、消化道症状缓解率为 90% 以上。在单位时间内，有中医干预的病人，治愈率远远高于纯西医组。

“赶紧给他开中药！”亲眼见证疗效后，一些西医慢慢变成了“中医粉”。西医每天把病人的诊断治疗情况发到微信群里，中医迅速进入病房开中药处方。中西医携手抗疫，治疗效果显著提升。

3 月 15 日，病区终于实现了患者“清零”。此间，共收治新冠病毒感染患者 176 例，累计治愈出院 141 例，其中重症、危重症患者 51 例。令人惊叹的是，两个病区气管插管患者 0 例，使用有创呼吸机患者 0 例，使用 ECMO 患者 0 例。

当这份“成绩单”传到四川援鄂医疗总队时，其他编队的医生都不太相信，认为他们救治的是轻症患者。这回，反倒是病区里的西医不干了，他们拿出病历，据理力争。从此，再也没人质疑中医了。

扈晓宇说，吃中药一天也就一两百元，但是上了呼吸机或者 ECMO 的话，费用可能是中医治疗的几百倍，那可不是一笔小数目啊！

由于没有使用呼吸机，西医减少了因气管插管带来的感染风险。虽然他们没机会“大显身手”，似乎有点小小的遗憾，但看着那些尚未拆封、从未进过污染区“全身而退”的医疗设备，他们还是很开心。有人笑言：“中医不仅挽救了病人，也挽救了呼吸机，挽救了价值上千万元的医疗设备。”

“南坡不行走北坡”

那天，在湖北省中西医结合医院呼吸六病区，北京中医药大学援鄂医疗队总领队、北京中医药大学东直门医院党委书记叶永安陷入沉思。

原来，很多患者吃了他开的汤药，症状都有明显改善。唯有 31 床的田奶奶，病情却始终不见起色。这位 70 多岁的老人，病根究竟在哪里？

叶永安带领医疗队员走到田奶奶床边，再次询问老人的病情。田奶奶沉默良久，突然“哇”的一声大哭起来。她紧紧拉住叶永安的手说：“大夫，你一定要救救我老头的命！”

原来，她和老伴都感染了新冠病毒。因为病情加重，同时被救护车送进湖北省中西医结合医院呼吸八病区。她的老伴姓周，有心脏病、重度前列腺增生等病史，入院后持续有低氧血症。因发生感染性休克，病情危重，被紧急送进 ICU 插管抢救。

田奶奶一直惦记着老伴。她说：“要走的话，我也要走到他前面。”焦虑、担忧、恐惧，让老人夜不能寐，病情始终无法缓解。

于是，叶永安开始对“症”下药。他首先安排医疗队医生郭楠与 ICU 沟通，确保田奶奶能够第一时间了解老伴的情况，不让老人胡思乱想。随后，叶永安又应邀进入新冠病毒感染 ICU 内，与医疗组组长梁腾霄一起查房。幸运的是，周爷爷正在其中。

ICU 属于污染区。由于患者的呼吸道处于开放状态，空气中的病毒含量很高。对于中医来说，最棘手的问题在于，传统的“望闻问切”无法施展。当叶永安看到躺在病床上的周爷爷时，一下子就愣住了。只见患者的口鼻被罩着，根本无法观察舌象；胳膊绑着监测袖带，手腕扎着输液针，寸关尺取脉处被挡得严严实实，无从下手。

叶永安说："登山的路千万条，南坡不行走北坡。"他运用三部九候诊法，避开寸关尺，改在颈动脉、踝关节处切脉。经过脉诊，叶永安认为病人属于湿毒伤阴、津亏气耗，进而形成了气阴两伤、阳衰阴竭的临床表现。为此，叶永安综合五运六气理论，加大了益气养阴药的剂量，同时重用温阳药以治阳衰。

不出所料，中药汤剂治疗一天后，周爷爷的循环和呼吸明显稳定，肺脏氧合能力得到改善。两天后，具备了拔管指征，顺利拔管脱机。

叶永安说："救治重症、危重症患者如同在悬崖边施药，不能有丝毫闪失。只有将经典理论融会贯通，综合运用，才能取得临床疗效。"

几天后，叶永安再次来到 ICU 查房，拔管后的周爷爷说话还不太清晰，但老人执意用带着输液针头的双手合十致谢。此情此景，令叶永安备受鼓舞。

听到老伴病情好转的消息，田奶奶露出了久违的笑容。她说："老头子在里面蛮好的，我就放心了。"为了照顾即将转出 ICU 的老伴，她的求生欲望仿佛被激活，再苦的中药也不觉得苦。看到中药袋上写着"一日 3 次"，她非要每天凌晨 4 点起来，先喝一次中药。很快，咳嗽次数减少，乏力症状改善。

在叶永安的安排下，周爷爷转入田奶奶住的病房。见面后，两位老人的手一直都不松开。劫后重逢，伉俪情深。第二天，叶永安带队查房时，田奶奶"扑通"一下跪在地上感谢医生，医疗队员们赶紧将她扶起。

"人是要讲良心的，我不能忘记救命恩人。"田奶奶从一个黑色小背包里取出纸和笔，非要把医疗队 46 名医生护士的名字一一写下来。她说，回去之后，要让儿女们都记住这些名字。

“中药救了我全家”

2020 年 4 月 8 日，武汉解除封城。当晚 8 点多，家住武汉市武昌区东湖春树里小区的王先生就来到武汉大学中南医院，要求做新冠病毒核酸检测。第二天，核酸检测报告显示阴性。带着这份报告，他驱车直奔浙江台州，准备复工。

回想起过去的两个多月，46 岁的王先生忍不住泪流满面。在那个阴冷的冬天，王先生全家患上了新冠，一度挣扎在死亡的边缘。

先是岳母病倒，接着岳父又躺下了。除夕之夜，家里没有一点过年的气氛。两位老人吃了点感冒药，症状没有减轻。不能再拖了！王先生决定尽快去医院。

2020 年 1 月 31 日，王先生带两位老人去医院检查。CT 检查结果显示：岳母双肺变白；岳父单肺感染。医生初步判断是新冠病毒感染，但确诊还需要等核酸检测结果。当时，所有的定点医院只收确诊病人。

几经周折，王先生联系上了中国中医科学院院长黄璐琦院士。黄璐琦介绍中国中医科学院广安门医院主任医师李光熙为他开了中药方。

第二天一早，王先生直奔同仁堂，照方抓药。王先生第一次煎中药，还上网查了百度，才把中药熬好。岳母把送来的药喝得一滴不剩，而岳父因为胃不舒服，中药一滴未喝。

更不幸的是，王先生自己和妻子也感染了。那天，他送老人去医院检查时，突然觉得小腿肌肉剧烈酸痛，体温达到 37.5℃。连日来，他浑身乏力，饭也不想吃。王先生心中默念：“上有老，下有小，我千万不能倒下！”于是，他和妻子决定也喝中药试试。没想到，王先生喝了两服药，到下午整个人就有精神了。于是，他一口气吃了两碗面条，顿时感觉有力气了。

同一个方子，全家一起喝。王先生病好了，可两位老人还是不见好转，难道中药效果因人而异？无奈之下，王先生再次向黄璐琦院士求助。黄院士让他直接联系李光熙。李大夫的回复是：药量不足，需要加倍。当天晚上，王先生就把两服药放在一起合煎。

2 月 7 日早上，岳母惊喜地说："今天感觉好多了，呼吸也畅通了！"下午，妻子的体温从早晨的 37.4℃降到 36.5℃。晚上，岳母居然从床上爬起来了。真不敢相信，岳母病了那么久，几乎奄奄一息，居然还能救过来。

然而，岳父情况却越来越严重，体温不断上升，早上 37.5 ℃，晚上 38.7℃。没办法，王先生再次求助李光熙。在电话里，李光熙询问了岳父的出汗和排便情况。王先生说，没出汗，也没排便。李光熙说，调整一下方子，先把汗排出来。

2 月 8 日一早，体温 38℃的岳父就是不肯喝中药。岳母不停地劝："老伴啊，我都要死的人，喝中药治好了，你怎么不信啊？"

在家人的苦苦哀求下，岳父似乎被说动了。王先生飞速从同仁堂取回新开的中药，两服药一起煎。岳父这次听话了，不到 10 分钟就把药喝完了。晚上，岳父体温降到正常，在喝粥时却呕吐起来。得知这一情况，李光熙说："中医讲汗吐下和，出了汗再吐完就好了。"岳父真的好了！

"中药救了我全家的命，中药疗效就是好！"王先生说，平生第一次喝中药，就有这么神奇的效果。中医博大精深，有啥理由不信呢？

其实，中医和西医是两个不同的医学体系。衡量一个医学体系好不好，关键要看"管用不管用"。现代医学不能解释中医，并不证明中医不科学。中医和西医，各有所长，各有所短。正如咖啡和茶，各有各的味，各散各的香。唯有互相欣赏，各美其美，才能为人类健康做出更大贡献。

几千年来，《黄帝内经》等中医经典代代相传，护佑着炎黄子孙的生命健康，这是一笔弥足珍贵的财富。作为中国人，我们有什么理由不继承和保护好这份遗产呢？

（王君平对本文亦有贡献）

瞧瞧咱的“中医答卷”

2020 年 3 月的武汉，芳草萋萋，樱花盛开——这座被病痛折磨的城市，开始渐渐恢复元气。荡涤新冠病毒“邪气”，中医力量功不可没。

“正气存内，邪不可干”。迎战疫情，中医药参与治疗率超九成，交出了一份漂亮的“中医答卷”，贡献了独具特色的“中国智慧”。

只要有阵地，中医就能有作为

2020 年 1 月 25 日，大年初一，武汉市金银潭医院迎来首批中医国家医疗队，队员由中国中医科学院广安门医院和西苑医院的医务人员组成。这支医疗队犹如暗夜里的一束火光，激发出中西医结合的新能量。

进驻金银潭医院，医疗队面临着棘手的难题：没有中药房，没有中药饮片和中药颗粒剂，没有中药处方信息系统。在这片“不毛之地”，他们安营扎寨，全面接管南楼一病区。国家中医药管理局医疗救治组组长、中国中医科学院院长黄璐琦院士说：“这是重大公共卫生事件中，中医首次整建制接管一个独立的病区，成功开辟了中医药防控新冠疫情的战场，使中医药能够与西医协力合作，共同防控疫情。”

新冠疫情发生以来，我国强化中西医结合，促进中医药深度介入诊疗全过程，及时推广有效方药和中成药。中西医结合，成为防控新冠的主旋律。

“寒湿疫在近 300 年来已很罕见，能否准确把握病机是对中医人的一次大考。”中国工程院院士王永炎说。

国家中医药管理局医疗救治专家组组长、中国中医科学院首席研究员仝小林挺进武汉，他最大的担心是“病因”能否看得清、“病机”能否抓得准、方药是否能见效。他提出新冠病毒感染属于“寒湿疫”的判断，在临床实践中得到了验证。

组建中医病区，确定中医定点医院，中医队伍整建制介入，成为疫情阻击战的标志性事件。新冠诊疗方案从第三版到第八版，中医药方案日臻完善。

随着武汉疫情大面积暴发，中央疫情防控指导组果断决策建设方舱医院。中央指导组专家张伯礼和刘清泉写下“请战书”，要求中医药进方舱、中医承办方舱。随后，江夏方舱医院交由中医接管，张伯礼任总顾问，刘清泉任院长。具有中医药特色的“江夏方舱模式”由此形成。

从 2 月 14 日开舱到 3 月 10 日休舱，江夏方舱医院共运行 26 天，从中药、针灸到太极拳、八段锦，整个方舱弥漫着“中药味”，实现了“零死亡、零转重、零感染”的目标。在张伯礼看来，江夏方舱医院为中医战“疫”积累了规律性的经验。事实证明，只要有阵地，中医就能有作为。

广东省中医院副院张忠德说，中西医结合治疗，1 加 1 大于 2。中西医救治“组合拳”，成为中国战“疫”的独特优势。

全过程全方位发挥作用

2020 年 1 月 24 日，仝小林到达武汉后，在各大医院会诊时，一幕幕场景让他非常震惊——每个大医院的发热门诊挤满了人，患者在阴冷的风雨中排着很长的队。“社区如果不把那些轻症甚至疑似患者控制住，一旦发展成为重症，再多的医院也不够！必须切断疫情源头，社区是第一关口。”仝小林说。

当时，武昌区形势非常严峻，在 1 月下旬高居全市发病率之首。仝小林意识到，只有尽快让每一个病人都吃上中药，才能阻断疫情蔓延之势。他与当地专家充分讨论后，拟定出通治方——“武汉抗疫方”，适用范围是轻症、普通型、疑似病人和居家隔离的发热病人。

用药如用兵，治疫如救火。武汉新冠肺炎指挥部医疗救治组下发通知：2 月 3 日 24 时前，武汉各定点救治医疗机构确保所有患者服用中药。在武汉地区，武汉抗疫方（1 号方）、清肺排毒汤（2 号方）以及化湿败毒方（3 号方）实现了社区全覆盖。仝小林介绍，服用中医通治方，高危人群可以预防，轻症不至于转重症，重症不至于死亡，为治疗留出很大的“缓冲带”，起到很好的防控作用。

数据最有说服力。1 月 28 日，武昌区疑似病例确诊的比例高达 90% 以上。2 月 2 日，隔离点实行集中中医药干预。到 2 月 6 日，确诊率下降到 30% 左右，到 3 月 5 日下降到 3% 左右。

新冠病毒很狡猾。咳嗽、发热、乏力、喘促、咽干都是新冠的症状，但是，有人低热病情严重，有人高热却病情较轻。高效集中救治大批被感染者，需要因病施治、对症下药。在通治方的基础上，江夏方舱医院对一些有基础疾病的患者，实现“一人一方”。流动应急智能中药房成为实现“一人一方”的关键。该系统可以提供党参、茯苓、金银花、黄芩等 305 种常用中药，5 分钟内自动按照药方将多种中药浓缩颗粒剂生成简易药盒，患者每次只需要打开药盒中的一小格，用温水冲服。

“大水漫灌”加“精确滴灌”，同病同治加辨证施治，体现了中医药的特色和优势。在新冠治疗中，中医药全过程全方位发挥作用。凡是中医药介入早、参与度高的地方，患者的病亡率都相对低。实践证明，中医药成为打赢疫情防控阻击战的“重器”。

疗效奠定中医的位置

一部中华民族的历史，也是一部战“疫”史。每一次瘟疫袭来，中医都能“扶正祛邪”。

疫情之下，全国中医界同舟共济、尽锐出击。5 批中医国家医疗队驰援武汉，中医人的身影遍布武汉多家定点医院。72 岁的张伯礼，64 岁的仝小林，52 岁的黄璐琦，他们是院士，也是战士，始终奋战在抗疫第一线。

在汉口医院隔离病区，广东省中医院中医经典科主任颜芳第一次查看病人，未曾想在诊疗时遭遇尴尬："我们穿着防护服到病房诊疗，刚开始病人以为是西医查房，当我们介绍说是来自广东的医生，给大家开中药。结果，有位男患者当场拒绝，说他们不吃中药。"

疗效是中医的生命力，最有说服力。颜芳拍过一段红遍网络的短视频，有位老奶奶吃药后感觉浑身"很舒服"，认为中药"很神奇"，竟然舍不得吃。汉口医院的患者对中医的态度发生了"大逆转"。原来无人问津的中药，很快变成了抢手的"香饽饽"。

戴着手套切脉，透过护目镜看舌象，隔着手套扎针灸，传说中的"慢郎中"变成了"急先锋"。在武汉雷神山医院感染科六病区，一名重症新冠病毒感染患者难以配合呼吸机，血氧饱和度仅为 59%，病情危急。广东省中医院重症医学科主任邹旭用银针施治，患者生命体征渐趋稳定，血氧升至 90% 以上。一起参与抢救的西医医生说："如果不是亲眼看见，真难以相信。"

"这次大疫是一次大考，医学界需要重新衡量中医在未来医学体系中的位置。"仝小林说。

（王君平对本文亦有贡献）

一张抗疫良方的贡献

三年多来，有一张抗疫的中药处方，在海内外广为流传。

这张处方，共有二十一味中药，三服一个疗程，仅需100多元，体现了中医药“简、便、验、廉”的优势。

这张处方，是中医药抗疫“三方”的代表，也是抗疫三年多使用面最广、使用量最大、使用效果最好、科研成果最多的方剂。

这张处方，早在2020年2月6日就由国家卫生健康委和国家中医药管理局联合发文推荐使用，后续又被列入第六版至第十版国家新冠诊疗方案，是治疗各型新冠患者的唯一通用方剂。

这张处方叫清肺排毒汤，拟方人为葛又文。

2020年7月，清肺排毒汤组方获得国家知识产权局颁发的发明专利证书。2021年3月，国家药监局批准由清肺排毒汤转化而来的清肺排毒颗粒上市。

近日，清肺排毒颗粒在加拿大获批非处方药上市，成为我国首个进入发达国家市场的抗疫中药。这标志着中医药走向世界迈出重大步伐。

三年多来，清肺排毒汤成为中医药抗疫的标志性成果，彰显了中医药对全球抗疫的贡献。中国工程院院士王永炎评价:“清肺排毒汤通过中医药抗疫百年大考。”

亲身试药拟良方

2020年1月20日，葛又文突然接到国家中医药管理局副局长王志勇的电话:“现在新冠疫情发生，我们正在多方搜集有关中医方剂，请你也针对核心病机尽快拟个方子。”

葛又文意识到，这次疫情的病因、病机、病理远比以往复杂，对人体的伤害也更严重，一个简单的处方，根本达不到普适、速效、决胜的目的。经过深入研判，统筹考虑快速阻断疫情传播和临床救治的需要，他决定将汉代张仲景《伤寒杂病论》中麻杏石甘汤、小柴胡汤、射干麻黄汤、五苓散等四个经典方剂有机组合在一起，精心化裁为一个创新方剂。这个方剂不以药为单位，而以方为单位，方与方协同配合，使其在同等药量下产生数倍的效果，寒湿热毒排出速度更快。

2020 年 1 月 22 日，葛又文把药方首先在朋友圈公布。经过转发，武汉等地的感染者按方抓药，发烧、咳嗽、乏力等症状有所改善。为了验证疗效，葛又文亲自试药。他先吃了三服观察。后来，又连着吃了十二服，其间不断摸脉、查看舌苔、体会感受。5 岁的大儿子咳嗽，他就把方子的药量减半，让儿子服用，很快咳嗽就好了。接着，他又让 3 岁的小儿子按照哥哥的剂量吃药，没有不良反应。

2020 年 1 月 25 日上午，王志勇到北京西站为第一批国家援鄂抗疫中医医疗队送行，望着队员们的背影，他陷入沉思：如果没有好武器，战士怎么打胜仗？拿出一个有良好疗效的核心处方，既是最大的辨证论治，也是中医药“大锅汤”抗疫的历史经验。

那段时间，王志勇一直在认真研判多渠道收集来的各种处方。1 月 26 日下午 1 点，葛又文匆匆走进国家中医药管理局，把拟好的处方递交给王志勇，并坚决要求参加抗疫。

当天晚上，王志勇反复揣摩葛又文拟定的处方，彻夜未眠。这个处方颇有创新，不但与几位院士、国医大师对核心病机的研判一致，而且在治疗肺部疾病的同时，兼顾对心脏、肝脏、脾胃和肾脏协同保护。

时任北京中医药大学副校长、现任广州中医药大学校长王伟看了葛又文的处方，赞叹道：“这个处方包含了几个经典名方，融会贯通，古方新用，组合创新。”

用药如用兵，抗疫如救火。为了尽快深入验证这张处方的疗效，王志勇决定在多个省份启动临床救治观察。

2020 年 1 月 27 日凌晨 3 点，王志勇郑重写下一份《承诺书》：“……今天我决定在山西、河北两省启动临床观察。处方所有权、知识产权归葛又文同志，课题研究成果由课题组成员共享。全部责任由我承担。”

2020 年 1 月 27 日下午 1 点，国家中医药管理局紧急启动“中医药防治新冠肺炎有效方剂临床筛选研究”专项，首批在山西、河北、黑龙江、陕西 4 省开展清肺排毒汤救治确诊患者的临床观察。6 天的临床观察结果显示：使用清肺排毒汤的 214 例新冠患者，总有效率达 90% 以上。其中，60% 以上患者症状和影像学改善明显，30% 患者症状平稳无转重。

2020 年 2 月 6 日晚上 6 点 50 分，国家中医药管理局发布清肺排毒汤前期临床观察结果，同时向全社会公布处方和用法。当天，国家卫生健康委和国家中医药管理局联合发文，推荐在中西医结合临床救治中使用清肺排毒汤。

疫情发生以来，王永炎院士一直高度关注疫情走势，他和薛伯寿等国医大师重点分析了明清两代疫病流行年表和前方传回的资料，作出“本次疫情属于寒湿疫”的判断。王永炎说，寒湿疫在近三百年来已很罕见，能否准确把握病机，是对中医的一次大考，同时也是创新的机遇。葛又文拟定并提供的清肺排毒汤之所以能够快速有效救治新冠患者，也在于精确抓住了这一核心病机。王永炎表示：“我对此方非常赞同。”

效如桴鼓获认可

葛又文，1987 年出生于安徽的一个中医世家。他幼承家学，熟读经典。在跟师学习期间，把脉诊病，屡起沉疴。一张清肺排毒汤处方，凝聚着他的心血和智慧。

方子灵不灵，关键看疗效。清肺排毒汤在多个省份的定点医院使用后，一个个好消息陆续传来。

某定点医院负责人一开始并不认可清肺排毒汤，只是碍于面子，勉强留下几服药。没想到，有一名患者只喝了一服就退烧了。另一名患者头天还高烧卧床不起，喝了一服之后，第二天就能下床活动了。从此，清肺排毒汤名声大振。

河北张家口的一名患者上了呼吸机，不能自主呼吸，也不能自主吞咽，高热不退。接诊医生向葛又文求助："能不能用清肺排毒汤？"葛又文详细询问了病情，建议将清肺排毒汤两剂合一加倍量浓煎。几小时后，收到患者呼吸功能改善的消息。那位医生兴奋地说："中医药对症治疗，真是效如桴鼓！"

在武汉的一个隔离点，39 岁的李琳持续发烧一周，用了西药体温没有降下来，又喝了清肺排毒汤。接到葛又文的回访电话时，她还嚷嚷："这中药是不是吃坏了？总出汗，还想睡觉。"葛又文问她："是不是烧退了？是不是想吃饭了？"听到肯定的回答后，葛又文说："现在你已经脱离危险期，因为烧得太久，身体虚弱，正在恢复中。"果然，患者很快痊愈。

在湖北抗疫主战场上，共投放清肺排毒汤汤剂 39 万袋、复方颗粒剂 50 万剂。湖北以外的 10 省份 66 家定点医院服用清肺排毒汤并纳入临床观察的确诊患者 1262 例，其中 1253 例治愈出院，占比 99.28%，包括 57 例重型患者。所有服用清肺排毒汤的患者无一例由轻型、普通型转为重型、危重型。

作为清肺排毒汤拟方人，葛又文的贡献得到了中医界专家院士的高度认可，王永炎院士和路志正、金世元、薛伯寿、孙光荣、张大宁、唐祖宣等国医大师分别撰文，阐述了清肺排毒汤的良好效果和作用机理。

2020 年 3 月，葛又文被聘为中国中医科学院特聘研究员，与中医临床基础医学研究所专家团队一起开展清肺排毒汤临床救治、基础研究和成果转化工作。

2020 年 4 月 17 日，在国务院联防联控机制新闻发布会上，时任北京中医药大学副校长王伟说，各项临床观察和基础研究表明，清肺排毒汤是适用于轻型、普通型、重型新冠患者治疗的通用方剂，具有速效、高效、安全可靠的特点。

2021 年初，在河北、吉林等地新一轮疫情防控中，清肺排毒汤均作为新冠治疗首选方剂。

2022 年 11 月以来，各地相继出现奥密克戎毒株感染高峰。山东、四川等地根据前期临床救治经验，专门发文推荐使用清肺排毒汤，很多医疗机构连夜熬制汤药向居民免费发放，取得很好的疗效。

从原始株到阿尔法、贝塔、伽马、德尔塔、奥密克戎……三年多来，新冠病毒不断变异，清肺排毒汤为何依然有效？

王志勇说，中医治病的宗旨是针对核心病机和临床症状扶正祛邪，并不是直接杀灭病毒，这也正是中医药抗击疫病“以不变应万变”的优势所在。

制度创新“探路石”

一张处方如何变成一款新药、如何变成发明专利？清肺排毒汤给了一个答案。

这张处方，不仅成为中医抗疫的“利器”，而且成为制度创新的“探路石”。

长期以来，我国基本按照西药的标准审批中药。为此，很多中医界专家认为，“以西律中”不符合中医药发展规律。中医药的生命力在于疗效，几千年来，每一个经典药方都是经过人用验证的。中药是否安全有效，要从临床去判断，不能仅靠小白鼠“点头”。

2020 年 9 月，国家药监局将中药注册分类中的第三类古代经典名方中药复方制剂，细分为“按古代经典名方目录管理的中药复方制剂”和“其他来源于古代经典名方的中药复方制剂”，明确了以清肺排毒汤为代表的抗疫“三方”的转化路径。

2020 年 12 月，国家药监局发布《关于促进中药传承创新发展的实施意见》提出，按照中药特点、研发规律和实际，构建中医药理论、人用经验和临床试验相结合的审评证据体系。

2021 年 3 月，国家药监局按照药品特别审批程序，在标准不降低、程序不减少的前提下，基于充分的临床证据，经过严格的现场核查，批准清肺排毒颗粒上市。中国中医科学院中医临床基础医学研究所获得清肺排毒颗粒上市许可持有人资质。

过去，我国药品注册制度是上市许可与生产许可“捆绑式”管理。也就是说，药品批准文号只颁发给具有《药品生产许可证》的生产企业，科研机构、科研人员不具备独立获取药品上市许可的资质。自 2019 年 12 月 1 日起施行的《中华人民共和国药品管理法》（第二次修订）增加了“药品上市许可持有人”有关内容。

如今，中国中医科学院中医临床基础医学研究所作为药品上市许可持有人，现已委托漳州片仔癀药业股份有限公司生产清肺排毒颗粒，为药品管理制度改革闯出一条新路。

一张已经公开的处方，能否受到专利保护？这是我国知识产权领域遇到的一个新课题。

2020 年 2 月 6 日，葛又文提交了清肺排毒汤的处方专利申请。随后，王志勇也向有关部门提出加快清肺排毒汤专利审查的建议。

国家知识产权局按照特事特办的原则，对清肺排毒汤进行了专题研究。当时，专家们认为，清肺排毒汤是在传统经典名方基础上的发展创新，属于我国中医药领域在抗疫实践中产生的创新成果，理应受到专利保护。但遗憾的是，清肺排毒汤的方剂及应用在其申请日之前已被完整公开披露，成为公众知晓的技术。所以，清肺排毒汤不具备新颖性和创造性，不能被授予专利。

一张处方因紧急用于临床救治而公开，难道就失去了获得专利的机会？经过反复论证，国家知识产权局决定打破“藩篱”，支持创新。2020 年 7 月，葛又文的清肺排毒汤组方获得国家知识产权局颁发的发明专利证书，成为我国首个治疗新冠病毒感染的中药复方制剂专利。

清肺排毒汤组方专利的诞生，也促进了相关法律的修订和完善。自 2021 年 6 月 1 日起施行的专利法规定，“在国家出现紧急状态或者非常情况时，为公共利益目的首次公开的”，申请专利的发明创造在申请日以前六个月内，不丧失新颖性。

2022 年 7 月，清肺排毒汤组方荣获第二十三届中国专利奖银奖，是这届中国专利奖中唯一获奖的中药抗疫组方专利。

走向世界迈大步

2023 年 4 月 4 日，据国家中医药管理局消息，清肺排毒颗粒在加拿大获批非处方药上市，成为我国首个进入发达国家市场的抗疫中药。这标志着中医药走向世界迈出一大步，圆了几代中医药人的梦。

加拿大卫生部在我国已批准的清肺排毒颗粒所有适应症基础上，根据相关研究成果，增加批准了“用于流行性感冒上述症状者”的新适应症，使其应用范围更广。同时，中国中医科学院中医临床基础医学研究所取得清肺排毒颗粒的品种注册、生产认证、贸易销售许可三个环节的全链法定资质。

“此次清肺排毒颗粒在海外上市，我国采取了独立自主的国际持证新模式，这在历史上尚属首次。”中国中医科学院中医临床基础医学研究所所长王燕平说，作为清肺排毒颗粒的国际持证商，中国中医科学院中医临床基础医学研究所全链条把控该药的海外注册、生产和销售环节，保护了药品的实际所有权，避免了以往出口药品被境外代理商持证的被动局面，也为保护国际知识产权提供了新路径。

一张中药处方，为何短时间内能在加拿大获批上市？中国中医科学院中医临床基础医学研究所研究员马艳认为，清肺排毒汤以其显著的临床疗效、明确的作用机理、良好的安全性，以及海外民众的广泛使用和多国科研医疗机构的主动参与，赢得了发达国家的认可，也为其在全球推广奠定了坚实基础。

三年多来，马艳一直在跟踪统计清肺排毒汤的全球科研成果。她说:“国内外大量研究表明，清肺排毒汤可显著改善新冠患者的临床症状，缩短核酸转阴时间和病程，降低转重比例和病亡率，针对不同变异毒株及特殊人群疗效确切。”

2021 年，中国医学科学院阜外医院李静团队对湖北武汉 15 家医院收治的 8939 例新冠确诊病例，进行了回顾性数据收集和研究分析。结果表明，使用清肺排毒汤组患者死亡率显著低于未使用清肺排毒汤组患者，且没有发生急性肝损伤或急性肾损伤的风险。

海军军医大学张卫东教授团队的多项研究证明，清肺排毒汤可通过多成分、多靶标对机体起到整体调控作用，从而在改善临床症状、避免或缓解炎症风暴的同时，调整改善宿主体内环境，增强清除病毒能力，降低复感复发风险。

中国科学院院士高福团队的研究显示，亮肽素可抑制新冠病毒的活性。通过高效液相指纹图谱和高分辨质谱发现，清肺排毒汤含有亮肽素。这一研究成果进一步阐释了清肺排毒汤的作用机制。

中国工程院院士程京团队从抑制炎症因子风暴与改善免疫抑制两个途径，阐释了中医药治疗新冠的免疫调节机制。在具有抑制炎症风暴作用的 98 个中药中，清肺排毒汤排名第一。

自我国向全世界公布清肺排毒汤的处方和用法之后，一些国家也借鉴中国经验用于临床救治。韩国医学协会于 2020 年对 2324 名新冠患者使用中草药情况进行了调查，中国的清肺排毒汤在治疗发热时首次使用比例排第一名。调查结果显示，清肺排毒汤有效改善了新冠患者临床症状。

目前，已有来自 30 多个国家的研究团队相继发布了清肺排毒汤防治新冠的相关研究成果，包括加拿大、美国、英国、德国等发达国家，显示了国际上对清肺排毒汤的高度关注。

习近平总书记指出："中西医结合、中西药并用，是这次疫情防控的一大特点，也是中医药传承精华、守正创新的生动实践。"

三年多来，我国取得疫情防控重大决定性胜利，创造了人类文明史上人口大国成功走出疫情大流行的奇迹。以清肺排毒汤为代表的"三药三方"成为疫情防控的有力武器，彰显了中医药的独特优势和卓越价值，为中国乃至全球抗疫作出重要贡献。

中医药是中华民族的瑰宝，也是一个价值巨大的宝库。正如屠呦呦从东晋葛洪的《肘后备急方》中获得灵感提取青蒿素一样，葛又文从《伤寒杂病论》中吸取智慧拟定清肺排毒汤，从而进一步验证了《黄帝内经》理论的正确性、《伤寒杂病论》方剂的可靠性，也表明中医药在疫情防控和增进人民健康中大有可为。我们要深入发掘中医药宝库中的精华，切实把中医药这一祖先留给我们的宝贵财富继承好、发展好、利用好。

清肺排毒汤拟方人葛又文是一位年轻中医，虽然没有响亮的头衔和耀眼的光环，但他凭借扎实深厚的中医功底，在抗疫中大显身手。人才是中医药发展的第一资源。中医药振兴发展，离不开优秀的院士专家，也需要发现和起用更多像葛又文这样的人才。我们要坚持“破四唯”和“立新标”相结合，遵循中医药人才成长规律，完善中医药人才评价体系，营造有利于人才脱颖而出的社会环境和发展氛围，为中医药振兴发展提供坚强的人才支撑。

第六章

医国

医心

医生是健康科普主力军

从手术室到演播室，从线上咨询到现场直播……在抗疫斗争中，一大批医务工作者站在健康科普第一线，有力地提升了居民的健康素养。

医学是一门极其复杂的科学，普通人很难全面掌握。医生具备丰富的医学知识，是离患者最近、接触患者最多的人。他们最了解患者的心理需求，也最容易赢得患者的信任。因此，医生应把健康教育与治病救人摆在同样重要的位置。

2020 年 6 月 1 日起施行的《基本医疗卫生与健康促进法》规定："医疗卫生人员在提供医疗卫生服务时，应当对患者开展健康教育。"实践证明，健康教育与健康促进是提高公众健康水平最根本、最经济、最有效的措施，也是坚持预防为主卫生方针的体现。建设健康中国，离不开全民健康素养的提升。广大医务人员应坚守健康科普的主阵地，成为健康科普的主力军，引导公众树立正确的健康观，养成文明健康生活方式，让健康中国行动落地生根。

医疗行业的最大特点是信息不对称，医生做科普可以最大限度消除信息不对称。面对公众的健康需求，医生应努力增加权威健康科普知识供给，扩大健康科普知识的传播覆盖面，为人民群众获取健康科普知识提供便利。在日常诊疗中，医生除了开具"药物处方"，还应开具"健康处方"，因地制宜，因人而异，传播科学健康观、合理膳食、科学运动、心理健康、疾病防治等知识和技能，提高患者自身的健康素养。

健康资讯是百姓关注的热点，也是谣言传播的"重灾区"。面对鱼龙混杂的健康信息，老百姓由于缺乏鉴别力，很容易上当受骗，误入歧途。医生要敢于"亮剑"，去伪存真，粉碎谣言，及时回应公众关切的健康问题，传播科学准确的健康知识，提升健康科普信息质量，减少和消除虚假健康信息的影响力，净化健康科普知识传播环境，铲除谣言生存的土壤。

倡导广大医生做科普，需要建立合理的激励机制，营造良好的政策支持环境。最近，上海卫生健康委提出，将健康科普工作纳入医务人员日常业务考核、评先评优、职称晋升的考核内容，构建“医疗卫生机构健康教育年度活跃指数”“媒体健康科普年度影响力”等指标，推动医疗卫生机构加强健康教育与健康促进工作。此举有利于调动医生做科普的积极性，为壮大健康科普队伍注入了新动力。

提升全民健康素养，需要长期不懈的努力。让医生成为健康科普的主力军，是落实健康中国行动的有力抓手。希望更多医务人员行动起来，从以治病为中心转向以人民健康为中心，把健康的“金钥匙”交给群众，把防疫策略与群众充分沟通，为健康中国助力加油。

医生不能等人生病

几年前，上海医生张强偶然走进了网络直播间，与网友们面对面聊天，相谈甚欢。从治病到养生，有问必答，“高冷医生”瞬间变成了“萌大叔”。

有人认为，医生主动找患者，有失身份。古语道:“医不叩门，有请才行。”意思是说，医生不能主动上门问诊，否则就会掉价甚至被误解。医生坐堂，患者求医，才是行规。不过，时代变了，老规矩不妨变一变。如今，患者更希望网上问诊、精准就医。患者需要医生“朋友圈”，医生也需要患者“朋友圈”。作为医生，拿出一点喝咖啡的时间，和网友聊聊健康知识，既能帮助患者指点迷津，又能提高自身“人气指数”，何乐而不为?

我国居民健康素养整体偏低，很多人“平时不信医，有病乱求医”。于是，江湖“大师”层出不穷。他们借养生之名，行敛财之实。有的声称茄子、绿豆治百病，有的吹嘘生吃泥鳅治绝症，五花八门，无奇不有。这说明，我国健康科普还很落后，公众医学知识还很匮乏。“李逵”不下山，“李鬼”满街窜。事实上，健康科普是有门槛的。做健康科普，既要科学严谨，又要通俗易懂。目前，网上的养生知识鱼龙混杂，有的甚至存在严重错误，而公众又没有足够能力辨别真伪。因此，医生理应成为健康科普的主力军，占领健康科普的“制高点”。

也有人说，医生的天职是治病，与其在网上做科普，不如在诊室多看病。其实，这是一个观念误区。一位医生无论多努力，病人永远看不完。在诊室，医生一天最多看几十个病人；在网上，医生可以影响几亿人。目前，医生依然习惯于坐堂行医，等病人上门。很多病人都是到了病程中晚期才来就医，不仅费用高，而且疗效差。如果医生都能常上网聊聊天，用公众听得到、听得懂、听得进的方式讲科普，把健康的钥匙交给公众，这不也是在治病救人吗?

遗憾的是，多数医生仍喜欢聚集在河流“下游”，拿着打捞落水者的先进工具，不分昼夜地苦练打捞本领。结果事与愿违，坠入河中的人多半已经不行了，被打捞上岸的也是奄奄一息。更糟糕的是，坠入河中等待打捞的越来越多。实践证明，只重临床治疗，不重健康科普，医生必然越来越累。只有从“下游”走到“上游”，把打捞落水者变成预防有人落水，才能走出“越治越忙”的窘境。

古人云：“上医治未病。”著名心血管病专家胡大一干了一辈子临床，深感医生的无力和无奈。退休后，他把主要精力放在健康科普上。他说：“我们的医学模式是等人得病，直至死亡。”此语可谓一针见血。如今，很多医生不是在等人生病，就是在等病复发。其实，做医生的成就感，不应仅仅来自抢救病人，更应来自减少发病。如果说，武林高手的最高境界是“手中无剑，心中无剑”。那么，外科医生的最高境界是“手中无刀”，内科医生的最高境界是“手中无药”。让公众不得病、少得病、晚得病，才是医生最大的贡献。

一名好医生，不仅要会开药物“小处方”，更要会开健康“大处方”。愿更多医生走出诊室、面向大众，成为健康教育的领军者。

徐鹏飞 画

“健康礼包”经济学

2022 年底，北京市西城区启动“健康送万家”活动，为全区约 45 万户常住人口居民家庭和约 8000 家“七小”门店发放“健康防疫包”，包括口罩、中成药等。

多年前，甘肃省免费给每户农民发一个“保健箱”，里面有盐袋子、刮痧板、拔罐器、体温表、小盐勺、小油壶等，500 多万农户拿到“健康礼包”。其中，最有特色的就是盐袋子。农民把盐炒热，里面加一些茴香、花椒、艾叶等，可以预防治疗咳嗽、咽炎、关节炎、胃痛等常见病。保健箱看似很“土”，却体现了预防为主的理念，堪称“小财政办大卫生”的杰作。

由此联想到芬兰著名的“婴儿纸箱”。近 70 年来，芬兰的准妈妈怀孕后，都会收到一份来自政府的礼物——一个纸箱子，里面装满衣服、被单、尿布、玩具等育儿必需品，也叫产科包。纸箱的底部是一个床垫，婴儿出生后可以睡在里面。政府规定，准妈妈只有做了产前检查后，才能免费领取。此举推动了妇女产前检查的普及，使芬兰成为全球婴儿死亡率最低的国家之一。

不同的“健康礼包”，包含了同样的健康经济学道理，即预防是最经济、最有效的健康策略。世界各国的实践证明，医疗投资并不是改善国民健康的唯一手段。只有坚持预防为主，才能有效降低疾病负担。近年来，很多发达国家的医疗费用直线上升，但国民健康水平并未同步提高，其根源就在于“重治疗轻预防”。事实上，医疗支出具有无限趋高性。即便最发达的国家，也无法承受无限攀升的医疗费用。健康经济学研究显示，当总医疗费用处于特定水平时，再增加同样的费用，只能得到较少的健康结果，即所谓“边际效益递减”。而只有优先投资公共健康，从疾病治疗向健康管理转变，才能获得更大的国民健康收益。

我国进入快速老龄化社会，慢性病负担日益加重，医疗总费用快速上升。但是，我国已形成以医院为中心的医疗服务体系，医院床位数急剧扩张，千人床位数高于加拿大、美国等发达国家。该体系注重治疗疾病，而不是从源头上预防疾病。解决中国人的健康问题，绝不能靠搞医疗“军备竞赛”，而要靠加大基本医疗和公共卫生投入，重心下移，资源下沉。目前，我国基本公共卫生服务经费使用存在“撒胡椒面”现象，很多项目流于形式，效益不高。如何把有限的钱用在刀刃上，让百姓有更多的获得感，考验着政府的智慧。

公共政策涉及衣食住行诸多方面，对于百姓健康具有深刻影响。例如，大幅提高烟草税率，可以减少吸烟人口；降低脱脂牛奶价格，可以避免居民摄入过多脂肪；降低加工食品中的含盐量，可以避免居民摄入过多食盐；提供更多的公共假日，可以让百姓获得良好的休息；提供更多的公共体育设施，可以让更多人参与健身运动。总之，任何一项公共政策，都应体现健康优先的理念。因为，只有当每一个国民都拥有健康时，国家才会更有活力。

徐鹏飞 画

奏响健康中国“进行曲”

推广分餐制、餐桌用公筷、保持一米线、看病先预约、出门戴口罩、平时勤洗手……一场新冠疫情，催生了居民的健康文明生活习惯，也检验了健康中国行动的成果。

《国务院关于实施健康中国行动的意见》和《健康中国行动（2019—2030年）》发布以来，大卫生大健康理念深入人心，全民健康素养稳步提升，健康生活方式加快推广，健康中国行动从“路线图”变成“进行曲”。

当前，人民群众更加重视生命质量和健康安全，健康需求呈现多样化、差异化的特点。百姓对健康的新期待不仅包括病有所医，还包括预防疾病、运动健身、老有所养、宜居环境等内容。2016年，党中央、国务院发布《“健康中国2030”规划纲要》，提出健康中国建设的目标和任务。党的十九大做出实施健康中国战略的重大决策部署，强调坚持预防为主，倡导健康文明生活方式，预防控制重大疾病。《健康中国行动（2019—2030年）》提出15个专项行动，旨在通过政府、社会、家庭、个人的共同努力，引导群众树立正确的健康观，延长健康寿命，提高生活质量。推进健康中国行动，是党和国家对人民健康新期待的回应，也是以人为本执政理念的体现，更是完善国家治理体系的重要内容。只有让健康中国行动落地生根，才能释放更多健康红利，让人民共享健康生活。

推进健康中国行动，必须着力提高全民健康素养水平。没有科学的健康知识，就没有正确的健康行动。提高全民健康素养水平，是提高全民健康水平的必由之路。根据健康中国行动要求，到2022年和2030年，全国居民健康素养水平分别不低于22%和30%。因此，提升全民健康素养水平仍是一场“硬仗”。目前，社会上还有不少“养生大师”“气功大师”贩卖各种奇谈怪论，用伪科学蛊惑人心。一些人痴迷"养生秘法"，未能健身反伤身，甚至无辜丧命。这说明，提高全民健康素养绝非一朝一夕的事情，普及健康知识任重道远。健康既是一种权利，也是一种责任。每个人都是自己健康的第一责任人，不能把健康问题全部推给医生。主动学习健康知识，养成健康的生活方式，掌握必备的急救知识和健康技能，提高自我健康管理能力，保持良好的身心状态，既是对自己和家庭负责，也是对社会和国家负责。

推进健康中国行动，必须把预防为主摆在更加突出的位置。要从以治病为中心转变为以人民健康为中心，全方位、全周期保障人民健康。古人说："上工治未病。"预防是最经济、最有效的健康策略。我们要树立大健康观念，坚持防治结合、联防联控、群防群控，关注生命全周期、健康全过程，引导医疗卫生工作重心下移、资源下沉，从"治已病"转向"治未病"，把健康"守门人"制度建立起来。只有构建起强大的公共卫生体系，织密防护网，筑牢隔离墙，才能为维护人民健康提供有力保障。爱国卫生运动是我国防控重大传染病的一大法宝，也是党的群众路线运用于卫生防病工作的成功实践。我们应继承和发扬优良传统，丰富爱国卫生工作内涵，创新方式方法，推动从环境卫生治理向全面社会健康管理转变，解决好关系人民健康的全局性、长期性问题。

推进健康中国行动，必须将健康融入所有政策。人民健康既是民生问题，也是社会政治问题。保障全民健康是一个复杂的系统工程，不能靠医疗卫生部门单打独斗，而要靠社会各部门协同作战。工业、农业、交通、税务、教育等各部门制定的政策，都会对人民健康产生深刻影响。将健康融入所有政策，就是要把人民健康放在优先发展的战略地位，调动全社会参与的积极性、主动性、创造性。当前，我国仍面临着多重疾病威胁并存、多种健康影响因素交织的复杂局面。因此，所有社会政策都要集中发力，减少健康危险因素，提升全民健康水平。例如，利用价格、税收等经济手段，鼓励企业生产低盐、低糖、低脂等健康食品，减少居民每日食用油、盐、糖摄入量，从而降低肥胖、糖尿病、高血压、脑卒中等疾病的患病风险。又如，采取提高烟草消费税、严厉查处发布烟草广告行为、限制影视作品中的吸烟镜头、推进无烟环境建设等综合措施，多管齐下，降低居民尤其是青少年的烟草消费量。

千里之行，始于足下。健康中国行动是新时代的一次新长征，需要全民动员、全民参与、全民共享。健康中国的美丽画卷，是由每一个健康的中国人共同拼成的。只有 14 亿多人民众志成城、持之以恒、从我做起，把对健康美好生活的“想象力”化作脚踏实地的“行动力”，才能支撑起一个朝气蓬勃的健康中国。

将爱国卫生运动融入日常生活

2022 年 12 月 26 日，在爱国卫生运动开展 70 周年之际，习近平总书记作出重要指示指出，70 年来，在党的领导下，爱国卫生运动坚持以人民健康为中心，坚持预防为主，为改变城乡环境卫生面貌、有效应对重大传染病疫情、提升社会健康治理水平发挥了重要作用。

1952 年，毛泽东同志题词："动员起来，讲究卫生，减少疾病，提高健康水平，粉碎敌人的细菌战争。"从那时起，全国上下掀起了轰轰烈烈的爱国卫生运动，先后开展了除四害、改水改厕、城乡环境卫生整洁行动、创建健康城市等工作，取得显著成效。实践证明，爱国卫生运动是将我国的政治优势、组织优势、文化优势转化为增进人民群众健康福祉的具体行动，是人类公共卫生史上的一项创举。2017 年，世界卫生组织授予中国政府"社会健康治理杰出典范奖"，以表彰中国爱国卫生运动取得的成就。中华人民共和国成立以来，我国人均预期寿命大幅提高，主要健康指标优于中高收入国家的平均水平，用比较少的投入取得了较高的健康绩效。这一举世瞩目的成就，离不开爱国卫生运动的贡献。

回望历史，爱国卫生运动是我国防控重大传染病的"法宝"。2020 年新冠疫情突如其来，其传播速度之快、感染范围之广、防控难度之大，前所未有。在党中央的坚强领导下，全国上下打响了疫情防控的人民战争、总体战、阻击战，强化联防联控、群防群控，广泛调动各方面力量，使全党全国人民拧成一股绳，实现了疫情防控形势的大逆转。事实证明，应对重大突发公共卫生问题，必须充分发动群众、紧紧依靠群众，而这正是爱国卫生运动的核心理念之一。在这场抗击疫情的人民战争中，党和政府发挥了强大的组织动员能力，亿万人民同心协力、众志成城，体现了我国国家制度和国家治理体系的显著优势，展现了令人惊叹的中国速度、中国效率、中国力量。

爱国卫生运动是党和政府把群众路线运用于卫生工作的伟大创举和成功实践，也是具有中国特色的全民健康促进运动。虽然爱国卫生运动发端于特定的历史时期，但在今天依然不过时。爱国是核心，卫生是根本，运动是方式。爱国，体现的是每个人的爱国情怀和社会责任；卫生，体现的是每个人的健康素养和文明习惯；运动，体现的是党和政府领导、多部门协作、全社会广泛参与。只有政府、社会、个人形成合力，才能筑起预防疾病的“钢铁长城”，创造优美和谐的人居环境，维护人民群众的生命安全和身体健康。

一场疫情，提升了全民的健康理念。没有全民健康，就没有全面小康。健康是经济社会发展的基础，一旦出现重大突发公共卫生问题，将会给国家和人民带来巨大损失。只有把人民健康放在优先发展的战略地位，将健康理念融入各项政策，坚持预防为主，才能为经济社会发展创造良好条件，确保实现决胜全面建成小康社会、决战脱贫攻坚目标任务。开展爱国卫生运动，就是要围绕不同时期的突出卫生问题，把广大人民群众发动起来，不断改善城乡环境，普及健康生活方式，切实维护人民群众健康权益。当前，我国依然面临着多重疾病威胁并存、多种健康影响因素交织的复杂局面。在此背景下，我们必须不断丰富爱国卫生运动的内涵，深入持久地开展爱国卫生运动，让各行各业积极参与社会卫生健康治理，对于改善环境卫生面貌、提高全民健康水平具有重大意义。

一场疫情，催生了全民健康行动。心中有敬畏，行动有分寸。出门佩戴口罩、垃圾分类投放、保持社交距离、看病网上预约、推广分餐公筷、拒食野生动物……这些静悄悄的变化，成为百姓生活的一抹亮色。在一个文明法治社会中，每个人都有获取自身健康的权利，也有不损害他人健康的义务；每个人不仅要对自己的健康负责，更要对他人健康和公共安全负责。开展爱国卫生运动，就是要求我们把健康理念融入日常生活，普及健康生活，优化健康服务，完善健康保障，建设健康环境，发展健康产业，使每个人、每个家庭、每个单位都成为健康中国建设的倡导者、参与者、实践者，筑牢健康中国建设的微观基础。

预防传染病，爱国卫生运动是最有效的“疫苗”。疫情防控常态化后，提升社会健康综合治理能力迫在眉睫。这就要求我们针对健康的复杂危险因素，如生态环境、病媒生物、社会环境、个人行为习惯等，从源头上进行治理，群防群控，全方位干预和有效控制，形成多层次、多元化的社会共治格局，提高人民群众文明素质和自我防护能力，构筑起群防群控、联防联控的严密防线。

希望全社会行动起来，让爱国卫生运动成为健康中国行动的新契机、新动力、新使命，为实现中华民族伟大复兴的中国梦奠定坚实健康基础。

持续提升全民健康素养

2022年，我国人均期望寿命达到78.2岁，主要健康指标居于中高收入国家前列。这一历史性成就的取得，与全民健康素养水平提升密不可分。

根据世界卫生组织的定义，健康包括身体健康、心理健康、良好的社会适应能力以及道德健康。健康素养，就是指一个人能够获取和理解基本的健康信息和服务，并运用这些信息和服务做出正确的判断和决定，以维持并促进自己的健康的能力。党的十八大以来，我国不断加强健康教育，推动个人和群体树立健康观念、掌握健康知识、养成健康行为，从而预防疾病、促进健康、提高生活质量。《健康中国行动（2019—2030年）》提出15项重大行动，其中包括健康知识普及行动。《“十四五”国民健康规划》提出：“深入开展健康知识宣传普及，提升居民健康素养。”当前，部分居民维护健康的知识和技能还较缺乏，不健康生活行为方式相当普遍，健康素养水平还有较大提升空间。因此，大力普及健康知识，持续提升全民健康素养，需要久久为功。

提升全民健康素养，必须坚持以公众健康需求为导向。要以保护人民生命安全、增进人民身体健康为出发点，增加权威健康科普知识供给，扩大健康科普知识的传播覆盖面，为人民群众准确查询和获取健康科普知识提供便利。近年来，人民群众对健康知识的需求和期盼越来越高，对维护和促进健康有了更加主动的意识，期盼得到更多“好看、好听、好记、好用”的健康知识。因此，卫生健康部门要根据不同人群特点有针对性地加强健康教育与促进，努力增加全社会健康科普知识供给，更好地满足人民群众日益增长的健康需求。

提升全民健康素养，必须提高健康科普知识的质量。要用科学权威的健康知识占领健康传播主阵地，遏制虚假健康信息，净化健康科普知识传播环境。在传播内容方面，要普及科学健康观，引导公众正确认识健康，理解生老病死的自然规律，了解医疗技术的局限性，尊重医学和医务人员，共同应对健康问题；普及合理膳食、适量运动、戒烟限酒、心理平衡等健康知识，推动养成文明健康、绿色环保的生活方式；普及预防疾病、早期发现、紧急救援、及时就医、合理用药、应急避险等必备技能，自觉维护自身健康。同时，完善国家健康科普专家库和资源库，构建全媒体健康科普知识发布和传播机制，鼓励医疗机构和医务人员开展健康促进与健康教育。

提升全民健康素养，必须坚守公益惠民的底线。健康科普知识的发布与传播机构要体现公益性原则，提升健康科普栏目、公益广告的质量，不能为了追求经济利益而放弃社会责任。对于传播范围广、对公众健康危害大的虚假信息，应及时组织专家予以澄清和纠正。例如，肥胖不仅是个人形象问题，也是重大公共卫生问题。媒体必须坚持公共利益至上，传播科学的减肥理念，倡导持之以恒地进行饮食控制和运动管理，普及推广健康的生活方式。

人民健康是幸福生活的基础。持续提升全民健康素养，是增进全民健康的重要前提。希望全社会行动起来，树立大卫生大健康理念，将健康融入所有政策，倡导每个人是自己健康第一责任人，激励广大居民热爱健康、追求健康、享受健康，为健康中国建设奠定坚实的基础。

共绘健康乡村新画卷

2022年，我国全面消除乡村医疗卫生机构和人员“空白点”，基本实现农村群众公平享有基本医疗卫生服务。脱贫地区县级医院服务能力实现跨越式提升，城乡医疗服务能力差距不断缩小，越来越多的大病在县域内可以得到有效救治。

党的十八大以来，我国深入实施健康扶贫工程，全面实现农村贫困人口基本医疗有保障，累计帮助近1000万个因病致贫返贫家庭成功摆脱贫困，极大增强了人民群众的获得感、幸福感、安全感。但是，我国城乡医疗卫生发展不平衡不充分的问题依然突出，提升乡村医疗卫生服务能力仍是一项长期而艰巨的任务，需要在健康扶贫的基础上继续补短板、强弱项，同实施乡村振兴战略有效衔接，为全面实施乡村振兴战略提供更加坚实的健康保障。脱贫摘帽不是终点，而是新生活、新奋斗的起点。从脱贫攻坚走向乡村振兴，从健康扶贫走向健康乡村，仍须久久为功、持续发力。

建设健康乡村，必须保持政策总体稳定，巩固基本医疗有保障成果。要持续做好脱贫人口家庭医生签约服务，结合脱贫地区实际，逐步扩大签约服务重点人群范围，提供公共卫生、慢病管理、健康咨询和中医干预等综合服务，重点做好高血压、糖尿病、结核病、严重精神障碍等四种主要慢病患者的规范管理和健康服务。要健全因病致贫返贫动态监测和精准帮扶机制，发挥基层医疗卫生机构服务群众的优势，落实各项医疗保障政策和社会救助、慈善帮扶等措施。动态监测乡村医疗卫生机构和人员变化情况，及时发现问题隐患，采取针对性措施解决，实行乡村医疗卫生机构和人员“空白点”动态清零。

建设健康乡村，必须加强和优化政策供给，提升脱贫地区卫生健康服务水平。要加强基层医疗卫生人才队伍建设，因地制宜加大本土人才培养力度，逐步扩大订单定向免费医学生培养规模，继续支持为中西部乡镇卫生院培养本科定向医学生，结合实际为村卫生室和边远地区乡镇卫生院培养一批高职定向医学生，落实就业安置和履约管理责任。加快推进远程医疗向乡镇卫生院和村卫生室延伸，推进“互联网 +”公共卫生服务、“互联网 +”家庭医生签约服务、“互联网 +”医学教育和科普服务，利用信息化技术手段，提升农村卫生健康服务效率。

建设健康乡村，必须加快推进健康中国行动计划，健全完善脱贫地区健康危险因素控制长效机制。要全面推进健康促进行动，针对影响健康的行为与生活方式、环境等因素，在脱贫地区全面实施健康知识普及、合理膳食、全民健身、控烟、心理、环境等健康促进行动。深入开展爱国卫生运动，持续推进脱贫地区农村人居环境整治。聚焦重点场所、薄弱环节，加大农村垃圾、污水处理和厕所改造等环境卫生基础设施建设力度，持续开展村庄清洁行动，建立长效管理维护机制。大力开展健康科普工作，增强农村群众文明卫生意识，革除陋习，养成良好卫生习惯和文明健康、绿色环保的生活方式，提高农村群众生态环境与健康素养水平，引导农村群众主动参与到改善生态环境中来，营造共建共享的良好氛围。

健康乡村建设是实施乡村振兴战略的重要任务，也是国家现代化建设的重要内容。让我们携起手来，深入推进健康乡村建设，巩固拓展健康扶贫成果，进一步提升乡村卫生健康服务能力和群众健康水平，共绘健康乡村新画卷。

莫让“财神跟着瘟神跑”

2020 年伊始，一场新冠疫情突袭大江南北。面对突如其来的疫情，我国打响了一场抗击疫情的人民战争。

没有全民健康，就没有全面小康。我国人均 GDP 已经突破 1 万美元，综合国力更加强大，人民生活更加殷实。但是，经济发展并不会必然带来人民健康水平的提升。由于疾病谱、生态环境、生活方式不断变化，我国仍然面临多种疾病威胁并存、多种健康影响因素交织的复杂局面。如果不能有效解决全民健康问题，经济发展的“红利”就会被无情吞噬，社会稳定也会遭受影响。

全民健康是全面小康的“压舱石”。拥有健康的人民，意味着拥有更强大的综合国力和可持续发展能力。只有送走“瘟神”，才能留住“财神”。今天，人民群众追求健康的愿望更加迫切。然而，健康如同阳光和空气一样，拥有时不觉可贵，失去时才知无价。健康既是个人的财富，也是国家的资源。健康是一，财富是零，没有健康一切归零。一个家庭无论有多少财产，一场大病就可能陷入困境；一个国家无论有多么富裕，一场疫情就可能损失惨重。发展为了人民，发展依靠人民，发展成果由人民共享。如果没有人民的健康、没有人的全面发展，发展还有什么意义？因此，全民健康是经济社会发展的动力，也是社会文明进步的基石。

全民健康是全面小康的“变速器”。全民健康是影响全面小康的一个变量。健康状况对于经济发展的影响是双向的，有可能是正向的，也有可能是负向的。如果全民健康水平较低，就会阻碍经济发展；如果全民健康水平较高，就会推动经济发展。健康对经济的影响主要是“一增一减”：“一增”就是通过延长健康预期寿命，促进经济发展加速；“一减”就是通过降低疾病负担，避免经济发展降速。很多人一生积累的财富，都花在了一场大病或者临终抢救上。今天，我国经济进入高质量发展阶段，需要大批健康的劳动人口支撑。只有不断提高全民健康水平，将“人口红利”转化为“健康红利”，才能为全面小康提供不竭动力。因此，我们必须把人民健康放在优先发展的战略地位，科学有效应对复杂健康影响因素的挑战，努力为经济社会发展创造良好的条件。

健康是最容易得到的财富，也是最容易失去的财富。未知的传染病疫情随时可能袭来，必须警钟长鸣、严加防范，绝不能麻痹大意。

健康是促进人的全面发展的必然要求，是经济社会发展的基础条件，是民族昌盛和国家富强的重要标志，也是广大人民群众的共同追求。个人健康是立身之本，人民健康是立国之基。经此一疫，我们必须始终把人民生命安全和身体健康摆在第一位，树立大健康理念，把健康融入所有政策，加快实施健康中国行动，从“以治病为中心”转变为“以人民健康为中心”，全方位、全周期保障人民健康，让全民健康托起全面小康！

筑牢公共卫生防线

中华民族是一个善于从灾难中总结经验和教训、汲取智慧和力量的民族。经历了抗击新冠疫情的大考，我们更加深刻地认识到，建设健康中国，必须更加重视公共卫生建设，确保人民群众生命安全和身体健康。

重视公共卫生，就是要坚持预防为主，改变“重治疗、轻预防”的观念。《黄帝内经》云：“是故圣人不治已病治未病，不治已乱治未乱，此之谓也。夫病已成而后药之，乱已成而后治之，譬犹渴而穿井，斗而铸锥，不亦晚乎！”这句话深刻地阐明了“治未病”的重要性。坚持预防为主，就像建造防洪大坝，必须着眼于长治久安，宁可备而不用，不可用而无备。长期以来，个别地方把“预防为主”当成一句口号，在治病上“大水漫灌”，在防病上“杯水车薪”。俗话说：“只治不防，越治越忙。”预防是源头治理，治疗是末端治理。如果不注重预防疾病，再庞大的医疗体系也会被拖垮。实践证明，公共卫生具有公益性、公平性、普惠性等特点，提高公共卫生水平，可以带来社会福利的普遍增加。希望各级政府加强公共卫生建设，从政策导向、经费投入、队伍建设、科研攻关等方面给予倾斜，像重视治病一样重视防病，让预防为主的卫生方针从“纸上”落到“地上”。

重视公共卫生，就是要发挥基层医疗卫生服务体系的作用，改变“重医院、轻社区”的做法。近年来，我国社区卫生服务体系不断加强，但社区医生的水平与人民群众的需求还有较大差距，很多百姓不信任社区医生，“大医院人满为患，社区医院门可罗雀”的状况依然存在。从理论上说，社区全科医生为居民提供基本公共卫生服务和基本医疗服务，是百姓健康的“守门人”。我国应加强分级诊疗制度建设，关口前移，重心下沉，提高社区全科医生的待遇和保障水平，逐步建立基层首诊、双向转诊、急慢分治、上下联动的机制。各级政府应优化医疗卫生资源布局，夯实基层医疗卫生服务体系，织密织牢防病治病的第一道防线，让更多百姓拥有合格的家庭医生。

重视公共卫生，就是要提高公共卫生人员的社会地位，改变“重科研、轻现场”的局面。近年来，一些地方的公共卫生机构地位弱化，公共卫生队伍被边缘化，核心骨干人员流失严重。一些公共卫生人员忙着写论文、做科研，很少做现场流行病学调查，从而导致公共卫生队伍实战能力退化，遇到突发公共卫生事件，往往缺乏敏感性和洞察力。临床医学关注的是治病，公共卫生关注的是防病。二者相辅相成，不可偏废。公共卫生人员不能离开现场，就像医生不能离开临床。公共卫生人员应与临床医生密切配合，一旦发现蛛丝马迹，迅速进行追踪调查，及时发出预警信息，这样才能体现公共卫生人员的价值。因此，各级政府应尽快弥合公共卫生与临床的裂痕，提高公共卫生人员待遇，确保公共卫生人才队伍稳定，保障高素质公卫人才储备。

重视公共卫生，就是要大力开展爱国卫生运动，改变“重应急、轻日常”的思维。爱国卫生运动是党的群众路线运用于卫生工作的伟大创举，也是把我国制度优势转化为国家治理效能的成功实践。长期以来，我国通过动员人民群众，推动除害灭病、健康教育、改水改厕、城乡环境卫生整治等工作，以较低的成本实现了较高的健康绩效。爱国卫生运动的核心就是把健康融入所有政策，广泛发动群众和依靠群众，群防群治，人人动手，预防疾病。建设健康中国，必须强化政府、社会、个人责任，引导群众建立正确健康观，加强早期干预，形成有利于健康的生活方式、生态环境和社会环境，努力使群众不生病、少生病，提高生活质量。

预防是最经济、最有效的健康策略。要坚决贯彻预防为主的卫生与健康工作方针，坚持常备不懈，将预防关口前移，避免小病酿成大疫。要把公共卫生建设摆在更加突出的位置，补短板、堵漏洞、强弱项，切实提高应对突发重大公共卫生事件的能力和水平，让公共卫生成为一道“钢铁防线”，护佑亿万人民的生命健康。

涵养全民健康素养

不信医师信“大师”，不信医疗信“食疗”，盲目减肥饿出病，饮酒之后吃头孢……在生活中，类似的现象时有发生。缺乏健康素养，常常会做出一些违背科学常识的事情。本想得到健康，反而失去健康。

健康不仅仅是无疾病或不虚弱，而是包括身体健康、心理健康、良好的社会适应能力以及道德健康。所谓健康素养，就是指一个人能够获取和理解基本的健康信息和服务，并运用这些信息和服务做出正确的判断和决定，以维持并促进自己的健康的能力。健康素养内容丰富，包括基本知识和理念素养、健康生活方式与行为素养、基本技能素养、基本医疗素养、慢性病防治素养、传染病防治素养等。我国居民健康素养总体水平不够高，尚有较大的提升空间。根据《国务院关于实施健康中国行动的意见》，我国将实施健康知识普及行动，面向家庭和个人普及预防疾病、早期发现、紧急救援、及时就医、合理用药等维护健康的知识与技能。

随着生活水平越来越高，人们的健康素养本该水涨船高。实际上，健康素养缺失，仍是一个普遍问题。一些患者对医生的期望值过高，而对医学的局限性和风险性估计不足。病治好了，医生就是“天使”；病治不好，医生就是“魔鬼”。一旦出现意外，患者家属便会迁怒于医生。其实，医学只能有限度地延长生命，不可能包治百病。大自然有春夏秋冬，人有生老病死，这是谁也无法改变的规律。对于很多晚期癌症患者，医生的使命不是治愈疾病，而是帮助和安慰患者。现代临床医学之父威廉·奥斯勒说：“医学是一门不确定的科学和可能性的艺术。”世界上没有两片相同的树叶，也没有两个相同的病人。同样的疾病，同样的治疗方法，不同的人也可能有不同的结果。尽管现代医学突飞猛进，但能够完全治愈的疾病也是极少数。只有理解生老病死的自然规律，了解医疗技术的局限性，尊重医学和医务人员，才能更好地应对自身的健康问题。

在网上，北京东单路口被誉为“最安全的路口”。一名老人在银行门口突发心脏病，正巧路过的两名北京协和医院护士紧急施救，使老人脱离生命危险。此前，六名协和医生在东单体育馆将一名心脏骤停的球友救了回来。事实上，发病时恰巧遇见医生纯属小概率事件，幸运者只能是少数。假如没有医生在现场，难道就只能眼睁睁地看着悲剧发生吗？当然不能。目前，我国公众不仅缺少急救知识、急救技能，更缺少急救意识、急救设备。当有人发生猝死时，最重要的是身边的人立即施救，不是打了急救电话就万事大吉。在急救医生到来之前，还应及时开展现场自救互救，才有可能救人救己。判断—打 120—按压—除颤，被称为“心肺复苏四部曲”。但是，由于公共场所缺少自动体外除颤器，绝大部分人只能够做到“三部曲”甚至“两部曲”。因此，急救知识应该成为每个人的必备素养。

生吃茄子能减肥、喝绿豆汤治心梗、生吃泥鳅养气血……这些曾经风靡一时的所谓养生方法，都是一些“养生大师”“健康教母”炮制出来的。如此奇谈怪论，为何还会有人追捧？说到底，是因为缺乏健康素养。有的人既希望健康长寿，又嫌看病就医麻烦，故而很容易被一些似是而非的观点所迷惑，结果误入歧途。其实，每个人都是自己健康的第一责任人。提高健康素养，既需要积极主动地获取健康信息，更需要擦亮眼睛，提高理解、甄别、应用健康信息的能力。无论“大师们”吹得多么天花乱坠，都应该相信科学，合理就医、合理用药，早诊断、早治疗，不要轻信“神医神药”，更不必以牺牲个人健康为代价去验证“偏方”。

近年来，我国超重和肥胖人口呈增长态势，无数肥胖者加入减肥队伍，尝试各种减肥方法，几度衣带渐宽，几度肥胖重现。有的人甚至越减越肥，直至完全放弃减肥。为什么会出现这种情况？根本原因是减肥方法错误，如饥饿疗法、药物减肥、局部减肥、针灸减肥、手术减肥等。如果通过单一手段进行快速减肥，不仅容易使体重反弹，还会对健康造成伤害。事实上，胖子是一口一口吃出来的，减肥也必须一口一口减下去。一个人的身体是其生活方式的综合反映，只有生活方式改变带来的身体变化才是长期的。任何短期措施，都是靠不住的。因此，减肥没有捷径可走，必须持之以恒地进行饮食控制和运动管理。管住嘴和迈开腿，才是科学减肥的唯一选择。

健康素养是国民素质的重要标志。提升健康素养，是提高全民健康水平最根本、最经济、最有效的措施之一。一个人的健康素养不是与生俱来的，而是需要涵养培育的。提升健康素养，需要“知、信、行”的统一。知识是基础，信念是动力，行动是目标。当越来越多的公民具备较高的健康素养时，健康中国行动必将结出甘甜的果实。

“救命神器”彰显生命尊严

2020年夏，天津西站的电子监控记录了惊险一幕：一名旅客在扶梯口突然倒地，没有呼吸和脉搏。两名刚好路过的医生初步判断是心脏骤停，立即实施人工心肺复苏。与此同时，民警迅速取来站内的自动体外除颤器。经过两次电击，旅客恢复了正常心律。关键时刻，一台“救命神器”为抢救患者赢得了时间。

据统计，我国每年约有54.4万人发生心源性猝死，平均每天约1500人，每分钟约1人因心脏骤停而离世。但是，由于一些公共场所没有配备自动体外除颤器，影响了心肺复苏的抢救成功率。近年来，不少医学界人士呼吁，地铁站、飞机场、体育馆等公共场所都应配备自动体外除颤器等设施，以体现对生命的尊重。

然而，也有人认为，公共场所配置急救设施，花那么多钱，万一用不上，不是白白浪费了吗？其实，急救设施本来如此，宁可“备而不用”，也不能“用而无备”。事实上，公共场所配备急救设施，哪怕挽救一个人的生命，也是物有所值，功德无量，其社会效益岂能用金钱来计算？这就像配备灭火器一样，即便从来不用，年年过期，年年更换，也要保持一定数量。

其实，在所有公共服务中，没有哪一项能比挽救生命更重要。生命价值高于一切，这是文明社会的“最大公约数”。提升公共服务水平，理应体现生命至上的原则，将公共场所急救服务摆在优先位置。《中华人民共和国基本医疗卫生与健康促进法》指出，公共场所应当按照规定配备必要的急救设备、设施。可见，提高公共场所急救服务水平，不仅是道德的呼唤，更是法治的要求。公共服务具有公益属性，不以营利为目的，政府必须承担主要责任。同时，充分调动社会力量的积极性，鼓励其参与公益事业，增加公共服务总供给。各级政府应安排专项资金用于提高自动体外除颤器配置普及率，尤其在地铁、火车站、体育场馆、商业街区等人群密集的场所，优先配置自动体外除颤器并设立明确的标识。

提高公共场所急救服务水平，不能光有“硬件”，更要有“软件”。当公共场所配备急救设施后，还需要培养一批具有基本急救知识和技能的人。人人学急救，急救为人人。心源性猝死绝大多数发生在医院之外，而最佳抢救时间是4分钟。如在1分钟内完成除颤，成功率可达90%。在救护车到达事发地前，第一目击者开展心肺复苏和心脏除颤是挽救生命的关键。当前，公众急救知识缺乏仍是一个现实问题，亟待补齐短板。一是推进急救知识进校园，将急救知识纳入学校教育的基本内容；二是推进急救知识进社区、进机关、进企业，加大对普通大众的培训，使其熟练掌握急救技能；三是培育专业的急救公益志愿队伍，使其成为现场急救的重要力量。尤其是航空、铁路、餐饮、旅店等行业人员，应率先学习急救知识和技能，提高急救成功率。公共场所每设置一台自动体外除颤器，就应对这台设备周边人员进行培训。《健康中国行动（2019—2030年）》提出，到2022年和2030年取得急救培训证书的人员分别达到1%和3%。只有全民普及急救知识，才能更好地为每一个生命护航。

当越来越多的人掌握急救知识和技能之后，还需要营造一个鼓励互救的良好社会环境。《中华人民共和国基本医疗卫生与健康促进法》提出，卫生健康主管部门、红十字会等有关部门、组织应当积极开展急救培训，普及急救知识，鼓励医疗卫生人员、经过急救培训的人员积极参与公共场所急救服务。今后，我国还需进一步完善有关救人的法律法规，让更多公民想救人、敢救人、会救人。

公共服务是社会文明进步的标尺，代表一个国家的综合实力和民生保障水平。希望公共场所提供高水平的急救服务，彰显生命尊严，传递人性温度。只有全社会编织一张密实的“急救网”，才能更好保障人民群众的生命安全。

谁掏空了你的身体

几年前，一首名为《感觉身体被掏空》的“神曲”在网上意外走红，专辑封面用的是“葛优躺”造型，演唱者用幽默调侃的口吻，描述了一个年轻“加班族”的痛苦生活：“感觉身体被掏空，我累得像只狗，我才不累，不累。十八天没有卸妆，月抛戴了两年半。作息紊乱，我却越来越胖……”

一句“感觉身体被掏空”，戳中了社会痛点，引发网友的共鸣。当今时代，生活节奏越来越快，每个人都驾驶着一辆“欲望号街车”，竞相追逐，无法慢下来，更无法停下来。很多人透支健康，身心俱疲，“40 岁前拿命换钱，40 岁后拿钱换命”。据调查，我国仅有极少数居民能够保持健康的行为和生活方式，很多居民有吸烟酗酒、经常熬夜、久坐不动、长期缺乏体育锻炼、营养失衡、药物依赖等不良生活习惯，成为诱发慢性病甚至猝死的主要危险因素。

也许有人说，现代社会竞争激烈，每个人都“压力山大”，不拼不卷怎能赢？尤其是年轻人，事业刚起步，还要养家糊口、买车买房。所以，明知身体被掏空，也要拼命往前冲。其实，这是一种错误的想法。人生是一场马拉松，不是百米冲刺。如果拿着百米冲刺的劲头跑马拉松，用力过猛，很快就会筋疲力尽，最终一败涂地。所以，人生路漫漫，最好悠着点。除了名和利，还有很多美好的东西。不要因为匆匆赶路，而忘了欣赏沿途风景。古人云：“文武之道，一张一弛。”身体就像一张弓，只拉不松，必然折断。一个人如果总是腾不出时间来休息，迟早会腾出时间来生病。因此，再怎么追求事业，都不能赔掉健康。没有健康，一切泡汤。

其实，健康如同氧气。有氧气的时候，谁也不觉珍贵；一旦离开氧气，立刻无法呼吸。有位企业家外号叫“铁人”，因长期透支身体而患上淋巴癌。一场大病，让他对生命有了新的理解和感悟。此前，他一直笃信“付出总有回报”“世界因我而不同”。出差时，他吩咐秘书尽量选夜间航班，下了飞机就可以立即洽谈公事。他承诺所有员工，收到邮件 10 分钟内一定回信，大半夜也一样。他床头的笔记本电脑从不关机，电子邮件送达的声音一响，他立刻从床上弹起来。他的饮食也不健康，总是贪图膏粱厚味，到餐厅点肉如数家珍，把蔬菜当药不爱吃。这场大病，让他彻底醒悟：为什么要做这样的“铁人”？在人生的竞技场上，一定需要用这样的方式来参赛吗？成功的定义因人而异，没有一定的标准，不需要和别人竞赛，你竞赛的对象是自己。

近年来，职场上英年早逝的悲剧屡屡发生，向漠视健康者敲响了警钟。几年前，复旦大学一位青年女教师因患乳腺癌，年仅 33 岁就离开人世。她曾经试图三年半同时搞定一个挪威硕士、一个复旦博士学位，最终没有完成目标，恼怒得要死。她曾经想两三年当上副教授，于是玩命搞课题发文章。患病之后，才知道“长期熬夜等于慢性自杀的说法并不夸张”。她在博客里写道：“我想我之所以患上癌症，肯定是很多因素共同作用累积的结果，但是健康真的很重要，在生死临界点的时候，你会发现，任何的加班，给自己太多的压力，买房买车的需求，这些都是浮云，如果有时间，好好陪陪你的孩子，把买车的钱给父母买双鞋子，不要拼命去换什么大房子，和相爱的人在一起，蜗居也温暖。”如此沉痛的领悟，难道还不足以唤醒那些“拼命三郎”？何必等到付出生命的代价，才懂得健康的意义。

谁能掏空你的身体？归根到底是自己，因为每个人是自己健康的第一责任人，“我的健康我做主”。健康既是一种权利，也是一种责任。中医养生讲究“天人相应”，大自然需要休养生息，人也需要顺应自然规律。只有远离健康危险因素，养成健康的生活方式，才能避免身体被掏空。如果早早把“健康本钱”输光了，除了一声叹息，还会有“诗和远方”吗？

莫忘“舌尖上的健康”

《中国居民营养与慢性病状况报告（2020 年）》显示，我国居民家庭减盐取得成效，人均每日烹调用盐 9.3 克，与 2015 年相比下降了 1.2 克。居民对自己健康的关注程度也在不断提高，定期测量体重、血压、血糖、血脂等健康指标的人群比例显著增加。

居民营养与慢性病状况是一面镜子，反映了一个国家的卫生保健水平和人口健康素质。当前，我国居民的营养与健康问题依然突出，慢性病防控面临巨大挑战。例如，居民不健康生活方式仍然普遍存在。调查显示，膳食脂肪供能比持续上升，农村首次突破 30% 推荐上限。家庭人均每日烹调用盐和用油量仍远高于推荐值，居民在外就餐比例不断上升，食堂、餐馆、加工食品中的油、盐使用不够合理。儿童、青少年经常饮用含糖饮料问题凸显，身体活动不足问题突出。同时，居民超重肥胖问题日益严重，慢性病患病和发病仍呈上升趋势。城乡各年龄组居民超重肥胖率继续上升，有超过一半的成年居民超重或肥胖。

面对严峻的慢性病防控形势，党中央、国务院高度重视，将实施慢性病综合防控战略纳入《“健康中国 2030”规划纲要》，将合理膳食和重大慢病防治纳入健康中国行动，进一步聚焦当前国民面临的主要营养和慢性病问题，从政府、社会、个人三个层面协同推进，全方位干预健康影响因素，维护居民全生命周期健康，努力营造关注健康、追求健康的社会氛围。

从政府来说，要把人民健康放在优先发展战略地位，深入实施健康中国行动，努力全方位、全周期保障人民健康。针对居民主要健康问题和影响因素，聚焦重点人群，完善国民健康促进政策，优化重大疾病防控策略措施，广泛开展全民共建共享的健康行动，倡导文明健康绿色环保的生活方式，重视精神卫生和心理健康，为人民提供更高质量的卫生健康服务。例如，自 2021 年 1 月 1

日起施行的《深圳经济特区健康条例》规定，建立居民健康积分奖励制度等激励机制，对居民参与健康促进、体育健身、健康管理和健康社区建设予以积分。鼓励医疗卫生机构、企业事业单位、社会组织提供积分兑奖服务。

从社会来说，要将健康融入所有政策，加大推进健康支持性环境建设。例如，改善饮食和食物的供应环境，推动健康食堂、健康餐厅建设；鼓励食品企业生产低油、低糖的食品，为居民合理膳食提供更多的支持条件；加强健康城市建设，增加人行道、自行车道、健康步道等公共设施，鼓励绿色出行；改善全民健身支持环境，加大体育、健身、公园等促进身体活动设施建设，并向公众开放。

从个人来说，要树立正确的健康观念，养成健康的生活习惯。近年来，我国居民膳食结构仍不合理，脂肪供能比持续增加，蔬菜、水果、豆制品等摄入不足，个体能量摄入增加。同时，居民体育运动时间普遍减少，静态生活时间增加，导致能量摄入和能量支出不平衡。因此，每个人都要树立“自己是健康第一责任人”的理念，主动掌握营养膳食和慢病防控知识，将“三减”（减盐、减油、减糖）“三健”（健康口腔、健康体重、健康骨骼）融入日常生活中，夯实合理膳食、适量运动、戒烟限酒、心理平衡的健康基石。

健康既是个人的财富，也是国家的财富。希望每个人在享受美味佳肴的同时，莫忘“舌尖上的健康”，合理膳食，远离肥胖，共建共享健康中国！

树立科学文明的饮食观

2020 年 2 月，十三届全国人大常委会第十六次会议通过决定，全面禁止非法野生动物交易，革除滥食野生动物陋习，切实保障人民群众生命健康安全。

滥食野生动物教训沉痛，为何还有人陋习不改？一是炫耀心态。有人把吃野生动物视为“有面子”，不仅自己吃，还将其当作珍稀礼物送人。二是猎奇心态。有人对于各种野味充满好奇，即便明知有风险，也要拼死“尝尝鲜”。三是愚昧心态。有人妄自尊大，滥捕滥杀，不管什么野生动物都不放过，以此满足扭曲的征服欲和虚荣心。

统计发现，超过 70% 的新发传染病来源于动物。这些病毒本来存在于自然界，野生动物宿主并不一定致病致死，但由于人类食用野生动物，或者侵蚀野生动物栖息地，使得这些病毒与人类的接触面大幅增加，给病毒从野生动物向人类的传播创造了条件，加之交通的便利和人口的流动，使得流行病传播的速度大大加快。

自古以来，中国人就有“天人合一”的观念。面对大自然，中国人心中有一种敬畏感。在中国人的眼里，人和自然是息息相关、和谐共生的。《淮南子》云：“不涸泽而渔，不焚林而猎。”“鱼不长尺不得取，彘不期年不得食”。这就是告诉人们，捕鱼狩猎，都要遵循自然规律，不能毫无节制、无度索取。千百年来，人类为了生存发展，驯养了很多家禽家畜如鸡鸭牛羊等，完全可以满足日常饮食需求。其实，人和野生动物是有界限的，互不干扰。人和动物都是大自然生物链的一环，环环相扣。从生态学的角度看，野生动物绝不是人类的食物，而是人类的伙伴。如果人类跨越界限，肆无忌惮地捕食野生动物，打破自然界的生态平衡，必然导致巨大的灾难。只有敬畏和尊重自然，人类才能实现可持续发展。100 多年前，恩格斯在《自然辩证法》中就写道：“我们不要过分陶醉于我们人类对自然界的胜利。对于每一次这样的胜利，自然界都对我们进行报复。”

人类的食物来源于大自然，人类的生存离不开大自然的赐予与滋养。树立科学文明的饮食观，是一个国家强盛的基础。任何一个民族饮食观的形成，既要从传统文化中吸收养分，更要从现代科学中汲取智慧。当前，中国经济进入快速发展时期，人民生活水平不断提高，但饮食不科学问题仍然存在，“吃出来的病”日益增多，高血压、糖尿病等慢性病呈增长趋势。因此，中国人亟须将饮食纳入法治轨道，倡导科学文明的饮食观，改变落后的饮食习惯。在这方面，日本的经验值得借鉴。例如，自 2005 年 7 月起，日本实施《食育基本法》。所谓食育，就是关于饮食的教育。该法提出，食育乃生存之本，是智育、德育和体育的基础。日本以家庭、学校等为单位，将食育作为一项国民运动普及推广，通过法律手段保障食育计划的推行。另外，日本还设立了“食育月”和“食育日”，以此增进国民对食育的重视。在日本的学校里，午餐并不仅仅是以吃饱为目的，而是与饮食观念、营养知识、饮食卫生、饮食安全、饮食文化等“食育”内容联系在一起。学校通过“吃”这个每天必做的事情，潜移默化地影响孩子们的人生观。学生们除了要亲自体验养殖、种植等活动，还要参加厨房劳动、学习烹调知识等，从而塑造健全的人格。

树立科学文明的饮食观，关乎一个国家和民族的未来。我国应高度重视饮食教育，提高全民健康素养，推进健康中国行动。树立正确的食物观，倡导敬畏食物、珍惜食物、感恩食物的理念，让孩子们从小参与种植养殖、生产加工、经营流通、餐饮消费等体验活动，认识到食物既是大自然的赐予，又是人类辛勤劳动的结晶，促使其养成良好的饮食习惯和形成健全的人格。普及健康饮食知识，倡导“减盐、减油、减糖”理念，控制慢性病危险因素，解决“吃什么、怎么吃”的问题。传承中华优秀传统饮食文化，充分展示地域特色饮食和乡土料理，促进特色农作物的种植与保护，维系居民与故乡的情感纽带，让“家乡的味道”成为“留住乡愁”的重要载体。

民以食为天，食以安为先。健康中国，离不开健康的饮食。希望更多人树立科学文明的饮食观，学会人与自然和谐相处，培育良好的餐桌文化，形成健康的饮食习惯，更好地享受健康美好的生活！

徐鹏飞 画

珍惜粮食，合理膳食

2020 年，网络“吃播”“大胃王”等成为舆论焦点。有关网络平台管理负责人表示，如果直播内容有浪费粮食或是以假吃、催吐、宣扬量大多吃等方式博眼球的行为，平台将进行严肃处理，给予删除作品、关停直播、封禁账号等处罚。

吃饭本是个人私事，与公众无关。但是，“大胃王”们却公然将饭桌搬到直播间，在众目睽睽之下，以惊人的食量来“圈粉”。为了表现“食量大如牛”，他们先拼命地吃，再偷偷地吐，甚至还吃药催吐，以便腾出胃部空间将“吃”进行到底。如此一来，吃饭由享受变成了作秀，由愉悦变成了疯狂。暴饮暴食，铺张浪费，既糟蹋了粮食，也伤害了身体，有百害而无一利。更关键的是，“吃播”表演传递了一种畸形的饮食观和价值观，违背了公序良俗，败坏了社会风气。因此，我们必须抵制这种不良习气，力戒奢靡之风，树立珍惜粮食、敬畏食物的理念，营造崇尚节约、杜绝浪费的氛围，弘扬中华传统美德，传播健康饮食文化。

珍惜粮食，是敬畏自然的体现。自古以来，中华民族就有天人合一的思想。面对大自然中国人心中有一种敬畏感和亲近感，视天地为衣食父母，这是一种极高的生存智慧。古人云：“天地之大德曰生。”大自然赐予了人类繁衍生息的物质条件，农耕文明孕育了自强不息的中华民族。但是，地球的资源总量是有限的。如果无度索取和浪费资源，必然破坏人类生存的根基。唯有克制物欲，人与自然才能和谐相处，人类才能可持续发展。俗话说：“年有丰歉，岁有吉凶。”天有不测风云，粮食收成有好有坏。我国是一个自然灾害频发的国家，农业至今还未改变“靠天吃饭”的局面，如果不能居安思危，难免会有后顾之忧。唯有丰年不忘饥馑，珍惜每一粒粮食，方可有备无患、心中不慌。

珍惜粮食，是尊重劳动的体现。一粒种子，经过春生、夏长、秋收、冬藏，最终变成口粮。任何一个环节，都需要付出心血和汗水。“锄禾日当午，汗滴禾下土”，就是农民辛勤劳作的真实写照。勤劳，是中华民族的优良品质；节俭，是中华民族的传统美德。勤劳，让中国人“粮满仓”；节俭，让中国人“食有余”。今天，我们虽然告别了粮食短缺的历史，但即便粮食连年丰收，也不能随意糟蹋粮食。珍惜粮食，就是体恤人力、尊重劳动。“一粥一饭，当思来之不易；半丝半缕，恒念物力维艰。”朴素的古语，蕴含着中华民族生生不息的“密码”。

珍惜粮食，是重视家风的体现。勤俭持家，历来是中国人的传统美德。古人认为，惜粮就是惜福。一个家庭，无论是多么富裕，都不能糟蹋粮食。暴殄天物，往往被视为家运衰败的征兆。“谁知盘中餐，粒粒皆辛苦。”古人常常把餐桌当成教化子女、传承家风的课堂，一粥一饭就是最生动的教材。当家长把掉在桌上的米粒捡起放进碗里时，孩子的心里自然会升起对食物的敬畏之心，从而养成节约粮食的习惯。良好家风代代相传，成为中华民族的宝贵精神财富。

珍惜粮食，是崇尚健康的体现。粮食，乃人类生存的必需品。一日三餐，柴米油盐，是百姓生活的头等大事。中华饮食文化源远流长，其核心是敬畏食物、尊重食物，而不是浪费食物、炫耀食物。合理膳食，是维护生命健康的基础。一个珍惜粮食的人，自然也会珍惜生命健康。近年来，随着社会物质财富的增加，“吃播”等畸形饮食文化风靡一时，滥饮滥食、奢侈浪费等现象触目惊心，超重和肥胖人数日益增加，成为一个严重的公共卫生问题。因此，我们要树立正确的健康观和饮食观，不暴饮暴食，不铺张浪费，不过度奢华，用健康“新食尚”取代庸俗“吃播秀”。

民以食为天。食物，是用来维持生命和享受生活的，不是用来浪费和炫耀的。希望全社会行动起来，抵制畸形“吃播”行为，回归健康饮食文化，珍惜粮食，合理膳食！

徐鹏飞 画

管住孩子“第一口烟”

2019年，深圳市一名男子因在公交站台吸电子烟受到处罚，这是全国第一张电子烟罚单。国家烟草专卖局等部门要求企业不得通过互联网销售电子烟，以保护未成年人免受电子烟侵害。

相对于传统烟草，电子烟是个新玩意。大凡新奇的东西，对于年轻人总是充满诱惑。电子烟最大的特点是“好玩”，不少年轻人将电子烟视为电子玩具，边玩边炫酷。而在初尝了电子烟的滋味之后，很快便转向尝试传统烟草。在具有高度成瘾性的卷烟面前，他们根本无法“浅尝辄止”，最终成为吸烟者。据调查，很多电子烟商把青少年作为营销重点，故意将电子烟标榜为“年轻”“时尚”“潮流”的代表，用“健康无害”等谎言误导消费者。例如，“让喉咙充满活力”“清新的口吻”等广告用语，完全是歪曲事实。很多未成年人挡不住广告的诱惑，通过互联网购买并开始吸电子烟。近年来，电子烟生产由于缺乏国家标准，产品良莠不齐。目前，电子烟使用率在青少年人群中呈明显上升趋势。如果放任自流，失于监管，电子烟极有可能沦为青少年吸烟的“诱饵”，导致青少年过早吸烟，严重危害青少年的身心健康。

当今，烟草危害已经成为一个严重的公共卫生问题。深圳将电子烟与烟草“一视同仁”纳入控烟范围，其意义在于阻止烟草向下一代蔓延，为青少年筑起一道“防护墙”。据统计，不少青少年首次吸烟是因为“出于好奇”，最终毁于“第一口烟”。开始吸烟的年龄越早，成年后的吸烟量越大，也越难戒断。因此，管住青少年“第一口烟”，是降低人群吸烟率的关键。2019年11月，国家卫健委等八部门联合印发《关于进一步加强青少年控烟工作的通知》，倡导青少年“拒绝第一支烟”，成为“不吸烟、我健康、我时尚”的一代新人。这表明，我国将阻止青少年吸烟列为控烟行动的重点，此举将有利于从源头上减少“后备烟民”。

让青少年远离烟草，不仅关系到下一代的健康，也关系到国家和民族的未来。营造一个全方位的无烟环境，需要全社会共同发力，多部门齐抓共管，建立控烟长效机制。例如，市场监管部门要严厉查处违法向未成年人销售烟草制品行为，确保商家不向未成年人售烟，未成年人买不到烟。广电部门要加强影视作品中吸烟镜头的审查，严格控制影视剧中与剧情无关、与人物形象塑造无关的吸烟镜头，尽量删减在公共场所吸烟的镜头，不得出现未成年人吸烟的镜头。对于有过度展示吸烟镜头的电影、电视剧，不得纳入各种电影、电视剧评优活动。教育部门要全面推进无烟中小学校建设，中小学校园及周边不得违规销售烟草制品。

《“健康中国 2030”规划纲要》提出，到 2030 年，15 岁以上人群吸烟率降低到 20%。《国务院关于实施健康中国行动的意见》要求，实施控烟行动。这充分表明中国控烟的决心和力度。希望全社会共同努力，为孩子创造一个清新的无烟环境，让无烟中国助力健康中国！

还孩子一双明亮的眼睛

2021 年 5 月，教育部等十五部门联合印发《儿童青少年近视防控光明行动工作方案（2021—2025 年）》，提出实施引导学生自觉爱眼护眼、减轻学生学业负担、强化户外活动和体育锻炼等 8 个专项行动。

据估算，全国近视患者达 6 亿人。其中，儿童青少年近视率居高不下、不断攀升，近视低龄化、高度数化日益严重。“小眼镜”为何越来越多？根源在于学校和家庭教育存在一些偏差。一是中小学生课内外负担过重。尽管素质教育开展了多年，但学生成绩和升学率仍是“硬指标”，孩子们不堪重负，课外活动时间被严重挤压。为了提升学习成绩，很多学校每天布置大量作业，加重了孩子们的用眼负担。同时，家长们为了“不让孩子输在起跑线上”，逼迫孩子参加各种补习班、兴趣班，使他们的眼睛长期处于疲劳状态。二是电子产品使用过度。很多学校老师不再使用黑板教学，而是代之以平板电脑、投影仪等电子产品，甚至连家庭作业也是在电脑上布置和批改。同时，许多孩子沉迷于电子产品，过度用眼现象突出。三是户外活动严重不足。许多孩子喜欢“宅”在家里，养成了久坐不动的生活习惯，离手机越来越近，离大自然越来越远。

降低学生近视率，首先必须提高教育的“远视率”，改变“唯分数论”的错误导向。要将视力健康纳入素质教育，把课余时间真正还给孩子，让孩子们热爱大自然、走进大自然、拥抱大自然。例如，学校要减轻学生课业负担，确保中小学生每天有足够的户外活动时间。家长也要配合学校切实减轻孩子负担，根据孩子兴趣爱好合理选择课外培训，避免学校减负、家庭增负的现象。其次，严格控制电子产品使用，避免孩子过度使用电子产品学习和娱乐，限制电子产品开展教学的时长，防止学生持续疲劳用眼。

防控儿童青少年近视是一项系统工程，需要综合治理，多管齐下。卫生部门要坚持预防为主，关口前移，让家长了解科学用眼、护眼知识，帮助孩子养成良好的用眼习惯。同时，落实国家基本公共卫生服务要求，对儿童进行眼保健和视力检查，做到早发现、早干预。在检查的基础上，建立并及时更新儿童青少年视力健康电子档案。开展中小学生视力筛查，为视力异常的学生开具运动处方和保健处方。教育部门要鼓励医学高校开设眼视光等相关专业，加快培养近视防治和视力健康管理人才。广播电视等媒体应严格把关，禁止播出没有科学依据的近视防控产品广告，以免误导公众。

保护视力，归根结底还得靠孩子自己行动起来，而增加户外活动是最简便可行的方法。近年来，越来越多的医学研究证实，户外活动对预防近视具有重要作用。青少年近视率快速上升，主要原因是户外活动时间严重不足。医学专家指出，在户外活动时，看看绿色，望望远方，这是眼睛放松的最好方式。其实，在户外干什么并不重要，重要的是让身体和眼睛接触自然光。无论是运动还是玩耍，如果有足够的户外活动时间，就能有效降低近视发生率。

儿童青少年近视是一个重大公共卫生问题，关系到国家和民族的未来。给孩子一双明亮的眼睛，是全社会共同的期盼。“春有百花秋有月，夏有凉风冬有雪。”这个世界不只有眼前的书本，还有诗和远方。希望更多孩子告别“宅生活”，拥抱大自然，或极目远眺，或仰望星空，沐浴在阳光雨露中，不要让视力“输在起跑线上”。

莫让“宅生活”毁了眼健康

每到假期，很多儿童青少年宅在家中上网，户外活动时间大量减少。专家认为，户外活动是预防近视的有效手段。希望孩子们告别“宅生活”，增加户外活动，拥有一双明亮的眼睛。

我国儿童青少年近视率居高不下、不断攀升，近视低龄化、重度化日益严重，严重影响孩子们的身心健康，已成为一个关系国家和民族未来的公共卫生问题。2018 年 8 月，教育部等八部门联合印发的《综合防控儿童青少年近视实施方案》要求，将儿童青少年近视防控工作、总体近视率和体质健康状况纳入政府绩效考核指标，严禁单纯以学生考试成绩和学校升学率考核教育行政部门和学校；对儿童青少年体质健康水平连续 3 年下降的地方政府和学校依法依规予以问责。

专家认为，近视一旦发生，不可逆转。特别是在低年龄阶段发生近视眼的孩子，更容易变成高度近视眼，导致视力损伤。而户外活动是最简单的预防近视方式，充分接触阳光可以有效地保护视力。每天 2 小时、每周 10 小时以上的户外活动，可使青少年的近视发生率降低 10% 以上。这主要因为太阳的光照强度比室内光照强度高数百倍，光照越强，多巴胺释放量越多，而多巴胺能抑制近视的发生发展。高强度光照一方面可使瞳孔缩小、景深加深、模糊减少；另一方面也能起到抑制近视的作用。世界卫生组织建议，儿童每天都需要充分的体育活动，时长因年龄而异。其中，5 至 17 岁的儿童青少年每天应进行至少 60 分钟的中等至高等强度身体活动，所有活动都可以在室外进行。因此，学校要强化儿童青少年户外体育锻炼。按照动静结合、视近与视远交替的原则，有序组织和督促学生在课间时到室外活动或远眺，防止学生持续疲劳用眼。家长要营造良好的家庭体育运动氛围，积极引导孩子进行户外活动或体育锻炼，使其在家时每天接触户外自然光的时间达 60 分钟以上。已患近视的孩子应进一步增加户外活动时间，延缓近视发展。

当前，电子产品的使用成为一种大趋势，很多儿童青少年习惯于在网上学习和娱乐，近视防控难度加大。保护儿童青少年眼健康，应改变“重治轻防”观念，做到早发现、早干预。要坚持医防协同的防治策略，开展覆盖生命全周期的视觉健康服务。儿童青少年近视是公共卫生问题，必须从健康教育入手，以公共卫生服务为抓手，培养儿童青少年和家长的自主健康行动。要发挥健康管理、公共卫生、眼科、视光学、疾病防控、中医药相关领域专家的指导作用，主动进学校、进社区、进家庭，积极宣传推广预防儿童青少年近视的视力健康科普知识。例如，上海市联合公共卫生和医疗机构的专家力量，建立了市、区、社区的医防衔接网络，实行了近视分级分诊和转复诊的制度，至今已经为 200 多万儿童青少年建立了屈光发育档案，并通过运用“互联网 +”的形式将死档案变成了活档案，能够有效衔接儿童眼健康情况查询、宣教、筛查、转复诊和干预治疗。

希望各级政府牢固树立“健康第一”的教育理念，切实将儿童青少年视力健康纳入素质教育，将近视防控工作纳入绩效考核，努力降低儿童青少年新发近视率，提升儿童青少年视力健康整体水平，让每个孩子都明眸善睐！

徐鹏飞 画

“看得见”更要“看得清”

2022年初，国家卫健委印发《“十四五”全国眼健康规划（2021—2025年）》（以下简称《规划》）提出，关注儿童青少年、老年人两个重点人群，聚焦近视等屈光不正、白内障、眼底病、青光眼、角膜盲等重点眼病，推广眼病防治适宜技术与诊疗模式，提高重点人群眼健康水平。

“十三五”时期，我国眼科医疗卫生事业快速发展。眼科服务能力持续提升，白内障复明手术在县域普遍开展。眼科医务人员队伍不断完善，眼科医师数量增加至4.7万名。人民群众爱眼护眼意识明显提升。但是，我国仍是世界上盲和视觉损伤患者最多的国家之一。我国主要致盲性眼病由传染性眼病转变为以白内障、近视性视网膜病变、青光眼、角膜病、糖尿病视网膜病变等为主的眼病。随着经济社会发展及人口老龄化，人民群众对眼健康有了更高需求。我国眼科优质医疗资源总量相对不足、分布不均衡的问题依然存在，基层眼健康服务能力仍需加强，眼健康工作任务依然艰巨。《规划》提出，“十四五”末，力争眼科医师总数超过5万名，每十万人口拥有眼科医师数超过3.6名。这对于推进我国眼健康事业高质量发展、提高人民群众眼健康水平具有重要现实意义。

研究表明，未矫正屈光不正和白内障是我国前两位致盲眼病，全年龄段人群中最容易受到这两种眼病影响的是儿童青少年和老年人。“十四五”期间，我国眼健康工作的重点放在这两类人群上，对于提高我国眼病防治水平具有重要意义。有效屈光不正矫正覆盖率和有效白内障手术覆盖率这两项指标，不但能反映一定人群中白内障手术和屈光矫正服务的可及性，还能反映眼健康服务的质量。将这两项指标纳入眼健康服务评价体系，有利于帮助患者在“看得见”的前提下“看得清”，从而提升重点人群眼健康水平。

《规划》提出，坚持预防为主、防治结合。重视眼病前期因素干预，注重医防协同、急慢分治，推动眼健康事业发展从以治病为中心向以人民健康为中心转变。例如，0~6 岁是儿童眼球结构和视觉功能发育的关键时期，6 岁前的视觉发育状况影响儿童一生的视觉质量。因此，做到早监测、早发现、早预警、早干预至关重要。开展 0~6 岁儿童眼保健和视力检查并建立视力档案，需充分发挥基层医疗卫生机构作用，同时加强与妇幼保健机构合作，构建分工明确、各有侧重、密切合作的儿童眼保健服务网络。目前，一些地方建设基于互联网的云端屈光档案，积极构建学校、社区、医疗机构、家庭等多方联动的良性防治体系，值得进一步完善和推广。

眼健康是关系民生的重大公共卫生问题和社会问题。我们要坚持以满足人民群众多层次多样化的眼健康需求为出发点，落实健康中国战略部署，进一步构建优质高效的眼健康服务体系，努力为人民群众提供覆盖全生命期的眼健康服务。希望各地各部门加强眼健康科普宣传教育，强化每个人是自己眼健康第一责任人意识，推动形成人人参与、人人尽责、人人共享氛围，让每个人都能拥有一双明亮的眼睛。

解除后顾之忧，释放生育潜能

2021 年 7 月，《中共中央国务院关于优化生育政策促进人口长期均衡发展的决定》（以下简称《决定》）发布，这是关系中华民族发展的大事情，标志着我国人口发展进入新阶段。

人口问题始终是影响经济社会发展的基础性、全局性和战略性问题。近年来，我国人口发展呈现一系列新情况、新变化。实施三孩生育政策及配套支持措施，是积极应对低生育率挑战、促进人口长期均衡发展的重要举措，是着眼我国现代化建设全局和长远发展、兼顾多重政策目标做出的科学决策，也是对人民美好生活期待的积极回应。

这次优化生育政策，不是简单的从两孩到三孩的数量调整。更重要的是顺应群众期待、聚焦家庭的实际困难，着力提高优生优育服务水平，发展普惠托育服务体系，降低生育、养育、教育成本，切实减轻群众的后顾之忧，从而更有效地释放生育潜能，推动提升生育水平。

生育是人一生中的重大选择。《决定》指出，顺应人民群众期盼，积极稳妥推进优化生育政策，促进生育政策协调公平，满足群众多元化的生育需求，将婚嫁、生育、养育、教育一体考虑，切实解决群众后顾之忧，释放生育潜能，促进家庭和谐幸福。因此，实施三孩生育政策，重在完善配套支持政策，让更多家庭“愿意生、养得起、养得好”。

增强生育政策包容性。《决定》提出，取消社会抚养费等制约措施、清理和废止相关处罚规定，将入户、入学、入职等与个人生育情况全面脱钩。这是顺应新时代人口发展战略要求的一次重大改革。生育政策应与经济社会政策配套衔接，经济社会政策也应与生育政策导向一致。要构建生育支持政策体系，通过激励相容的政策“组合拳”，鼓励适龄生育，减轻育儿焦虑，降低养育成本，推动实现适度生育水平。

构建生育友好型社会。各级政府部门应转变观念，加大对公民生育的支持力度，完善和调整家庭福利政策，探索建立生育成本共担机制，加强育龄妇女就业、工资待遇等权利保障，多渠道降低生育、养育、教育成本，释放人口政策红利及民生福祉。要完善生育休假制度，严格落实产假、哺乳假等制度。探索将产假转为带薪育儿假，鼓励育儿假在夫妻间分配，引导夫妻双方共休育儿假。将婴幼儿照护服务纳入基本公共服务，大力发展多元化、多样性普惠性托育服务，满足不同家庭的需求，为年轻父母多方减压，解除生育后顾之忧。

营造尊重生育的社会风尚。生育是人类自我繁衍的手段，母亲孕育了生命、繁衍了后代，理应受到全社会的尊重。我们要大力弘扬中华民族传统美德，建立尊重生育的价值理念，营造尊重生育的良好风尚。提倡适龄婚育、优生优育，鼓励夫妻共担育儿责任，破除高价彩礼等陈规陋习，构建新型婚育文化。引导青年人崇尚“死生契阔，与子成说。执子之手，与子偕老”的传统美德，树立“风雨同舟、相濡以沫、责任至上、互敬互爱”的婚姻理念，凝聚社会共识，彰显主流价值。

人口问题是国之大者，关系中华民族的未来和千家万户的幸福。实施三孩生育政策及配套支持措施，必须坚持以人民为中心的发展思想，把人的全面发展放在首要地位，着力解决人民群众急难愁盼问题。我们要顺势而为，因时而变，寻求个人、家庭和国家的“最大公约数”，提升家庭发展能力，促进人口长期均衡发展，以人口高质量发展支撑中国式现代化。

补齐普惠托育服务短板

生娃没人带、带娃成本高、托育服务贵……针对百姓关切的“托育难”问题，江苏等地积极探索各种形式的普惠托育服务，促进婴幼儿托育服务规范化发展。一项项暖心举措，补齐了民生保障短板，提升了千家万户的幸福感。

0~3 岁是生命成长的关键时期。作为婴幼儿照护的重要组成部分，托育服务是一项重要民生工程，也是促进三孩政策落地的关键配套措施。当前，我国托育服务仍然处于起步阶段。一是托育服务需求旺盛与供给不足的矛盾突出。目前我国 3 岁以下婴幼儿约有 4200 万，但是现有托育服务供给缺口较大。二是市场需求与机构空置现象并存。当前市场上的托育服务机构，收费价格普遍偏高，服务质量参差不齐、服务对象主要是 2 岁以上幼儿，服务资源分布极不均衡，无法满足群众期待的安全质优、价格可承受、方便可及的托育服务需求。三是托育服务发展的堵点、难点仍然存在。虽然不少社会力量想加入托育市场，但支持政策体系尚待完善，发展环境不够优化，专业人才队伍严重不足，有效监管机制尚不健全。因此，必须加快发展普惠托育服务体系，解决人民群众的急难愁盼问题。

增加普惠托育服务总量供给。我国托育服务体系建设总体上仍处于“起步期”，托育服务业态规模偏小，对于政策扶持、投资引导的需求也更加迫切。因此，要通过实施好“一老一小”整体解决方案、公办托育服务能力建设项目和普惠托育服务专项行动，在各地托育服务体系发展中发挥政策引导作用，带动省、市、县各级政府基建投资和社会投资方向。针对当前托育服务供给总量不足的现实，按照“盘活存量、扩大增量”的思路，鼓励社会各种力量进入托育市场增加供给总量。一方面，盘活现有资源，鼓励有余力的幼儿园延伸 2~3 岁幼儿托育服务，扶持原有的家庭托育点；另一方面，新增居家办公方便可及的托育服务，增加用人单位提供福利性托育服务的积极性，拓展社区托育服务功能，为老百姓提供“家门口”的服务。

降低托育机构运营成本。社会力量发展普惠服务面临高成本压力，需要建立合理的成本分担机制。托育机构对室内外环境、设施设备、人员配置等要求较高，需要相对较高的投入，同时社会资本普遍面临选址、融资等难题以及建设运营成本高等风险。仅仅依靠社会力量，很难提供质量有保障、价格可接受的普惠服务。因此，政府应通过完善土地、住房、财政、金融、人才等支持政策，降低普惠托育机构成本。同时，下调用电、用水、用气价格，实行税费优惠等政策，帮助纾缓托育机构的运营压力与实际困难，调动托育机构的积极性。

提升托育服务质量。人力资源能力建设薄弱，是托育服务质量发展的瓶颈。针对现有的人力资源存量不足、缺乏相应的培训标准、职业资格认证门槛低等问题，加快培养托育服务专业人才，逐步实行托育从业人员职业资格准入制度，坚决守住安全健康底线，让家长放心地把婴幼儿送到托育机构。

党的二十大报告提出，优化人口发展战略，建立生育支持政策体系，降低生育、养育、教育成本。希望各地各部门以满足婴幼儿家长需求为导向，从供给侧改革精准发力，加快推动普惠托育服务体系发展，缓解群众生育养育焦虑，进一步释放生育政策红利，更好地满足人民群众多样化、个性化的托育需求，努力推动实现“幼有优育”的目标。

牢牢掌握抗疫的战略主动权

2023 年新年伊始，一股复苏的力量悄然涌动。

早晚高峰，北京东三环国贸桥开始堵车，地铁车厢里满是戴口罩的通勤者；跨年之夜，上海豫园“山海奇豫记”主题灯会游人如织，外滩又现“拉链式”交通指挥；夜幕降临，广州天河区花城汇吆喝声此起彼伏，引来八方食客……

——“久违的烟火气回来了！”

——“生活又在向前流动了！”

我国疫情防控进入新阶段。自 1 月 8 日起，新冠病毒感染由“乙类甲管”调整为“乙类乙管”。工作重心从“防感染”转向“保健康、防重症”。

三年来，我们与病毒的较量从未停止。时至今日，病毒弱了，我们强了。三年来，面对疫情的跌宕起伏与不确定性，每个人都不容易。同心抗疫，成为集体记忆。

三年来，习近平总书记多次主持召开中共中央政治局常委会会议、中共中央政治局会议，因时因势、科学决策，不断优化调整疫情防控措施，为打赢抗击疫情人民战争、总体战、阻击战，为统筹推进疫情防控和经济社会发展，指明前进方向、提供重要遵循。

习近平总书记强调：“为了保护人民生命安全，我们什么都可以豁得出来！”“要保持战略定力，坚持稳中求进，统筹好疫情防控和经济社会发展，采取更加有效措施，努力用最小的代价实现最大的防控效果，最大限度减少疫情对经济社会发展的影响。”

这三年，以习近平同志为核心的党中央始终坚持人民至上、生命至上，坚定不移开展抗击疫情人民战争、总体战、阻击战。14 亿多中国人民同舟共济，铸就伟大抗疫精神。

这三年，我们把抗疫的战略主动权牢牢握在手中。先后打赢了武汉保卫战、湖北保卫战、大上海保卫战，经受住了全球五波疫情流行冲击，有效处置了百余起聚集性疫情，为疫苗、药物的研发应用以及医疗资源的准备赢得了宝贵时间。

这三年，我国成功避免了致病力较强的原始株、德尔塔变异株的广泛流行，疫情流行和病亡数保持在全球最低水平。人均预期寿命从 2019 年的 77.3 岁提高到 2021 年的 78.2 岁，统筹疫情防控和经济社会发展取得重大积极成果。

科学、精准、主动。战略定力与策略活力相辅相成，三年抗疫，具体的防控措施一直在因时因势优化调整

“北京市疫情态势已经趋缓，用药紧缺已经缓解，但门急诊、重症患者救治等方面工作任务依然艰巨。”

1 月 6 日，北京市疫情防控工作新闻发布会介绍，当前，北京市疫情呈现趋稳态势，发热门诊接诊量从 2022 年 12 月 15 日最高峰 7.3 万人次，逐渐回落到 1 月 4 日 1.2 万人次。

发布会同时公布，《北京市新型冠状病毒感染防治工作总方案》已研究制定，配套的还有监测预警、重点人群社区健康服务、农村地区防控、学校防控、养老机构防控等 5 个专项工作方案。这为 1 月 8 日实施“乙类乙管”后，北京“如何防”“如何治”“如何管”做出了具体安排。

2022 年 12 月 26 日，国家卫健委发布公告，正式将“新型冠状病毒肺炎”更名为“新型冠状病毒感染”。从 2023 年 1 月 8 日起，将其从“乙类甲管”调

整为“乙类乙管”。

新阶段有啥新特点？依据传染病防治法，我国将对新冠病毒感染者不再实行隔离措施，不再判定密切接触者；不再划定高低风险区；对新冠病毒感染者实施分级分类收治并适时调整医疗保障政策；检测策略调整为“愿检尽检”；调整疫情信息发布频次和内容。

与病毒较量，科学精准才有战略主动。

事实上，从原始株到阿尔法、贝塔、伽马、德尔塔、奥密克戎……三年来，在同不断变异的新冠病毒较量中，我们始终坚持边防控、边研究、边总结、边调整，稳中求进，走小步不停步，不断优化防控政策。

实施“乙类乙管”后，我国将围绕“保健康、防重症”，采取相应措施，最大程度保护人民群众生命安全和身体健康，最大限度减少疫情对经济社会发展的影响。

——实施“乙类乙管”，我们打的是有准备之仗。

“实施‘乙类乙管’，是实事求是、因时因势优化完善防控措施的主动作为，是为了不断提升防控工作的科学性、精准性、有效性。”国家卫生健康委新闻发言人米锋说。

三年来，我们的“敌人”新冠病毒变弱了。国际和国内监测数据证实，奥密克戎变异株的致病力和毒力相比原始株和其他关切变异株显著减弱，感染者重症率和病亡率降低。

我们的抵御能力更强了。截至目前，全国累计报告接种新冠病毒疫苗34亿多剂次，覆盖人数和全程接种人数分别占全国总人口的92%以上和90%以上。群众健康意识、健康素养进一步提升，个人防护能力逐渐提高。

我们的医疗救治能力提升了。我国通过完善分级诊疗救治体系，加强基层医疗卫生机构能力建设，增设发热门诊，增加定点医院重症病床、ICU以及相关救治设备与物资，统筹实现新冠感染者救治和日常医疗服务保障。广大医务人员积累了丰富的疫情防控和处置经验，防治能力显著提升。

——实施“乙类乙管”，我们是主动转向、主动作为。

“‘甲管’变‘乙管’，调整的只是管的等级。不是‘不管’，更不是‘躺平’。不是可以松口气或者歇歇脚的信号，更不是完全‘一放了之’。”国家疾控局副局长常继乐说。

如何防止医疗资源挤兑？国家卫健委医政司司长焦雅辉说：“进一步扩充医疗资源、增加医疗服务供给。我们要求二级以上医院和有条件的基层医疗卫生机构都要开设发热门诊或者发热诊室，配备充足的医疗力量。发热门诊就诊流程进一步简化，为患者开具药品提供方便，进一步提高了服务效率。充分发挥城乡三级医疗卫生服务网络积极作用。大力推动互联网医疗服务。”

如何加强农村疫情防控？2022年12月30日，国务院联防联控机制、中央农村工作领导小组印发《加强当前农村地区新型冠状病毒感染疫情防控工作方案》，要求重点抓好农村地区防疫体系运转、药品供应、重症治疗、老人儿童防护等方面工作，加强日常健康服务，突出重点人群管理，有序疏导诊疗需求，提供分级分类医疗卫生服务。

如何降低重症发生风险？1月3日，国务院联防联控机制综合组印发《关于做好新冠重点人群动态服务和“关口前移”工作的通知》，要求筑牢织密基层保健康防线，主动做好重点人群动态服务，扩大吸氧和血氧监测服务，坚持“早发现、早识别、早干预、早转诊”，预防和减少新冠病毒感染重症发生。

如何满足群众用药需求？国家卫健委医疗应急司司长郭燕红说：“县级以上医疗机构按照3个月的日常使用量，动态准备治疗新冠病毒感染相关中药、抗新冠病毒小分子药物、解热和止咳等对症治疗药物；基层医疗卫生机构按照服务人口数的 15% 至 20% 动态准备相关中药、对症治疗药物。”

1 月 4 日，山西省新型冠状病毒感染疫情防控工作领导小组决定，向全省农村地区免费供应基本退烧药品，1 月 7 日前实现全省所有行政村、自然村药品投放全覆盖。群众可到村卫生室免费领取 6 片布洛芬或对乙酰氨基酚，满足发热群众用药需求，药不断档。

如何发挥中医药特色优势？ 1 月 2 日，国务院联防联控机制综合组发布《关于在新型冠状病毒感染医疗救治中进一步发挥中医药特色优势的通知》，要求在新型冠状病毒感染医疗救治中始终坚持“中西医并重、中西医结合、中西药并用”，充分发挥中医药独特优势和作用。

每一次疫情防控政策优化，都是科学决策，汇聚了专家智慧、广纳了基层建议、倾听了民众呼声。防控政策的每一次调整，均做到了因时因势、实事求是，谨慎决策。

2022 年 11 月 30 日，国务院副总理孙春兰在国家卫健委主持召开座谈会，听取了中国工程院院士张伯礼、中国疾病预防控制中心研究员董小平等 8 位专家对优化疫情防控措施提出的意见建议。

2022 年 12 月 1 日，国务院副总理孙春兰在国家卫健委再次召开座谈会，听取 8 位来自疫情防控工作一线的代表对优化完善防控措施的意见建议。

两次座谈，一个缩影。调查研究、顺应民意，是三年来调整优化防控措施的重要前提。

三年抗疫，在与新冠病毒的较量中，我们能够赢得主动，关键在于科学精准、因时因势而变。

三年来，我们先后印发十版防控方案和十版诊疗方案，随着条件的逐步具备相继出台二十条优化措施，推出新十条优化措施，制定将新冠病毒感染从“乙类甲管”调整为“乙类乙管”方案，把抗疫的战略主动权牢牢握在手中，以防控战略的稳定性、防控措施的灵活性，有效应对复杂多变的疫情形势。

三年来，针对疫情防控中暴露出来的问题和不足，我们抓紧补短板、堵漏洞、强弱项，医疗救治、病原检测、疫苗研发与接种等能力持续提升，医疗卫生和疾控体系经受住了考验，应对能力、救治能力显著增强，防疫屏障更加巩固，为动态优化完善防控措施奠定了坚实基础。

战略定力与策略活力相辅相成。

三年抗疫，感受真切：一切从实际出发，实事求是，秉持科学精神、科学态度，因时因势优化调整疫情防控措施，是符合中国国情的务实之举，也是牢牢掌握抗疫的战略主动权的前提和基础。

主动转向、平稳转段是三年抗疫的战略成果。人民至上、生命至上，是一以贯之、贯穿始终的价值理念，成为战略主动的力量源头

新年第一天，北京协和医院感染内科主任李太生像往常一样逐床查房。看见这个熟悉的身影，一位还在插管的老年患者虽然不能说话，却情不自禁地抱拳致谢。

“医生的战场在病人的床旁。”李太生曾是2020年该院第二批援鄂抗疫医疗队队长，在武汉抗疫一线奋战81天。这一次，他也病倒了，但4天后就回到了分管病区，坚持会诊、查房、救治。

发热门诊爆满，重症床位紧张，救护车呼叫激增……2022年末，北京、上海、重庆等地相继迎来奥密克戎毒株感染高峰。面对疫情防控新阶段新形势新任务，广大医务人员日夜奋战，勇毅坚守在医疗救治一线。

全国各级医疗机构坚持"应接尽接、应收尽收、应治尽治"，对急危重症患者全力救治，对老年人、孕产妇、儿童等重点人群提供分级管理和服务。一系列医疗救治措施接连落地，为人民生命安全和身体健康保驾护航。

从"乙类甲管"到"乙类乙管"，从"防感染"到"保健康、防重症"，是三年抗疫的战略成果、战略举措、战略转段。

三年抗疫，人民至上、生命至上，是一以贯之、贯穿始终的价值理念，成为战略定力的力量源头。

新冠疫情全球流行，几乎所有国家都受到不同程度影响。把人民生命安全和身体健康放在第一位，是我国制定疫情防控政策的首要考量。

集中收治的新冠病毒感染患者治疗费用由国家承担，全民免费接种疫苗，新冠治疗药物纳入医保……"我国抗疫三年取得了重大战略成果。我们争取了三年的宝贵时间，为优化防控措施创造了机会，有效地保护了人民群众的身体健康和生命安全，赢得了民心。"国家卫健委新冠疫情应对处置工作领导小组专家组组长梁万年说。

国际医学期刊《柳叶刀》刊出的有关文章认为，中国政府通过在应对疫情中的巨大公共卫生投入，挽救了成千上万人的生命，其经验值得各国学习。

算大账、算整体账、算长远账。三年抗疫，面对未知的新冠病毒，我们以非常之举应对非常之事，全力保障人民生命权、健康权。

2020 年初，大疫突袭，党中央果断决策：关闭离汉离鄂通道，实施史无前例的严格管控。我国用 3 个月左右的时间取得了武汉保卫战、湖北保卫战的决定性成果，有效遏制了疫情大面积蔓延。从刚出生的婴儿到百岁老人，每一个生命都得到全力护佑。

2021 年，德尔塔变异株带来的疫情波及 20 余个省份。10 月，内蒙古额济纳旗，近万名游客滞留。快速流调、风险分类、封控管理、大规模转运……大约两周时间疫情就得到初步控制。有外媒评价，中国是全球唯一控制住德尔塔变异株传播的国家。

2022 年，奥密克戎变异株席卷全球。2 月 4 日、3 月 4 日，北京冬奥会和冬残奥会先后如期开幕。国际奥委会主席巴赫感慨："北京冬奥会闭环管理非常成功，闭环内阳性病例率约为 0.01%，可以说是全世界最安全的地方之一。"

从早期遭遇战到后期攻坚战，从生命救治到生活保障，方方面面，点点滴滴，贯穿着始终如一的价值追求和执政理念。

这是三年抗疫的几个微镜头：

——"武汉人喜欢吃活鱼，在条件允许的情况下应多组织供应。"2020 年 3 月 10 日，习近平总书记在湖北考察新冠肺炎疫情防控工作时专门嘱托。

3 天后，武汉的一些社区群里发来通知："活鱼运输车已到达小区门口，请居民们按楼栋依次下楼排队购买。"

"当时买了两条鱼，不到 50 元，跟平时价格差不多。"这一幕，让武汉市武昌区水果湖街黄鹂路社区居民王辉深深记念。

——"上海青"是上海人的"当家菜"。2022 年 4 月上旬，一些市民家中冰箱渐空，市场菜价一度上涨，"吃青"呼声高涨。如何保障 2500 万人的吃菜问题，成为打赢大上海保卫战的基础工程。

关键时刻，上海启动绿叶蔬菜应急保供机制，千方百计抢播抢种，自产绿叶菜从日上市不足 1500 吨恢复到 3000 吨以上。蔬菜更足，民心更稳。

把人民生命安全和身体健康放在第一位。

三年抗疫，感受真切：人民至上、生命至上是真诚追求、是共识共举、是力量之源、是现实写照。努力用最小的代价实现最大的防控效果，筑起护佑人民生命安全和身体健康的坚实屏障。

习近平主席的新年贺词温暖而有力："经过艰苦卓绝的努力，我们战胜了前所未有的困难和挑战，每个人都不容易。目前，疫情防控进入新阶段，仍是吃劲的时候，大家都在坚忍不拔努力，曙光就在前头。"

三年同心抗疫，启示我们：越是艰难时刻，越是关键时候，越要坚定信心。

三年来，我们创造了人类同疾病斗争史上的奇迹。把疫情防控工作关口前置、重心前移，把各项优化措施抓得更细、做得更实，全面提升防控和救治能力，我们必将扫除疫情阴霾。

14 亿多中国人民心往一处想、劲往一处使，同舟共济、众志成城，就没有干不成的事、迈不过的坎。更加紧密地团结在以习近平同志为核心的党中央周围，完整、准确、全面贯彻落实党中央决策部署，更好统筹疫情防控和经济社会发展，我们必将汇聚起亿万人民的磅礴之力，赢得抗击疫情的全面胜利。

历史已经并将继续证明，我们这个民族，是经得起风浪颠簸的。

极不平凡的历程　来之不易的成果

春暖花开。这是我国疫情防控进入新阶段后的第一个春天。

熟悉的景象，翩然回归；流动的中国，生机无限。

一千多个日夜，于历史长河不过一瞬。同心抗疫三年多，对亿万中华儿女来说，却是又一份不可磨灭的集体记忆。

疫情，我们防住了；经济，我们稳住了；压力，我们扛住了；安全，我们保住了！

三年多来，我国抗疫防疫历程极不平凡。以习近平同志为核心的党中央始终坚持人民至上、生命至上，团结带领全党全国各族人民同心抗疫，以强烈的历史担当和强大的战略定力，因时因势优化调整防控政策措施，高效统筹疫情防控和经济社会发展，成功避免了致病力较强、致死率较高的病毒株的广泛流行，有效保护了人民群众生命安全和身体健康，为打赢疫情防控阻击战赢得了宝贵时间。

三年多来，我国新冠死亡率保持在全球最低水平，取得疫情防控重大决定性胜利，创造了人类文明史上人口大国成功走出疫情大流行的奇迹。

惊涛骇浪自从容，风雨无阻向前行。

历程极不平凡，成果来之不易。实践证明，党中央对疫情形势的重大判断、对防控工作的重大决策、对防控策略的重大调整是完全正确的，措施是有力的，群众是认可的，成效是巨大的。

2023 年 2 月 3 日，北京大学第三医院内科二病区六层，呼吸亚重症十八病房正式关闭。至此，抗疫三年多来该院改造的 21 个亚重症病房成为历史。

小小缩影，意味深长。

三年多来，以习近平同志为核心的党中央团结带领中国人民万众一心、众志成城，有效处置 100 多起聚集性疫情，一个拥有 14 亿多人口的大国成功走出疫情大流行，释放出发展的巨大活力，激发起前行的强大动力。

时间是忠实的记录者。

船重千钧，掌舵一人。越是危难关头，越是关键时刻，越能彰显领导核心的作用。

——回望三年多抗疫防疫历程，以习近平同志为核心的党中央以非常之举应对非常之事，以防控战略的稳定性、防控措施的灵活性，有效应对疫情形势的不确定性，牢牢掌握了抗疫的战略主动权。

2020 年 1 月，新冠疫情突如其来。

2020 年 1 月 20 日，正在云南考察调研的习近平总书记作出重要指示，“要把人民群众生命安全和身体健康放在第一位”“坚决遏制疫情蔓延势头”。

2020 年 1 月 23 日，除夕前夕，“九省通衢”的武汉毅然摁下“暂停键”。

隔一座城，护一国人。为防止病毒蔓延，以习近平同志为核心的党中央以巨大的政治勇气和强烈的历史担当，果断关闭离汉离鄂通道，实施史无前例的严格管控。

“疫情就是命令，防控就是责任”！

“为了保护人民生命安全，我们什么都可以豁得出来！”

2020 年 1 月 25 日，大年初一，中南海怀仁堂。习近平总书记主持召开中共中央政治局常委会会议，对疫情防控工作进行再研究、再部署、再动员，明确“坚定信心、同舟共济、科学防治、精准施策”的总要求，决定成立中央应对疫情工作领导小组，派出中央指导组，要求国务院联防联控机制充分发挥协调作用。

2020 年 2 月 3 日，习近平总书记主持中共中央政治局常委会会议，强调同时间赛跑、与病魔较量，坚决遏制疫情蔓延势头，坚决打赢疫情防控阻击战。

在党中央的坚强领导下，各地“外防输入、内防扩散”，最全面、最严格、最彻底的全国疫情防控正式展开。

戴口罩，量体温，身体力行，号召全民战疫……2020 年 2 月 10 日，习近平总书记来到北京市朝阳区安华里社区考察调研疫情防控工作。他强调，新冠肺炎疫情防控工作是一场人民战争，要相信群众、发动群众，充分发挥社区在疫情防控工作中的“阻击作用”。

“党中央采取的所有防控措施都首先考虑尽最大努力防止更多群众被感染，尽最大可能挽救更多患者生命。”

2020 年 3 月 10 日，疫情阻击战关键时刻，习近平总书记专程前往武汉。一席话，坚定信心，温暖人心。

经过 3 个月艰苦卓绝的斗争，武汉保卫战、湖北保卫战取得了决定性成果，有效遏制了疫情大面积蔓延。在新冠病毒最凶猛的阶段，我国有效保护 14 亿多人民的生命安全和身体健康。

“中方行动速度之快、规模之大，世所罕见。这是中国制度的优势，有关经验值得其他国家借鉴。”世界卫生组织官员如此评价。

疫情防控是遭遇战、攻坚战，也是持久战。

2020 年 4 月底，我国进入疫情常态化防控阶段。习近平总书记亲自指挥部署疫情防控工作，确定了“外防输入、内防反弹”总策略、“动态清零”总方针。

2020 年 5 月 24 日，习近平总书记在参加十三届全国人大三次会议湖北代表团审议时强调，针尖大的窟窿能漏过斗大的风。要时刻绷紧疫情防控这根弦，慎终如始、再接再厉，持续抓好外防输入、内防反弹工作，决不能让来之不易的疫情防控成果前功尽弃。

2021 年，德尔塔变异株疫情短时间内多点发生，一度波及 20 余个省份。

我国坚持常态化疫情防控的各项措施，立足快速和精准，迅速扑灭 30 余起本土聚集性疫情。有外媒评价，中国是全球唯一控制住德尔塔变异株传播的国家。

奥密克戎变异株席卷全球，战“疫”刻不容缓。

“要始终坚持人民至上、生命至上，坚持科学精准、动态清零，尽快遏制疫情扩散蔓延势头。”2022 年 3 月 17 日，习近平总书记主持中共中央政治局常委会会议时强调。

2022 年 3 月以来，奥密克戎变异株传播速度快、感染人数多，我们与病毒赛跑，快速有效处置了吉林、天津、陕西等地的聚集性疫情，打赢了大上海保卫战。

随着奥密克戎变异株致病力下降，居民新冠病毒疫苗接种率不断提升和疫情防控知识增加，全国医疗卫生系统应对能力有效增加，优化调整疫情防控措施成为必然选择。

2022 年 11 月 10 日，习近平总书记主持召开中共中央政治局常委会会议并发表重要讲话。在这次会议上，党中央作出重大决定，首次提出二十条优化措施，向海内外释放中国因时因势、主动优化防控政策的鲜明信号。翌日，国务院联防联控机制综合组发布了进一步优化疫情防控工作的二十条措施，在第九版防控方案的基础上，进一步提升防控的科学性、精准性。

2022 年 12 月 7 日，国务院联防联控机制综合组发布《关于进一步优化落实新冠肺炎疫情防控措施的通知》，总结各地积累的防控经验，针对各地面临的突出问题，“新十条”顺势出炉。

2022 年 12 月 15 日至 16 日，中央经济工作会议在北京举行，习近平总书记发表重要讲话。会议强调，要更好统筹疫情防控和经济社会发展，因时因势优化疫情防控措施，认真落实新阶段疫情防控各项举措，保障好群众的就医用药，重点抓好老年人和患基础性疾病群体的防控，着力保健康、防重症。

2022 年 12 月 26 日，我国正式将“新型冠状病毒肺炎”更名为“新型冠状病毒感染”。

2023 年 1 月 8 日起，我国将新冠病毒感染从“乙类甲管”调整为“乙类乙管”。

这是以习近平同志为核心的党中央在统揽全局、综合研判基础上作出的重大决策。我国疫情防控平稳转段。

——回望三年多抗疫防疫历程，始终不变的是“人民至上、生命至上”的价值取向。把人民生命安全和身体健康放在第一位，是我们一以贯之、贯穿始终的价值理念，也是保持战略定力的力量源头。

疫情突如其来，不同国家，不同选择。把人民生命安全和身体健康放在第一位，是我们制定疫情防控政策的首要考量，也是衡量疫情防控成效的重要标准。

“在保护人民生命安全面前，我们必须不惜一切代价，我们也能够做到不惜一切代价”。笃定话语，深厚情怀。

人民至上、生命至上——这是中国抗疫三年多来的不变遵循，是我国伟大抗疫斗争的真实写照，更是中国共产党对 14 亿多人民的庄严承诺。

犹记武汉保卫战、湖北保卫战，我们举全国之力实施规模空前的生命大救援——

4.26 万名白衣战士逆行出征，800 余万件防护服、超过 7 万台医疗救治设备紧急调度，源源补给。

16 座体育馆、会展中心紧急改建方舱医院，收治轻症患者。短短十来天，火神山医院和雷神山医院火速建成，救治重症患者。

最优秀的医生、最先进的设备、最急需的资源，全国范围紧急调集，全力以赴投入救治。

2022 年 11 月以来，我们围绕“保健康、防重症”，不断优化调整防控措施，较短时间实现了疫情防控平稳转段，2 亿多人得到诊治，近 80 万重症患者得到有效救治。

三年多来，我国经受住全球多波疫情流行冲击。在全球人类发展指数连续两年出现下降的情况下，中国人类发展指数排名提升了 6 位。

——回望三年多抗疫防疫历程，在同不断变异的病毒较量中，我们始终坚持实事求是，因时因势优化调整防控措施，努力用最小的代价实现最大的防控效果。

密切跟踪病毒变异特点，时时关注疫情演变态势。三年多来，我国始终坚持边防控、边研究、边总结、边调整，稳中求进，走小步不停步，不断优化防控政策。

2020 年初，面对致病力强的毒株，我国将新冠肺炎纳入法律规定的乙类传染病，并采取甲类传染病的预防、控制措施。国家卫健委制定并发布了新型冠状病毒感染的肺炎第一版诊疗方案和防控方案。随后不断更新诊疗方案和防控方案。

2023 年 1 月 5 日和 7 日，我国先后出台了第十版诊疗方案和第十版防控方案，围绕“保健康、防重症”，不断优化调整救治方案和防控措施。

“三年卓有成效的疫情防控工作，为我国疫苗、药物的研发应用以及医疗等资源准备赢得了宝贵时间。根据疫情形势，主动调整防控策略是科学、及时、必要的。”国务院联防联控机制有关负责人表示。

世界之变、时代之变、历史之变正以前所未有的方式展开，世界百年未有之大变局加速演进，中华民族伟大复兴进入关键时期。

“什么时候没有困难？一个一个过，年年过、年年好，中华民族 5000 多年来都是这样。”

“14 亿多中国人心往一处想、劲往一处使，同舟共济、众志成城，就没有干不成的事、迈不过的坎。”

新的春天，新的征程，新的出发。14 亿多中国人民团结一心、踔厉奋发，以中国式现代化全面推进中华民族伟大复兴，航程壮阔，前景光明！

后　记

窗外，爆竹声声，忽远忽近。癸卯年的第一缕曙光，悄无声息地照进书房，拉出长长的影子，有种时光折叠的感觉。

三年疫情，刻骨铭心。重拾蒙尘的书稿，百感交集。2020 年初，应出版社之邀，我开始整理书稿。谁料，一场疫情打乱了计划。作为记者，因时常处于应急状态，故很难有空闲完成书稿。随着疫情跌宕起伏，世事纷纷扰扰，书稿也是一再搁置。

抗疫三年，广大医务工作者白衣为甲，日夜奋战，生理和心理都逼近极限。每每看到那些身影，心中总是五味杂陈。三年间，我也留下不少文字，记录了那段不平凡的岁月。虽说新闻是易碎品，但新闻毕竟是历史的草稿。借此机缘，重修书稿，也算是一种特别的纪念。

我从事新闻工作三十多年，大部分时间是和医疗卫生界打交道。很多医生朋友有苦水、有怨言、有烦恼，总是愿意向我倾诉。每当我把他们的心声化成文字，常常引起“同频共振”。有的文章在微信里流传了十余年，依然“生生不息”。很多人希望我把文章集结成册，以便阅读。自 2007 年起，我先后出版了《谁在妖魔化医生》《中国式医患关系》《暖医》等医学人文专著。其中,《暖医》一版再版，成为畅销书，深受医生们的喜爱。本书是《暖医》的续集，也是送给医生们的又一份礼物。

自古以来，医生都是一个崇高的职业。三年抗疫，医生收获得了比以往更多的掌声。其实，医生从来都不完美，有优点，也有缺点。但是，观察任何一个人或群体，都应看其最高点，而不是看其最低点。医生并不需要赞美和荣誉，也不需要怜悯和同情，而更需要尊重和信任。后疫情时代，希望全社会重新审视医学的价值，更加尊重医生、爱护医生，让医患关系回归正常。

承蒙钟南山、张伯礼、张定宇、王辰、乔杰、郎景和、张抒扬等医学前辈撰写推荐语，这既是对我个人的厚爱，更是对广大医务工作者的激励。同时，感谢漫画家徐鹏飞为本书配插图，他以独特的视角和深邃的思考，为本书增加了趣味。在此，谨向所有关心和帮助我的人致以深深的谢意！

“一年春尽一年春，野草山花几度新。天晓不因钟鼓动，月明非为夜行人。”在历史的长河中，每个人都是匆匆过客，偶尔留下一抹尘影。我愿做一只萤火虫，闪烁在黑夜的长空里，为夜行者燃一点光、照一段路。

白剑峰

2023 年春节